Der vierte Fall für den Berliner Kommissar Peter Heiland

Erst zocken sie Gleichaltrige ab, dann einen wehrlosen alten Mann. Sie liefern sich Schlachten mit feindlichen Banden und bezeichnen sich als Original-Gangster und Megachecker – Jungen ohne Chance, zumeist aus der Türkei und den arabischen Ländern. Osman Özal, Chef einer neuen Jugendbande in Berlin-Neukölln, glaubt zu wissen, wie man ein OG, ein Original-Gangster, wird. Man muss wilder, rücksichtsloser und brutaler sein als alle anderen. Er und seine Gang verlangen Respekt und fordern ihn mit ihren Fäusten und ihren Messern ein. Aber dann wird Osman Özal überraschend ermordet. Hauptkommissar Peter Heiland muss den Mörder finden, bevor die Rächer aus Osmans Bande oder aus dessen Familie ihn stellen.

Felix Huby schreibt seit 1976 Kriminalromane, Tatorte und Krimiserien. Aus seiner Feder stammen die Kommissare Bienzle, Palü, Schimanski und nun auch Peter Heiland. Felix Huby wurde für sein Werk mit dem »Ehrenglauser« der Autorengruppe Deutsche Kriminalliteratur DAS SYNDIKAT ausgezeichnet.

Unsere Adresse im Internet: www.fischerverlage.de

Felix Huby

Null Chance

Peter Heilands vierter Fall

Roman

Fischer Taschenbuch Verlag

Ich danke meinem Freund, dem Dokumentarfilmer Zoran Solomun, ohne dessen Kenntnisse und Beziehungen zur Jugendszene in Neukölln und Kreuzberg die Entwicklung dieses Romans nicht möglich gewesen wäre.

F. H.

Veröffentlicht im Fischer Taschenbuch Verlag,
ein Unternehmen der S. Fischer Verlag GmbH,
Frankfurt am Main, Februar 2011

Lizenzausgabe mit freundlicher Genehmigung
des Scherz Verlags, einem Unternehmen der
S. Fischer Verlag GmbH, Frankfurt am Main
© S. Fischer Verlag GmbH, Frankfurt am Main
Gesamtherstellung: CPI – Ebner & Spiegel, Ulm
Printed in Germany
ISBN 978-3-596-18476-7

MITTWOCH, 14. JANUAR

1

»Entschuldigen Sie«, sagte Peter Heiland, »darf ich Sie fragen, wie alt Sie sind?«

Die Frau, die ihm gegenübersaß, hob den Kopf. »Warum?«

»Nur so. Nein, eigentlich nicht nur so, ich habe Ihnen beim Lesen zugeschaut und gesehen, wie Sie immer wieder eine oder zwei Zeilen in Ihrem Buch unterstrichen haben. Und Sie haben dabei das kleinere Büchlein als Lineal benutzt.«

Die Frau sah ihn verständnislos an. »Ja, und?«

»Mein Großvater hat die gleiche Angewohnheit. Er benutzt auch einen kleinen Taschenkalender als Lineal.«

»Und was hat das mit meinem Alter zu tun?«

»Nichts«, sagte Peter Heiland und schaute aus dem Fenster. Der Bus hatte grade die Haltestelle Hermannplatz verlassen und fuhr Richtung Kreuzberg.

»Ich bin zweiundachtzig«, sagte die Frau.

Peter Heiland nickte, als ob er nichts anderes erwartet hätte. Sein Blick fiel durch das zerkratzte

Fenster auf ein quadratisches Spielfeld zwischen grauen Häusern. Drei Jungs spielten dort Streetball unter einem zerfledderten Korb.

»Das ist ein Losungsbüchlein, kein Kalender«, sagte die alte Frau.

»Ein was?«

»Kennen Sie das nicht? Jeden Tag gibt es ein Bibelwort und eine Erklärung dazu.«

»Und was steht für heute drin?«

Die Frau schlug das Büchlein dort auf, wo ein rotes Band zwischen den Seiten lag. Dann las sie vor:

»Der Herr ist mein Hirte. Mir wird nichts mangeln. Er weidet mich auf grüner Aue und führet mich zum frischen Wasser.«

Noch während sie vorlas, stand Peter Heiland auf und ging zur Tür. »Danke!«, rief er von dort und drückte auf den Türknopf.

»Ihre Tasche!«, rief die alte Frau.

Peter Heiland schlug sich mit der flachen Hand vor die Stirn. »Ich bin aber auch ein Schussel!« Er kehrte zurück, schnappte seine Tasche und hörte noch, wie die Frau sagte: »Ich hab auch so einen Enkel. Zu dem sage ich immer: ›Wenn dein Hintern nicht angewachsen wäre, würdest du den auch vergessen.‹«

Die Tür ging zischend zu. Peter Heiland zwängte sich im letzten Moment grade noch hinaus. Die alte Frau kicherte leise.

»Gib doch ab, Mann!«, rief der hoch aufgeschossene blonde Junge. Doch sein kleinerer Mitspieler versuchte einen dritten zu umdribbeln, blieb prompt hängen, der andere nahm ihm den Ball ab und versenkte ihn im Korb. »Mensch, Fabian! Musst du immer alles alleine machen?« Der große Blonde schüttelte den Kopf. Richtig sauer schien er nicht zu sein. Er verstand einfach nicht, warum der andere so egoistisch war.

»Tut mir leid, Marc«, nuschelte Fabian, während er den Ball mehrfach vor sich aufprallen ließ.

»Tut mir leid, tut mir leid«, kam es hämisch vom Rand des Streetballplatzes. Von den Spielern unbemerkt, waren drei Jungs herangekommen. Ihr Anführer, Osman Özal, stieß das Drahtgittertor auf und betrat den Platz. Seine beiden Kumpels bezogen am Eingang des Spielplatzes Posten. Osman trat auf die drei Streetballspieler zu. Lässig zog er einen Schlagring über die Finger seiner linken Hand. Mit der rechten holte er ein Springmesser aus der Tasche und ließ die Klinge herausschnappen. »Ey, siehst du das? Richtig gemeines Ding, ey. Da schau, der kleine Finger sitzt in 'ner Fassung aus Metall. Deshalb kann's dir keiner aus der Hand schlagen. Heißt Schlitzundschlag.« Er lachte. »Weil, damit kannst du gleichzeitig schlitzen und schlagen. Kapiert? Also, Freunde, alles, was ihr in den Taschen habt, hier vor mir auf den Boden: Geld, Armbanduhren, Handys. Alles, kapiert?!«

»Ey, Osman, spinnst du?« Die Stimme kam von der

anderen Seite des Spielplatzes. Ein untersetzter Junge um die sechzehn lehnte von außen am Gitterzaun. Eine Zigarette hing locker in seinem linken Mundwinkel.

»Halt du dich da raus, Kevin!«, schrie einer der Jungen an der Eingangstür.

»Sag mal, hast du neuerdings etwas zu sagen, Malik?«, rief Kevin zurück. »Ihr wisst wohl nicht, dass das hier Didis Territorium ist? Der wird sich das nicht gefallen lassen.« Kevin spuckte seine Kippe auf den Boden und trat sie aus.

»Stimmt das?«, fragte der andere Junge am Eingang. »Das ist Didis Territorium?«

»Und wenn schon!« Osman machte mit dem Messer in der Hand einen Schritt auf die drei Jungs zu. »Habt ihr nicht verstanden?«

Zwei der Angesprochenen räumten ihre Taschen leer. Der dritte, den sein Mitspieler vorher Marc genannt hatte, blieb unbeweglich stehen.

»Du auch!«

»Nein.« Der Junge rührte sich nicht. Er war schlank und ungefähr ein Meter achtzig groß, hatte lockiges Haar, hellblaue Augen und ein ebenmäßiges Gesicht. Als Kind schon hatte man ihn deshalb »Engel« genannt.

»Doch. Grade du. Und du weißt auch, warum!«

»Ja, und grade darum machst du mir keine Angst!«

Osman bückte sich und hob auf, was die beiden

anderen auf den Boden gelegt hatten. Dann wandte er sich wieder drohend Marc Schuhmacher zu. Der sagte: »Osman, überleg noch mal, was du da tust.«

Osman spuckte aus. »Ich weiß ganz genau, was ich mache. Das ist Rache, Scheißalaman. Und diesmal legst du mich nicht wieder rein mit deinen Tricks.«

»Ja«, sagte Marc, »so ein Messer macht natürlich ganz schön stark.«

Während Osman weiter die drei Jungs mit dem Schlagring und dem Messer bedrohte, zischte er in Richtung Kevin über die Schulter: »Didi kann seiner Mutter sagen, dass sie heute Abend saubere Wäsche anziehen soll, weil Osman sie ficken kommt.«

»Hey, Osman, hast du Drogen genommen, oder was? Weißt du, was das bedeutet?!« Der Blonde sprach ganz ruhig und sehr ernst.

»Das zeig ich dir gleich, was das bedeutet, du Drecksau!«

»Osman!«, schrie Malik. »Nicht!«

2

Peter Heiland kam erst ein paar Stunden später ins Büro. Er hatte beim Landgericht in der Turmstraße noch einen Ermittlungsbericht abgegeben und erläutert. Die Abteilungssekretärin, Christine Reichert, empfing ihn mit den Worten: »Wir haben einen versuchten Mord Nähe Hermannplatz.«

»Das ist in Neukölln, nicht wahr? Ich bin dort vorbeigefahren. Wo genau?«

Christine Reichert ging zu einem Stadtplan, der an die Wand gepinnt war, und deutete mit einem Bleistift auf eine Stelle. »Auf einem Streetballplatz. Ein sechzehnjähriger Junge. Er hat ein Messer zwischen die Rippen bekommen.«

Peter Heiland setzte sich. »Ich habe vom Bus aus drei Jungs gesehen, die dort ganz friedlich gespielt haben.«

Christine ging nicht darauf ein. »Wischnewski und Hanna sind schon vor Ort. Die Leute von der Spurensicherung sind auf dem Weg.«

Peter Heiland zog eine Akte zu sich heran. Er wurde am Tatort nicht gebraucht. Also machte er sich an den Abschlussbericht eines Falles, den sie vor drei Tagen endgültig aufgeklärt hatten. Eigentlich war es von Anfang an klar gewesen, wer der Täter war. Aber da es an Beweisen mangelte, musste man den jungen Mann zu einem Geständnis bringen.

»Du tust dich leichter, wenn du alles zugibst!« Peter Heiland hatte irgendwann während des Verhörs begonnen, den Mann, der nur wenige Jahre jünger war als er selbst, zu duzen, was er sonst bei Tatverdächtigen vermied. Aber er spürte, dass er damit die Distanz zu dem Tatverdächtigen verringern konnte. »Mein Chef hat mir mal erzählt – also nicht mein Chef hier, sondern mein früherer in Stuttgart –, dass sich ein Mörder bei ihm bedankt hat, als er ihm endlich seine Tat hat nachweisen können. Der Täter konnte irgendwie besser leben mit seiner Schuld und die Strafe als Buße annehmen.«

Der Tatverdächtige, David Ebeling, einundzwanzig, hatte Heiland nur stumm angestarrt.

»Er heißt übrigens Bienzle, mein früherer Chef«, sagte Peter Heiland.

Danach hatten sie sich lange angeschwiegen.

Heiland wartete. Er ließ die Stille größer werden. Der Mann, der ihm gegenübersaß, würde sie nicht lange ertragen. Der junge Kommissar bewegte sich nicht. Seine Augen ruhten auf dem Gesicht des anderen.

An der Längswand der Verhörzelle befand sich ein Spiegel, dessen Fläche leicht nach vorne geneigt war, so dass man den gesamten Raum darin überblicken konnte. Der Spiegel war von der anderen Seite her durchsichtig. Dort befand sich ein kleines Zimmer, in dem Kriminalrat Ron Wischnewski, Peter Heilands Chef, stand und die Szene beobachtete. Jetzt nickte er anerkennend. Dazu gehörte was, das wusste er aus eigener Erfahrung, einfach nur dazusitzen und zu warten, wenn man sein Gegenüber am liebsten packen würde, um die Wahrheit aus ihm herauszuschütteln.

Eine Wespe ließ sich auf einem halben Brötchen nieder, das, mit Butter bestrichen und einer Scheibe Wurst belegt, auf einem Teller zwischen den beiden Männern lag. Das Insekt drehte sich um sich selbst und begann plötzlich, mit seinen Schneidewerkzeugen ein kreisrundes Stück aus der Mortadella abzulösen. Als die Wespe das Rondell herausgeschnitten hatte, versuchte sie, damit von dem Brötchen abzuheben, was ihr sichtlich schwerfiel. Sie landete schon nach zwanzig Zentimetern Flug auf dem rechten Unterarm des Mannes, der Heiland gegenübersaß. Der Mann hob die linke Hand.

»Nicht!«, sagte Heiland. »Die wird dich stechen!«

Die Hand verharrte auf halbem Weg. Die Wespe machte einen zweiten Startversuch und flog mit ihrer Beute durch das vergitterte Fenster davon.

»Ich war es nicht«, sagte der Mann. »Ich könnte keiner Fliege etwas zuleide tun!«

Heiland sagte: »Ich bin sicher, dass du es warst!«

»Seit fünf Stunden verhören Sie mich, und Sie sind keinen Schritt weitergekommen.«

»Du hast recht. Wir bohren ein dickes Brett«, sagte Peter Heiland.

Dann schwiegen sie wieder. Es mochten zehn Minuten vergangen sein, als Heiland mit einem kleinen Lachen sagte: »Das ist wie Sauerkrautgucken. Wir haben das als Kinder gespielt. Man musste sich in die Augen schauen, und wer zuerst geblinzelt hat, hatte verloren.«

»Dann haben Sie jetzt verloren«, sagte der junge Mann auf der anderen Seite des Tisches.

»Das wird sich zeigen.« Peter Heiland atmete tief durch die Nase ein und stieß die Luft durch den Mund wieder aus. Er bückte sich, zog einen Holzknüppel aus einem Plastiksack heraus und legte ihn links von Ebeling auf den Tisch. Er hatte dies von Anfang an vorgehabt, aber immer wieder verschoben.

Peter Heiland kehrte zum »Sie« zurück. »Das ist die Mordwaffe. Das Blut Ihrer Freundin klebt noch dran. Nehmen Sie den Knüppel bitte in die Hand.«

Plötzlich standen dicke Schweißperlen auf David Ebelings Stirn. Der junge Mann rührte sich nicht. Er hielt seinen Kopf starr.

»Schauen Sie ihn wenigstens an«, sagte Peter Heiland.

David Ebelings Kopf ruckte ein wenig nach links. Dabei drehte er aber die Augen nach rechts. In dieser

Stellung verharrte er. Behutsam schob Peter Heiland den Knüppel in Ebelings Blickfeld.

»Damit ist Susanne erschlagen worden. Wir haben keine Fingerabdrücke daran gefunden.« Peter Heiland schwieg ein paar Augenblicke und fuhr dann leise fort: »Es war kalt in jener Nacht. Wir fanden zwar Spuren von Handschuhen, aber Sie müssen die Handschuhe entsorgt haben. Nehmen Sie jetzt bitte den Knüppel in die Hand.«

David Ebeling schloss die Augen. Er rührte sich nicht.

»Nicht einmal anschauen können Sie Ihr Mordwerkzeug, geschweige denn noch einmal in die Hand nehmen. Aber am 23. Dezember, abends um neun Uhr, konnten Sie es. Warum?«

Tränen quollen unter den geschlossenen Augenlidern Ebelings hervor.

»Sie wollten es nicht tun«, sagte Peter Heiland leise. »Es ist plötzlich über Sie gekommen. Der Holzknüppel lag da. Sie brauchten sich nur zu bücken. Susanne stand Ihnen direkt gegenüber. Sie muss Ihnen etwas Schlimmes gesagt haben …«

»Ausgelacht hat sie mich. ›Du wirst doch nicht glauben, dass ich bei dir bleibe‹, hat sie gesagt. ›Da weiß ich weiß Gott was Besseres.‹ Genau das hat sie gesagt und noch viel mehr.«

Peter Heiland lehnte sich weit gegen die Stuhllehne zurück und verschränkte seine Hände im Nacken. »Weiter!«, sagte er mit sanfter Stimme.

David Ebeling legte am Ende das Geständnis ab, seine Freundin, Susanne Lorenz, die er eigentlich als seine Verlobte betrachtet hatte, erschlagen zu haben.

Nach fünf Stunden und vierzig Minuten waren Heiland und Ebeling aufgestanden und hatten sich die Hand gereicht. Zwei Beamte der Schutzpolizei hatten den überführten Mörder aus dem Verhörzimmer begleitet, und Peter Heiland war noch einmal auf seinen Stuhl zurückgesackt. Erst jetzt spürte er, dass er völlig durchgeschwitzt war.

Ron Wischnewski, der die ganze Zeit im Nebenraum hinter dem von der anderen Seite durchsichtigen Spiegel gestanden und mitgehört hatte, kam herein und sagte: »Verdammt gute Arbeit, Heiland!«

Der junge Hauptkommissar konnte sich nicht darüber freuen.

Jetzt tippte er den Abschlussbericht in seinen Computer. Er hätte ihn auch der Sekretärin diktieren können, aber wenn er selber schrieb, fiel ihm das Formulieren leichter. Irgendwann einmal hatte er gelernt, im Zehnfingersystem zu tippen.

3

Osman, Malik und Johannes, den alle nur Jo nannten, schlurften die Manteuffelstraße hinunter und bogen in die Muskauer Straße ein.

Keiner sprach, bis Jo sagte: »Warum hast du das heute bloß gemacht, Osman?«

»Du weißt, was in der Schule passiert ist.«

»Ja! Aber er ist nicht mit dem Messer auf dich losgegangen.«

»Ihr Deutschen versteht das nicht. Es geht um Respekt. Respekt und Ehre, verstehst du?! Ihr seid meine Offiziere. Ihr müsst das kapieren. Wie sollen denn die Männer aus unserer Gang Respekt vor mir haben, wenn ich so was auf mir sitzen lasse?!«

Malik sagte: »Ich bin Syrer. Wir wissen genauso gut wie du, was Ehre ist. Aber wir sind doch auch Deutsche. Ich bin hier, seitdem ich fünf Jahre alt war, und du noch länger.«

»Was spielt denn das für eine Rolle? Die Ehre, die hast du hier drin!« Osman klopfte sich mit der geballten Faust gegen die Brust.

»Trotzdem«, sagte Malik, »wenn er stirbt, hast du einen Mord am Hals.«

Die Abenddämmerung kroch in die Stadt. Von den kahlen Zweigen der Alleebäume fielen einzelne Tropfen, obwohl es in den letzten Stunden nicht geregnet hatte. Die ersten Straßenlaternen flammten auf. Im diffusen Nebel bildeten sich kleine helle Höfe um die Lampen.

Die drei Jungen erreichten den Mariannenplatz. Auf der anderen Seite des Parks reckten sich die beiden schmalen, ins Mauerwerk eingezogenen Türme des Kulturzentrums Bethanien in den düsteren Himmel. Dort residierte das Kunstamt Friedrichshain-Kreuzberg, eine Musikschule, das Kreuzberger Kunsthaus und die alte Fontaneapotheke. Der langgezogene gelbe Klinkerbau machte um diese Zeit einen verlassenen Eindruck. Nur hinter dem kleinen quadratischen Fenster neben dem Spitzbogentor sah man die Silhouette des Pförtners und das bunte Flimmern eines Fernsehers.

Osman und seine Freunde gingen weiter Richtung Thomaskirche. Einen Augenblick hielten sie beim Zugang zur Wagenburg inne, der von zwei alten Lastwagen flankiert wurde. Die Stadtverwaltung hatte den Bewohnern ein Ultimatum gestellt. Der »Schandfleck« müsse beseitigt werden, hatte ein CDU-Abgeordneter getönt. Dabei wirkte jeder Wohnwagen, jeder Container, jeder Bretterverschlag wie eine sorgfältig erarbeitete Installation. Unter einem roten

Schirm beispielsweise stand ein Amboss, an den zwei alte Fahrradgestelle gelehnt waren, denen die Räder längst abhandengekommen waren. Eine rote Kinderrutsche endete in einem kleinen Sandkasten. Um einen alten Holztisch standen vier verschiedene Gartenstühle. Zwischen den Hütten waren kleine ummauerte Rondelle angelegt, in denen schwarze, halbverkohlte Äste lagen. Es mochte schon eine Weile her sein, dass da ein Feuer gebrannt hatte und Würste gegrillt wurden.

Die drei Jungen ließen die Wagenburg links liegen.

Auf einer Bank schräg gegenüber der Thomaskirche, einem mächtig aufragenden Bau aus rotem Klinker mit zwei quadratischen Türmen und einer Kuppel über dem Kirchenraum, saß ein alter Mann. Er hatte die Hände hinter dem Kopf gefaltet, seine Lippen bewegten sich tonlos. Zwischen seinen Füßen stand eine Bierflasche.

»Sieh dir den an!«, zischte Osman.

»Lass ihn in Ruhe«, sagte Jo. »Er kann nichts dafür.«

»Für was?« Malik lachte.

»Natürlich kann er was dafür«, sagte Osman. »Hast du 'ne Ahnung, was son alter Sack uns kostet?«

»Dich?« Nun musste auch Jo lachen.

Osman trat nach ihm und traf den Jüngeren am Schienbein.

»He, du! Was ist denn mit dir los?«

»Hört auf!«, sagte Malik.

Aber Osman beachtete ihn nicht. Er zog sein Messer und trat vor den Alten hin. »Na?«

Der Mann schaute auf. Das zerfurchte Gesicht war dunkel. Die Farbe zeigte, dass dieser Mensch sein Leben im Freien verbrachte. Neben ihm auf der Bank lag ein grauer Seesack. Die Augen des alten Mannes waren wässrig blau. Er beugte sich nach vorne und griff nach der Bierflasche. Aber Osman war schneller. Er hob die Flasche auf, nahm einen Schluck und sagte: »In deinem Alter sollte man nicht so viel trinken.«

Der Alte sagte nichts. Er fasste mit beiden Händen nach dem Kragen seines Mantels und zog ihn hoch.

»Steh auf!«, sagte Osman. Und als der Mann nicht reagierte, brüllte der junge Kurde: »Du sollst aufstehen, hab ich gesagt!«

Langsam erhob sich der alte Mann. Leise sagte er: »Was hab ich dir getan?«

»Es reicht, dass du auf der Welt bist.« Osman boxte den Mann mit der Bierflasche gegen die Brust und fuchtelte mit dem Messer in seiner anderen Hand vor dem Gesicht des Mannes herum.

»Ich habe viel von der Welt gesehen«, sagte der Mann mit großem Ernst, »aber ...«

Osman lachte. »Du?« Wieder stieß er ihn gegen die Brust. »Wer bist du denn? Wie heißt du. Hä?«

»Burick«, sagte der andere ruhig und verbeugte sich dabei ein klein wenig. Als er den Kopf wieder hob, hatte sich sein Blick verändert. Die Augen waren hart geworden und glichen grauen Kieseln.

Malik stand stumm daneben. Jo zog sich ein paar Schritte zurück, stellte sich hinter einen Busch und tat so, als müsste er pinkeln.

Der alte Mann schaute sich um. Weit und breit war niemand zu sehen.

Osman hob die Flasche über den Kopf des Mannes. Langsam drehte er sie. Die braune, schäumende Flüssigkeit ergoss sich über das schüttere Haar. Malik lachte.

Die Tür der Thomaskirche öffnete sich. Ein schmaler, großgewachsener Mann trat heraus, erfasste die Szene mit einem Blick und ging schnell auf die Gruppe zu. »Lasst den Mann in Ruhe!«

Jo trat hinter dem Busch hervor. Endlich konnte er auch etwas sagen. »Misch dich nicht ein, ja?«

Der Mann maß den Jungen mit einem abschätzigen Blick: »Gehörst du nicht nach Hause ins Bett?«

Osman rief über die Schulter: »Lässt du dir das gefallen, Jo?«

Malik trat auf den Neuankömmling zu: »Verschwinde, oder es passiert was!«

Der Mann holte ein Handy aus der Tasche und wählte. Malik trat ihm das Telefon aus der Hand und schlug im gleichen Moment mit der rechten Faust zu. Mit einem leisen Aufschrei knickte der Mann nach vorne. Das Telefon landete dicht vor Buricks Füßen an der Bank und trudelte auf dem kiesbestreuten Weg aus.

»Was ist?«, rief Osman über die Schulter.

»Er wollte die Bullen rufen!«

»Was??« Osman ließ von dem Mann an der Bank ab und kam herüber. »Du wolltest wirklich die Bullen holen? Tz, tz, tz. So dumm kann man doch gar nicht sein. Wer bist du überhaupt?«

Burick bückte sich und hob das Handy auf.

»Ich bin der Mesner der Kirche. Ich bitte euch …«

»Das ist gut. Das ist sehr gut. Bei uns muss man ganz schön bitte, bitte machen, wenn man was von uns will. Aber richtig. Auf die Knie, du Arsch!«

Der Mesner schaute Osman ungläubig ins Gesicht. Leise sagte er: »Ich beuge mein Knie nur vor Gott!«

Osman lachte laut auf. Er kriegte sich gar nicht mehr ein vor Lachen. Es klang kehlig, laut und hässlich über den menschenleeren Platz. Dann brach es plötzlich ab. »Vor eurem Gott?«, schrie Osman. Und noch mal: »Vor eurem Gott?! Auf die Knie, und dann bitte Allah, dass er dir Schweinefleischfresser vergibt!«

Hinter Osmans Rücken schulterte Burick seinen Seesack und ging mit kräftigen Schritten davon, ohne sich noch einmal umzusehen. Hinter einem dicken Baumstamm blieb er stehen und wählte 110.

»Hinknien!, haben wir gesagt.« Malik war hinter den Mesner getreten, packte ihn an beiden Schultern und trat ihn mit dem rechten Fuß in die Kniekehlen.

»Hilfe!«, schrie der Mann.

Osman lachte. »Dich hört keiner, und wenn, dann rennt er weg. Das will niemand sehen, was dir jetzt gleich passiert.« Er holte mit dem rechten Fuß aus und trat dem Mann mit dem klobigen Stiefel so hart ins Gesicht, dass der nach hinten fiel.

Jo kam hinzu und trat nun dem Mann in die Seite. Osman goss seinem Opfer das restliche Bier aus der Flasche ins Gesicht und spuckte hinterher. Malik lehnte an einem Baumstamm, die Arme über der Brust gekreuzt und schaute zu.

»Bitte, ihr habt keinen Grund ...«, keuchte der Mann am Boden.

»Wir brauchen keinen Grund!« Osman trat erneut zu. Seine Stiefelspitze traf die Schläfe des Mannes. Aus einer klaffenden Wunde trat Blut.

»Es reicht!«, sagte Malik.

»Ich bestimme, wann es reicht!«, schrie Osman. Er beugte sich über den Mann, der das Bewusstsein verloren hatte, packte ihn mit beiden Händen am Kragen seines Mantels und zog ihn hoch.

Auf der anderen Seite des Parks tauchten Scheinwerfer auf. Ein Auto bog beim Bethanienhaus in einen Parkweg ein. Das Licht erfasste die Gruppe vor der Kirche. Im gleichen Moment begann das Blaulicht des Polizeiautos zu kreisen, der Motor heulte auf, die Reifen drehten auf dem Kiesweg durch.

Osman ließ den leblosen Mann fallen und rannte los. Gefolgt von seinen Kumpels, spurtete er die Waldemarstraße hinunter und verlangsamte sein Tempo erst, als er den Görlitzer Park erreichte. Dort ließ er sich auf eine Bank fallen. Jetzt grinste er zufrieden.

Die beiden anderen hatten ihn eingeholt und setzten sich links und rechts neben Osman auf die Bank. Er legte seine Arme um ihre Schultern, zog sie an sich und sagte: »Hab ich nicht gesagt, wir verschaffen uns Respekt?«

Etwa zwanzig Meter entfernt tauchte Burick auf. Er lehnte sich gegen einen Baum, zog aus seiner Jackentasche ein Päckchen Tabak und Zigarettenpapier und begann sich mit einer Hand eine Zigarette zu drehen. Er wollte sie sich grade anzünden, als die drei Kumpels aufstanden und den Görlitzer Park verließen. Burick schulterte seinen Seesack und folgte ihnen.

Die beiden Schutzpolizisten hatten den blutenden Mesner auf die Bank gebettet. Während der eine nach dem Notarzt telefonierte, fragte der andere: »Verstehen Sie mich?«

Der Verletzte nickte und stieß einen Klagelaut aus.

»Haben Sie die Täter erkannt?«

Der Mann schüttelte den Kopf und stöhnte dabei auf.

»Aber Sie würden sie wiedererkennen, wenn Sie die Kerle wiedersehen?«

Der Mann nickte. Dann sagte er leise: »Ich versteh das nicht.«

Der Polizist tupfte dem Mesner das Blut aus dem Gesicht. »Wir verstehen das alle nicht.«

Ein Notarztwagen näherte sich. »Gott sei Dank!«, sagte der Polizist.

4

Hanna Iglau und Ron Wischnewski kamen von der Tatortermittlung zurück. Der Kriminalrat warf Heiland nur ein knappes »Tach« hin. Hanna fuhr ihm kurz mit der Hand über den Nacken, beugte sich hinunter und küsste ihn aufs Haar.

»Ein Fall für Sie, Heiland«, sagte Wischnewski.

Peter sah ihn nur fragend an.

Wischnewski holte sich einen Kaffee von der Maschine, die auf dem Fensterbrett leise vor sich hin gurgelte. »Liegt vielleicht so ähnlich wie der Fall Ebeling. Ist der Bericht eigentlich endlich fertig?«

Peter Heiland deutete auf den Drucker. »Ich druck ihn grade aus.«

»Soll ich berichten?«, fragte Hanna.

Wischnewski nickte. Christine Reichert zog einen Stenoblock zu sich heran, griff nach einem Bleistift und schickte sich an mitzuschreiben.

»Wir sind telefonisch informiert worden. Ein Mann, der einkaufen gehen wollte, sah den Jungen in einer Ecke des Spielplatzes liegen.«

»Ich bin heute dort vorbeigefahren«, warf Peter Heiland ein. »Da haben drei Jungs ganz friedlich Streetball gespielt.«

»Vielleicht war das Opfer dabei«, sagte Hanna.

»Weiter!«, brummte Wischnewski.

»Der Verletzte heißt Marc Schuhmacher, ist sechzehn Jahre alt und wohnt in der Emserstraße 137 in Neukölln. Eine Frau, die dem Spielplatz gegenüber wohnt ...«

»Name?«, fragte Christine Reichert dazwischen.

»Lore Dreiss. Sie hat den Jungen erkannt.«

»Weiß man, wer die anderen beiden waren?«, fragte Peter Heiland.

»Woher hätten wir wissen sollen, dass da noch zwei waren?«, bellte Wischnewski.

»Wir haben keine entsprechende Zeugenaussage«, ergänzte Hanna milde. »Es gibt überhaupt keine Zeugen bisher.«

»Was wissen wir über den Jungen?«, fragte Peter Heiland.

»Nichts. Außer, dass er beinahe tot ist«, erwiderte Wischnewski übelgelaunt. »Er ist fast verblutet. Ob die Ärzte ihn retten können, weiß niemand.« Peter Heiland sah seinen Chef an. Der Fall schien ihm an die Nieren zu gehen. Der Kriminalrat fuhr sich mit der flachen Hand über die Augen. »Sie hätten sein Gesicht sehen sollen.«

Peter Heilands Blick ging zu Hanna hinüber. Leise sagte sie: »Ein wirklich hübscher Junge. Eigentlich sah er überrascht aus, als ob er nicht glauben könnte, was ihm passiert ist.«

»*Was* ist denn nu passiert?«, wollte Christine wissen.

»Irgendeiner hat ihm sein Messer in die Rippen gerammt. Zum Glück ist er nicht bis zum Herzen durchgekommen, sagt der Doc.« Ron Wischnewski hatte zu seiner alten Sachlichkeit zurückgefunden. »Die Kollegen befragen weiter die Nachbarn.«

»Und sie gehen in die Schulen im Umkreis«, ergänzte Hanna Iglau. »Wir werden bald mehr wissen.«

»Wenn er zu sich kommt, kann er uns vielleicht sagen, wer es war.«

»Ja, wenn …« Ron Wischnewski stand auf, nahm Peter Heilands Bericht über den Fall David Ebeling aus dem Drucker und zog sich wieder hinter seinen Schreibtisch zurück. Er warf einen Blick auf die Papiere, verdrehte die Augen zur Decke und schrie: »Das darf doch nicht wahr sein!«

Die anderen sahen zu ihm hin. Wischnewski hielt die Seiten des Berichts über den Kopf und wedelte damit. »Was haben Sie denn da wieder gemacht?«

Peter sah ihn verständnislos an. Hanna ging zu Wischnewski hinüber und nahm ihm die Seiten aus der Hand. Sie musste ein Lachen unterdrücken. »Du hast bedrucktes Papier genommen.«

»Ja sicher, Schmierpapier. Die Rückseite kann man doch noch verwenden. Wird doch eh noch drin rumkorrigiert.«

»Aber du hast das Papier falsch eingelegt und auf die schon beschriebene Seite gedruckt.«

»Hä?« Peter Heilands Gesicht wirkte in diesem Moment nicht besonders intelligent.

»Ich druck's noch mal aus«, sagte Christine eifrig.

»Diese schwäbische Sparsamkeit!« Wischnewski konnte nur den Kopf schütteln.

»Ja«, sagte Peter zerknirscht. »Mein Opa Henry sagt auch immer: ›Du glaubst gar net, was ein Schwabe ausgibt, wenn er was schpare kann!‹«

Opa Henry war inzwischen auch in der 8. Mordkommission des Berliner Landeskriminalamtes eine bekannte Figur. Nicht nur, weil Peter Heiland ständig von seinem Großvater erzählte, sondern weil der erst im letzten Sommer leibhaftig in der Abteilung aufgetaucht war – ein sympathischer alter Kauz, wie Wischnewski fand.

»Recht hat er«, sagte Ron Wischnewski und fuhr dann, schon wieder versöhnlicher, fort: »Heiland, Sie übernehmen erst mal diesen Mordversuch. Sobald wir wissen, wo der Junge zur Schule ging, setzen Sie dort an. Und natürlich bei den Eltern, wenn wir sie gefunden haben.«

Peter Heiland legte auf seinem Computer einen neuen Ordner an und gab ihm den Titel »Marc Schuhmacher«. Dann setzte er das Datum darunter: »Mittwoch, 14. Januar 2009«.

5

Osman, Malik und Jo waren am Görlitzer Bahnhof in die U-Bahn eingestiegen und eine Station bis Kottbusser Tor gefahren. Dass Burick in letzter Sekunde in den nächsten Wagen geklettert war, hatten sie nicht bemerkt. Jetzt schnürten sie die Skalitzer Straße hinunter.

»Ich geh nach Hause«, sagte Jo plötzlich.

»Das denkst aber auch nur du!«, konterte Osman. »Dich davonschleichen, das würde dir so passen. Du hast einen Eid geschworen. Los, hier rein!« Er stieß die Tür zu einem Zeitungsladen auf. An der Tür hing ein Schild: Geöffnet bis 22 Uhr.

Burick war auf der gegenüberliegenden Straßenseite zu einem Obsthändler getreten. Die beiden schienen sich zu kennen. Nach einer kurzen Verhandlung nickte der Mann hinter den Obstkisten und nahm Buricks Seesack entgegen. Er verstaute ihn hinter der Ladentür. Burick ging ein paar Schritte weiter, lehnte sich gegen eine Hauswand und zündete endlich seine selbstgedrehte Zigarette an.

In dem Zeitungsladen gab es auch Getränke, Snacks, Schokoriegel und Schreibwaren, außerdem betrieb der Besitzer eine Lotto-Annahmestelle, und ein Schild verwies darauf, dass er Schuhe zur Reparatur annahm.

Hinter dem Ladentisch stand ein großer, breitschultriger Mann. »Na, was darf's sein?«, fragte er gemütlich.

»Das ganze Geld aus der Kasse und drei Flaschen Schnaps!« Osman ließ die Klinge seines Messers aus der Scheide springen. »Dafür garantieren wir dir auch Schutz!«

Der Ladenbesitzer schien unbeeindruckt zu sein. »Hältst du das für professionell, Ali?«

»Ich heiße nicht Ali!«

»Für mich heißen alle Türken Ali«, sagte der Mann hinter dem Ladentisch.

»Ich bin Kurde!«

»Das macht für mich keinen Unterschied.«

Osmans Augen glitzerten gefährlich. »Wir machen deinen Laden zu Kleinholz.« Er beugte sich weit über den Tresen. Das Messer kam dem Zeitungshändler gefährlich nahe. Der machte einen Schritt zurück, behielt aber die Ruhe.

»Vergiss es. Werd du erst mal trocken hinter den Ohren. Du kannst meinen Laden kaputtmachen, aber das wird für dich teurer als für mich! Ich hab nämlich bereits Schutz. Und die Leute, die mir den garantieren, rauchen dich in der Pfeife, mein Sohn.«

»Red nicht sone Scheiße!«, sagte Osman, aber es klang längst nicht mehr so selbstbewusst.

»Du hast es nicht bemerkt«, fuhr der Ladenbesitzer ungerührt fort, »aber als ihr hier hereinkamt, habe ich meinen Beschützern Signal gegeben. Da, siehst du den Knopf?« Er deutete unter die Kante des Ladentisches.

Osman beugte sich noch weiter über den Tisch und suchte den Knopf mit den Augen. Im gleichen Moment packte ihn der Ladenbesitzer im Nacken, drückte Osmans Kopf über die Kante des Tisches und griff mit der anderen Hand nach dem Messer.

»Malik!«, keuchte Osman. Aber sein Freund machte nur einen halbherzigen Schritt nach vorne. Der Ladenbesitzer zog den Daumen Osmans aus dem metallenen Ring, und schon hatte er das Messer in der Hand. »Raus hier, aber schnell!«, sagte er mit schneidender Stimme.

Osman richtete sich schwer atmend auf. »Wir kommen wieder, verlass dich drauf!«

»Das glaub ich nicht«, sagte der Ladenbesitzer und wog das Messer in der Hand. »Da sind Blutspuren dran.«

»Los, Leute«, sagte Osman zu Malik und Jo.

Sie verließen den Zeitungsladen. Der Ladenbesitzer holte eine Plastiktüte aus einer Schublade und ließ das Messer vorsichtig hineingleiten.

Draußen auf der Straße sagte Osman: »Die Leute müssen erst begreifen, dass eine neue Zeit gekommen ist. Aber das bringen wir denen schon bei, und dann wird kassiert ohne Ende!«

Malik schüttelte den Kopf. »Wir haben uns zu viel vorgenommen, Osman.«

»Stimmt nicht. Wir haben uns nur noch nicht den Respekt verschafft, der uns zusteht.«

Jo massierte seinen Nasenrücken mit den Kuppen von Daumen und Zeigefinger. »Ich weiß nicht …«, sagte er beklommen.

Osman schlug ihm leicht mit der flachen Hand gegen die Stirn. »Klar, du weißt ja nie was. Los, ich lad euch ein.«

Sie gingen über die Straße und verschwanden in einem Falafel-Laden.

Burick hatte sich rechtzeitig aus ihrem Gesichtsfeld gebracht.

DONNERSTAG, 15. JANUAR

1

Marc Schuhmacher besuchte das Ludwig-Uhland-Gymnasium. Peter Heiland suchte das Gymnasium gegen neun Uhr am nächsten Tag auf. Marc ging in die zehnte Klasse, stand also kurz vor der mittleren Reife. Die Direktorin der Schule, Dr. Annemarie Wessel, war um die fünfzig. Eine großgewachsene Frau mit einem harten Zug um den Mund. Ihre blonden Haare trug sie in einer Männerfrisur, links gescheitelt und kurz geschnitten. Sie saß sehr aufrecht hinter ihrem Schreibtisch, als Peter Heiland ihr Büro betrat. Ohne ihm die Hand zu geben, sagte sie: »Guten Tag. Nehmen Sie bitte Platz.«

Peter Heiland blieb stehen. »Marc Schuhmacher ist ein guter Schüler«, sagte Frau Dr. Wessel, bevor Heiland etwas fragen konnte. »Und er engagiert sich für seine Mitschüler, was hier eher eine Seltenheit ist.«

»Ist er beliebt?«

»Akzeptiert. Er ist akzeptiert. Von den meisten wenigstens. Sie werden sich erkundigt haben, nehme ich an. Unsere Schule hat einen Ausländeranteil von über siebzig Prozent. Für viele ist es schwierig, sich zurechtzufinden. Und wer sich nicht in irgendeine Gruppe eingliedern kann, hat es besonders schwer, selbst wenn er noch so intelligent ist. Wir hatten zum Beispiel einen Syrer, Malik Anwar, ein hochbegabter Junge, sein Intelligenzquotient lag weit über dem seiner Mitschüler. Aber sein Sozialverhalten tendierte gegen null. Wir mussten ihn letztes Jahr von der Schule verweisen.«

»Und wie stand Marc Schuhmacher zu dem?«

»Schwer zu sagen. Sie haben oft gestritten, aber es kam nie zu einer Schlägerei.«

»Ist das etwas Besonderes?«

Frau Dr. Wessel lachte kurz auf. »Es ist die absolute Ausnahme.« Sie sah Peter Heiland an. »Wo sind *Sie* denn zur Schule gegangen? So lange kann das ja noch nicht her sein.«

»In Riedlingen.«

»Wo ist denn das?«

»Auf der Schwäbischen Alb.«

»Und wo ist die?«

»So ein Fach wie Erdkunde gibt es hier wohl nicht?«

Die Rektorin ging nicht darauf ein.

»Südlich von Stuttgart zwischen Geislingen und Ulm und zwischen Donaueschingen und Aalen, grob g'sagt«, erklärte der Kommissar.

Frau Dr. Wessel nahm ihren Faden wieder auf: »Jedenfalls haben wir hier eine hohe Gewaltbereitschaft.

Ich muss Ihnen sicher nicht erklären, wo das herkommt. Das können Sie jeden Tag in irgendwelchen Zeitungen lesen. Nur dass die auch nicht wissen, wie man dagegen ankommt. Wir doktern an den Symptomen herum, aber solange die Ursachen nicht bekämpft werden ...« Sie ließ den Satz in der Luft hängen.

»Gibt es andere Schüler, die Sie mir nennen können? Ich meine, die für die Tat vielleicht in Frage kommen.«

»Es muss doch kein Schüler von uns gewesen sein. Neuerdings haben wir immer mehr Fremde auf dem Schulgelände.«

»Fremde?«

»Sagen wir so: Leute, die nicht oder nicht mehr in unsere Schule gehen. Jungs vor allem, die hier eine Freundin haben, zum Beispiel. Erst neulich hat ein junger Türke, der früher in unsere Schule ging, einen Lehrer zusammengeschlagen, weil er ihm in der großen Pause den Zutritt zum Schulhof verwehren wollte. Marc Schuhmacher ist übrigens dazwischengegangen. Er ist genau der Typ, der bei so etwas nicht einfach zuschaut. Auch in dieser Hinsicht durchaus eine Ausnahme.«

»Und?«

»Marc betreibt eine fernöstliche Kampfsportart – fragen Sie mich nicht, wie die heißt. Er ist mit dem Türken fertig geworden, hat ihm den Arm auf den Rücken gedreht und ihn vom Schulhof geführt.«

»Ein richtiger Held.«

»Jedenfalls hat er sich damit Respekt verschafft. Auch bei unseren Schülern.«

Peter Heiland wollte sagen: »Das hat ihm gestern aber auch nicht geholfen«, doch er ließ es. »Wissen Sie, wie ich den türkischen Jungen finde?«, fragte er.

»Nein. Aber vielleicht kann es Ihnen Leila Aikin sagen.«

»Seine Freundin?«

»Zumindest war sie es eine Zeitlang.«

»Und jetzt noch der Name des Lehrers, dem Marc Schuhmacher geholfen hat.«

»Dieter von Beuten. Er unterrichtet Mathematik und Physik.«

Peter Heiland ging durch die langen Gänge der Schule. Die Wände waren bis zu einer Höhe von ein Meter achtzig mit Ölfarbe gestrichen. Die Fenster saßen hoch oben dicht unter der Decke. Zwischen dem ockerfarbenen Ölanstrich und den Fensterscheiben war die Wand mit wilden Krakeleien beschmiert. Manchmal konnten ja Graffiti schön oder doch zumindest interessant aussehen, aber hier schienen ausschließlich Stümper am Werk gewesen zu sein.

Plötzlich konnte der Kommissar nicht weiter. Ein Knäuel rangelnder Schüler versperrte ihm den Weg. Drei prügelten auf einen vierten ein, der winselnde Töne von sich gab.

»Dich mach ich urban, du Opfer!«, schrie einer und

trat mit seinen groben Stiefeln gegen den Jungen, der sich am Boden krümmte.

Peter Heiland sah sich um. Weit und breit kein Lehrer, der eingeschritten wäre. Auf seine schiere Autorität verließ sich der schmale Kommissar schon lange nicht mehr, deshalb schob er seine linke Jackenhälfte so weit zurück, dass sein Holster mit der Dienstwaffe gut zu sehen war, bevor er mit scharfer Stimme sagte: »Aufhören!«

Die drei prügelnden Schüler drehten sich um. Einer sagte spöttisch: »Hast du etwa 'ne Stimme hier, Mann? Sieh zu, dass du ...« Aber da fiel sein Blick auf die Pistole, und er verstummte.

»Was heißt, ich mach dich urban?«, fragte Heiland.

Der Junge, dem die anderen so zugesetzt hatten, kam langsam hoch. Er blutete aus dem linken Mundwinkel. »Das heißt, sie schlagen mich so zusammen, dass ich ins Urbankrankenhaus muss.«

»Ist ja nicht weit«, feixte einer der Schläger.

»Jedenfalls nicht weiter als in 'ne Arrestzelle bei der nächsten Polizeiwache«, gab der Kommissar zurück. »Warum prügelt ihr auf euren Mitschüler ein?«

»Er ist 'n Opfer. Und der bleibt auch 'n Opfer«, sagte einer der anderen.

»Und das ist der Grund?«

»Reicht der nicht?«

»Nee, du, garantiert nicht!«, sagte Peter Heiland. »Wer von euch kennt Marc Schuhmacher?«

»Jeder«, kam es von dem größten der Jungen, der seiner Aussprache nach Türke sein musste.

»Marc ist ein Scheißangeber«, sagte der, den die anderen grade noch verprügelt hatten, und sah sich beifallheischend um.

»Er hat's gecheckt.« Der Türke schlug dem Jungen mit der flachen Hand gegen die Stirn, hob den Daumen und schlurfte den Gang hinunter. Der Bund seiner Jeans saß so tief, dass man einen Teil seines dicken nackten Hinterns sehen konnte. Die Hosenbeine schoben sich ziehharmonikaförmig um die Waden zusammen. Im Weggehen formte er mit dem Mittelfinger und dem Daumen seiner rechten Hand ein O. Dann schlug er sich mit der Linken in die rechte Armbeuge.

»Selber Arschloch«, sagte Peter Heiland und fragte: »Wie heißt der?«

»Vural«, antwortete der Junge, den die anderen geschlagen hatten, »Vural Özal.«

»Halt die Fresse«, sagte einer der Prügler. »Und vergiss nicht, was du uns schuldig bist, ja, Alter?!« Damit trollten sich auch die beiden anderen Schläger.

»Du bist also ein Opfer?«, fragte Peter Heiland.

»Was soll ich machen?« Der Junge griff nach seiner Lederjacke, die am Boden lag.

»Wie heißt du?«

»Florian Sternebeck. Aber das nützt mir auch nichts.«

»Was könnte es denn nützen?«

»Mein Vater ist im Bezirksbeirat 'ne große Nummer, aber hier ist er niemand. Der traut sich nicht mal hier rein.«

Vural Özal kam zurück. Er trug eine volle Coladose in der Hand, aus der er in kurzen Abständen trank; eine leere Dose kickte er vor sich her und nuschelte Rap-Synkopen, die man nicht verstehen konnte. Florian Sternebeck schlich davon.

Peter Heiland, der einmal ein recht guter Fußballspieler gewesen war, stoppte die Blechdose mit dem rechten Fuß. Als Vural sie mit der Schuhspitze zurückholen wollte, schob Heiland sie auf den linken Fuß, machte eine kurze Körpertäuschung und umspielte den jungen Türken geschickt. Dann stellte er den Fuß auf die Dose. »Ihr lasst den Florian in Ruhe«, sagte er.

»Hat er nu einen Beschützer, oder was?«

»Du hast es kapiert, Vural.«

»Aber ob ihm das was nützt?«

Der junge Türke ging weiter. Peter Heiland bückte sich, hob die Blechdose auf und wollte sie in einen etwa drei Meter entfernten Papierkorb werfen. Aber er verfehlte das Ziel, musste sich bücken und legte den Blechknäuel zum anderen Abfall.

Dieter von Beuten war alleine im Physiksaal. Er baute einen Versuch für die nächste Stunde auf und hob kaum den Kopf, als Peter Heiland hereinkam. »Ja, was ist?«

»Ich habe einen versuchten Mord oder Totschlag – so genau wissen wir das noch nicht – an einem Ihrer Schüler aufzuklären.« Er zeigte seinen Ausweis. »Peter Heiland, LKA Berlin.«

»Ich hab davon gehört.« Der Lehrer sah auch jetzt nicht richtig auf.

»Ach ja? Von wem?«

»Er ist auf dem Streetballplatz gefunden worden, nicht wahr?«

»Ja.«

»Ein Schüler hat es erzählt. Er ist zufällig dort vorbeigekommen. Ich kann nur hoffen, dass Marc am Leben bleibt.« Jetzt richtete sich von Beuten auf. Er drückte mit beiden flachen Händen gegen seinen Rücken und gab ein leises Stöhnen von sich. »Meine Bandscheibe.« Er mochte um die vierzig sein, hatte strohblondes Haar, das nach allen Seiten vom Kopf abstand. Der weiße Mantel, den er trug, war dem dünnen Mann zu weit. Von Beutens Gesicht war schmal. Tiefe Falten zogen sich von den Augenwinkeln bis zur Kinnspitze, was ihm einen sorgenvollen Ausdruck verlieh.

»Ich habe gehört, dass Marc Schuhmacher Ihnen neulich geholfen hat, als irgend so ein wild gewordener Typ auf Sie losgegangen ist.«

Von Beuten nickte. »Eine Demütigung ist das! Da stehen mindestens zweihundert Schüler herum und schauen grinsend zu, wie der auf mich losgeht, bis auf einen einzigen, der eine gewisse Zivilcourage besitzt.

Die meisten von denen unterrichte ich seit vielen Jahren. Ich mache einen guten Unterricht. Das klingt nach Eigenlob, stimmt aber. Wenn die es später zu etwas bringen, haben sie das, unter anderem, auch mir zu verdanken. Und trotzdem sehen sie tatenlos zu, wie so ein Kerl mich krankenhausreif schlagen will.«

»Urbanreif«, entfuhr es Heiland.

»Ja, ich kenne den Ausdruck natürlich.« Von Beuten kontrollierte seinen Versuchsaufbau noch einmal und setzte sich dann auf einen Stuhl.

»Wissen Sie, wer der Junge war, der Sie angegriffen hat?«

Von Beuten nickte. »Er war früher mal Schüler hier. Wurde aber irgendwann relegiert.«

»Worum ist es denn gegangen?«

»Er wollte seine Freundin zwingen, den Unterricht zu schwänzen und mit ihm zu kommen.«

»Wie heißt er?«

»Osman Özal.«

»Özal? Ich habe grade einen Vural Özal getroffen.«

Von Beuten nickte. »Sein kleiner Bruder.«

»Und seine Freundin?«

»Leila Aikin. Sie ist eine gute Schülerin, sehr begabt. Und sie ist fleißig. Das haben wir oft bei den jungen Türkinnen, aber auch bei den anderen Mädchen mit Migrationshintergrund.«

Peter Heiland musste lächeln.

»Was ist? Was finden Sie daran so amüsant?«

Heiland winkte ab. »Nichts Besonderes, nur, wie beiläufig so ein Wort über unsere Lippen kommt: Schüler mit Migrationshintergrund. Warum sagen wir nicht einfach ›ausländische Schüler‹?«

»Weil das nicht ganz stimmen würde. Viele sind ja hier geboren. Aber Sie haben schon recht. So eine Formulierung schleicht sich ganz schnell in unser Reden ein. Ich nehme an, bei Ihnen gibt es auch so etwas.«

Heiland nickte. »Als ich noch bei der Verkehrspolizei war, lernte ich den Ausdruck ›Bedarfsgesteuerte Fußgängerfurt‹.«

»Und was ist das?«, fragte von Beuten.

»Eine Fußgängerampel. Und statt Hubschraubertransport hieß es ›Luftverlastung‹.«

Der Lehrer nickte ernst. »Wenigstens wurden diese Ausdrücke nicht Teil der Umgangssprache.«

Peter Heiland nahm den Gesprächsfaden wieder auf. »Sie meinen also, der Antrieb zu lernen ist bei ausländischen Mädchen besonders groß?«

»Jedenfalls viel größer als bei den Jungen. Die männlichen Schüler wollen sich ihr Renommee nicht durch Wissen verschaffen, sondern mit ihren Fäusten. Und dass die Mädchen so viel besser sind, macht die Jungen noch aggressiver, als sie sowieso schon sind.«

Als der Kommissar das graue Schulgebäude verließ, war es draußen fast dunkel geworden. Er schaute auf die Uhr. Zehn Uhr vormittags, und über der Stadt lag eine Dämmerung wie am Abend. Zu allem Überfluss fiel nun auch der erste Regen an diesem Tag, in den sich zunehmend Schneeflocken mischten. Peter Heiland schlug den Mantelkragen hoch. Seit Tagen pendelten die Temperaturen um die Nullgradmarke. Aber bisher war es trocken geblieben. Der Schneeregen hinterließ auf den Straßen grauen Matsch. Autos, die hindurchpflügten, ließen rechts und links kleine, schmutzige Fontänen aufsteigen.

Peter Heiland stieg in den U-Bahn-Schacht hinab, warf eine Zweieuromünze in den aufgeklappten Instrumentenkoffer eines Klarinettenspielers, der zur Backgroundmusik aus einem Kofferradio das Solo aus Mozarts A-Dur-Konzert blies, ließ die Bahn, die grade bereitstand, davonfahren und setzte sich auf eine Bank aus Gitterstahl.

2

Osman, Malik, Jo und ein paar Freunde hatten sich im Jugend- und Freizeitheim an der Urbanstraße verabredet. Sie standen am Poolbillardtisch, aber nur Osman stieß lustlos ab und zu mit dem Queue gegen eine Kugel. Auf der anderen Seite des Tisches lehnte ein etwa dreißigjähriger Mann. Er trug Jeans und eine Kapuzenjacke. Die Haare hatte er zentimeterkurz geschnitten.

»Ich will wissen, ob ihr was damit zu tun habt«, sagte er.

Osman sagte, ohne aufzuschauen: »Mirko, machst du schon wieder den Bullen?«

»Von uns war das keiner«, schob Malik nach.

»Jeder weiß, wie locker dein Messer sitzt«, sagte der, den Osman mit Mirko angesprochen hatte. »Marc Schuhmacher wurde lebensgefährlich verletzt.«

Osman warf das Queue auf den Tisch. »Ich hab keinen Bock mehr. Kann man denn nirgendwo mehr hingehen, ohne blöde angelabert zu werden?«

Malik nahm das Queue und stellte es in den Ständer. Beiläufig sagte er: »He, Osman, übertreib's nicht. Mirko ist dein Bewährungshelfer.«

»Weiß ich selber, du Idiot, dass der Flachwichser meine Bewährungstante ist. Aber solange ich nichts getan hab, soll er mich in Ruhe lassen.«

Jo meldete sich: »Ich kann bestätigen, dass Osman nichts damit zu tun hat.«

Mirko Brandstetter musterte den Kleinsten in der Runde. »Warum bist du eigentlich nicht in der Schule, Jo?«

»Was geht's dich an?«, rief Osman.

»Kann er nicht selber antworten?«

»Nee, das machen wir für ihn, was, Malik?«

Malik lächelte Mirko Brandstetter an: »Andererseits sind wir nicht erziehungsberechtigt – genauso wenig wie du, Mirko!«

»Okay, okay«, machte der Bewährungshelfer. »Ich hätte vielleicht einen Job für dich, Osman.«

»Einen Job?« Osman Özal spuckte auf den Boden. »Wer will hier einen Job?«

»Hör dir's doch erst mal an«, sagte Mirko.

»Nein! Das, was ich hören will, sag ich mir selber!« Osman lachte selbstzufrieden in die Runde. Aber keiner lachte mit.

Malik sagte: »Wann begreifst du das endlich, Mirko: Wir organisieren unser Leben selber.«

Ein etwa achtzehnjähriger Junge, der sich am Automaten eine Cola geholt hatte, tippte Mirko Brandstetter auf die Schulter. »He, Streetworker!«

Mirko drehte sich um. »Ja?«

»Wär der Job auch was für mich?«

»Warum nicht? Ausladen, Regale füllen, Flaschenkisten auffüllen und sortieren in 'nem Getränkehandel. Sechs Euro zwanzig die Stunde.«

»Mach ich sofort! Gib mir die Adresse. Was muss ich denen sagen?«

Mirko Brandstetter griff in seinen Rucksack, zog einen Block heraus, füllte ein paar Zeilen aus, unterschrieb und reichte dem Jungen den Zettel. »Da musst du noch deinen Namen eintragen.«

»Thanks«, sagte der, salutierte mit dem Zeigefinger am Schirm seiner Baseballmütze und ging hinaus.

»Das ist Ausbeutung«, sagte Malik.

Mirko Brandstetter sah ihm in die Augen. »Dir hab ich den Job auch nicht angeboten. Du bist ja zu faul, dein Abi zu machen, obwohl es dir garantiert leichtfallen würde!«

»Was geht's dich an?«

»Nichts, solange du deine Intelligenz nicht dazu benützt, die ganze Moral hier zu versauen.« Er zog den rechten Riemen seines Rucksacks über die Schulter und schickte sich an, den Club zu verlassen. Aber auf halbem Weg zur Tür drehte er sich noch einmal um. »Wenn du's warst, Osman, stell dich lieber. Wer weiß, was dir sonst passiert.«

Damit ging er hinaus.

»Warum lassen wir uns von dem eigentlich alles gefallen und sonst von niemand?«, fragte Jo.

»Das verstehst du nicht.« Malik zündete sich eine Zigarette an. »Der Mann ist Teil des Systems. Aber er ist nicht unser Feind.«

»Könnte er aber werden«, meinte Osman.

»Nein, nicht Mirko Brandstetter«, sagte Malik sehr bestimmt.

»Los, wir machen was!«, sagte Osman.

»Was denn?«, wollte Jo wissen.

»Irgendwas. Mach 'nen Vorschlag.«

»Mir fällt nichts ein.«

Malik grinste: »Wolltest du nicht schon immer mal in 'nen Puff, little Jo?«

»Was denn? Jetzt? So früh am Tag?«

»Du könntest natürlich auch in die Schule gehen.«

»Phhh«, machte Jo.

»Puff find ich gut.« Osman schlug Jo mit der flachen Hand vor die Stirn. »Irgendwann bist du eh dran. Je eher, je besser, was, Malik?«

»Aber genau. Jo ist längst geschlechtsreif.«

»Red nicht schon wieder so gelehrt daher, Alter!« Osman war schlechter Laune, und das würde sich an diesem Tag wohl auch kaum mehr ändern. Schon gar nicht in dem Billigbordell drei Straßen weiter.

Jo, der sich vor dem fürchtete, was ihm möglicherweise bevorstand, fragte zögernd: »Osman, was sagt denn deine Freundin dazu, wenn du …?«

»Halt's Maul, Mann. Das verstehst du nicht. Das sind zwei ganz verschiedene Sachen.«

Malik kicherte. »Musst du noch lernen: Das eine

ist Sex, das andere ist Liebe und Leidenschaft. Aber anfangen tust du am besten mit Sex!«

Jo wurde es immer unbehaglicher.

Inzwischen hatten sie den Jugendclub verlassen. »Sag mal, der dort drüben!«, rief Jo.

»Lenk nicht ab!«, sagte Malik.

»Das ist doch der Alte, dem Osman gestern das Bier über die Rübe gegossen hat.«

»Was?«, riefen Malik und Osman wie mit einer Stimme.

An einem Alleebaum auf der anderen Seite der Straße lehnte Burick und drehte mit der linken Hand eine Zigarette. Die rechte hatte er tief in der Tasche seines abgeschabten Mantels versenkt.

Osman marschierte los. Als er die Straße halb überquert hatte, griff er in seine Jacke und zog sein Springmesser hervor. Burick rührte sich nicht. Als die drei nur noch wenige Schritte von ihm entfernt waren, zündete er sich mit der linken Hand die Zigarette an, die rechte zog er aus der Tasche und richtete einen Revolver auf Osman. Der blieb ruckartig stehen. Jo lief von hinten auf ihn auf.

Die Zigarette baumelte im linken Mundwinkel Buricks, löste sich aber nicht, als er redete. »Gestern hatte ich den Browning leider nicht bei mir, sonst hättet ihr den Mann aus der Kirche nicht so zugerichtet. Aber irgendwann büßt ihr dafür. Nicht jetzt, nicht hier, es sei denn, du gehst auf mich los. Dann wäre es ja Notwehr.«

Osman, Malik und Jo standen wie angewurzelt.

»Ihr bildet Gangs«, fuhr Burick fort, und seine Augen hatten nun wieder diesen harten Glanz. »Vielleicht sollten wir das auch tun, ich meine, wir von der Straße. Aber keine Bange. Es sind nur wenige darunter, die der Mut nicht verlässt, wenn es Abend wird.« Er spuckte die Zigarettenkippe auf den Gehsteig und trat sie aus. »Und jetzt seht zu, dass ihr Land gewinnt. Aber nicht vergessen: Ich habe euch im Auge.«

Malik war der Einzige aus dem Trio, der unbeeindruckt zu sein schien. »Wo haben Sie denn die Waffe her?«

»Frag mich lieber, wo ich gelernt hab, damit umzugehen.«

»Okay«, Malik lächelte, »wo haben Sie gelernt, damit umzugehen?«

»In der Fremdenlegion. Ihr werdet vielleicht nicht wissen, was das ist. Aber dort hat man gelernt, den Feind niemals aus den Augen zu lassen, bis man ihn am Ende in aller Ruhe stellen und unschädlich machen kann.« Jetzt wendete er sich direkt an Osman: »Und vergiss nicht. Seit gestern Abend bist du mein Feind!«

Einen Augenblick lang blieben sie noch stehen, dann sagte Osman: »Okay, Alter. Keine Ahnung, was die Fremdenlegion ist. Aber weißt du, was ein Original-Gangster ist?«

»Ja. Und ich weiß auch: Du bist keiner. Sonst hättest du dich gestern Abend anders benommen.«

»Du machst mir keine Angst!«, erwiderte Osman.

»Umso schlimmer. Angst ist manchmal eine richtig gute Ratgeberin. Manchmal rettet sie uns sogar das Leben, Osman Özal!«

Jetzt wurde Osman doch bleich. Woher wusste der Penner seinen Namen? Schweißperlen traten auf Osmans Stirn. Seine Lippen zitterten. Er hatte noch immer das Messer in der Hand. Unwillkürlich drückte er auf den Auslöser. Die Klinge sprang heraus. Burick hob seine Waffe und entsicherte sie. Das leise Klacken war gut zu hören.

»Steck dein Messer weg!«

Osman gehorchte. Dann ging er rückwärts über die Straße, stolperte einmal fast über seine eigenen Beine. Drehte sich erst am gegenüberliegenden Bordstein um und verfiel dann in einen schnellen Trab.

Keiner der drei redete, bis sie das Kottbusser Tor erreichten.

Jo fand als Erster die Sprache wieder. »Der alte Sack ist mir unheimlich!«

Keiner antwortete. Fünfzig Meter weiter sagte Malik: »Fremdenlegion, das ist 'ne französische Spezialarmee. Da überleben nur die härtesten Typen.«

»Aber der Typ ist 'n Penner!« Osman war stehen geblieben.

»Hat sich vielleicht nicht zurechtgefunden hier, nachdem er aus der Sahara oder was weiß ich woher zurückgekommen ist.«

»Manchmal gehst du mir total auf den Sack mit deiner Klugscheißerei«, sagte Osman. »Los, wir gehen jetzt in den Puff. Ich bezahle!«

»Mein Chef in Stuttgart ...«
»Lassen Sie mich bitte mit diesem Kommissar Bienzle in Ruhe«, blaffte Kriminaloberrat Wischnewski Peter Heiland an.

Aber der ließ sich nicht aus der Ruhe bringen. »Der hat immer gesagt: Kriminalistik ist deshalb eine Wissenschaft, weil man wie jeder Forscher eine Theorie aufstellen und sie dann beweisen muss.«

»Und dann beweist man womöglich, dass man mit seiner Theorie total falschgelegen hat«, ließ sich Hanna hören, die grade frisches Wasser in die Kaffeemaschine einfüllte.

»Ja sicher.« Peter Heiland nickte. »Aber man stellt so eine Theorie natürlich immer erst auf, wenn man schon ein paar Hinweise hat, also wenn eine gewisse Wahrscheinlichkeit ...«

»Und was ist nun Ihre Theorie?«, ging Wischnewski dazwischen.

»Ich hab noch keine.«
»Dann wird's aber Zeit.«

Wischnewski stand auf und holte seinen Mantel. Wie immer zog er ihn so heftig vom Bügel, dass der noch drei- oder viermal gegen die Rückwand der Garderobe knallte.

»Gehen Sie schon?«, fragte Hanna.

»Ist ja mein freier Abend!«

»Hat doch keiner was gesagt«, rief Christine Reichert und fing sich dafür einen wütenden Blick des Chefs ein.

3

Die Stimmung war gedrückt. Der Besuch im Bordell war kein rechter Erfolg gewesen. Malik hatte schon an der Tür gesagt, er sei nicht zum Bumsen aufgelegt. Er hatte sich an die Bar gesetzt und mit einer der Frauen ein gepflegtes Gespräch begonnen, was Osman mit den Worten quittierte: »Ich hab's ja gewusst: Du bist schwul!«

Malik lächelte: »Was ich bin, wirst du irgendwann noch rauskriegen. Aber schwul bin ich nicht.«

Die älteste der Nutten, die sich Molly nannte, hatte gleich begriffen, worum es Osman ging, den sie im Übrigen gut zu kennen schien. »Ich weiß nicht, ein bisschen jung ist dein Freund ja schon. Wenn jetzt plötzlich die Sitte kommt …«

»Um diese Zeit?« Osman legte hundert Euro auf den Tisch, stand auf, zog wortlos eine schmale Schwarzhaarige, die außer ein paar Netzstrümpfen und einem durchsichtigen schwarzen Blüschen nichts trug, vom Barhocker und verschwand mit ihr im hinteren Teil des Etablissements.

Jo sah sich um wie jemand, der einen Ausweg sucht und keinen findet. Molly nahm die hundert Euro vom Tisch, fasste Johannes an der Hand und führte ihn auf demselben Weg, den Osman und die Schwarzhaarige zuvor genommen hatten, nach hinten. Als sie die Tür zu ihrem Zimmer hinter sich schloss, sah sie ihren Kunden von oben bis unten an. »Wenn du nicht willst – kein Problem. Wir dürfen es nur Osman nicht verraten. Der wird ja so wahnsinnig schnell wütend.«

Und dann besprachen sie, was Jo seinen Freunden erzählen sollte. Das freilich erregte Jo so sehr, dass er zögernd nach Mollys mächtigen Brüsten griff.

»Aha«, machte Molly und öffnete die Gürtelschnalle an Jos Hose. Behutsam senkte sie ihre Hand hinein, schnurrte wie eine alte Katze und meinte: »Na, da schau her. Da müssen wir ja gar nicht so viel erfinden.« Trotzdem blieb es bei ein paar freundlichen Handreichungen und endete so wie bei Jo zu Hause, wenn er heimlich unter der Bettdecke onanierte. Jo hielt das freilich nicht davon ab, seinen Freunden später zu erzählen, er habe Molly hergenommen, dass die fast keine Luft mehr gekriegt habe.

Es war inzwischen dunkel geworden. Die kahlen Äste der Bäume am Straßenrand hoben sich wie Schattenrisse gegen den bewölkten Himmel ab, der die Lichter der Stadt als diffuse Helligkeit zurückwarf.

»Was willst du denn jetzt machen?«, fragte Jo den Anführer. »Die kriegen dich doch.«

»Solange ihr die Schnauze haltet ...«

»Und die anderen? Seine Freunde?«

»Die reden nicht. Die scheißen sich doch in die Hose vor Angst.«

»Und Kevin?«

»Mit dem mach ich 'nen Deal. Wird teuer, aber geht.«

»Und wenn das alles nicht funktioniert?«

»Dann hau ich ab. Ist mir eh zu kalt und zu nass hier. Ich fahr nach Hause. Da kriegen sie mich nicht.«

»Und Leila?«

»Die kommt irgendwann nach.«

»Glaubst du das echt?«, fragte Malik.

»Warum nicht? Sie liebt mich.«

»Die macht in drei Jahren ihr Abi«, sagte Jo, »und dann fängt sie an zu studieren. Du glaubst doch nicht im Ernst, dass sie dann nach – wie heißt das? Kurdistan? –, dass sie da hinkommt?«

Osman blieb stehen. »Seid ihr nun meine Freunde oder nicht?«

»Sind wir«, sagten die beiden anderen wie mit einer Stimme.

»Okay, dann müsst ihr auch an mich glauben. Unsere ganze Gang muss an mich glauben!«

Sie waren auf der Gotzkowskybrücke angekommen. »Ich geh jetzt zu ihr«, sagte Osman. »Leila kapiert das schon.« Er zog zuerst Malik und dann Jo an sich, drückte sie fest und küsste sie auf die Wange.

»Ich komm noch ein Stück mit«, sagte Jo.

»Okay, aber erst muss ich noch 'ne Stange Wasser wegstellen.« Osman ging ein paar Stufen die Treppe zum Uferweg hinunter und stellte sich an die Mauer.

»Warum macht er auch so was?«, fragte Jo.

»Hat er doch gesagt: aus Rache!«

»Aber das ist doch so was von krass!« Jo trat wütend gegen einen Stein, der lose auf dem Trottoir lag.

»So einer wie du wird das nie verstehen«, sagte Malik.

»Und dann tut er noch so, als mache ihm das gar nichts aus.« Jo konnte sich nicht beruhigen. »Aber das stimmt doch gar nicht!«

»Du weißt doch, dass er immer größer tut, als er ist!« Malik schaute zum Himmel hinauf, der grau und schmutzig über der Stadt lag. »Bei mir ist das grade umgekehrt.«

»Aus dir wird ja sowieso keiner schlau«, sagte Jo.

Malik grinste: »So soll's sein, sprach Frankenstein und schob den ganzen Sack mit rein.«

»Ich bin froh, wenn Osman abhaut.« Jo zog mit seiner Schuhspitze Linien und kleine Kreise in den schmutzigen Schneematsch. »Manchmal macht er mir richtig Angst!«

Unten an der Treppe empörte sich eine Frau: »Schämen Sie sich nicht, in aller Öffentlichkeit!«

»Verpiss dich, Alte«, hörten sie Osman sagen, und fast im gleichen Moment tauchte er wieder auf. Im Gehen zog er den Reißverschluss seines Hosenladens zu.

Malik sagte: »Ich geh rechts rum. Alt-Moabit runter zur U-Bahn Turmstraße.«

»Okay, Alter«, sagte Osman und zog Malik noch mal an sich. »Ist gut, sonen Freund zu haben.«

»Ja«, sagte Malik. »Freundschaft ist das Beste. Freundschaft und Respekt!«

»Ich komm noch mit dir und steig in der Beussel in den Bus«, sagte Jo.

Malik salutierte mit dem Zeigefinger an der Stirn und trabte los. Osman legte seinen Arm um Jos Schulter. Die beiden bogen in die Kaiserin-Augusta-Allee ein und verschwanden in der Beusselstraße.

»Hat dein Alter noch nichts bemerkt?«, fragte Osman.

»Wegen der Kreditkarte? Nö, du, er hat ja einen ganzen Haufen davon, und er nimmt eigentlich immer nur die, die grade vorne steckt.«

»Ich hab sie Malik geliehen«, sagte Osman.

»Scheiße«, sagte Jo.

»Nur für heute Abend.«

Jo war richtig beleidigt. Und er hatte Angst. »Bei Malik weiß man doch nie, was er macht. Der räumt womöglich das Konto leer und dann …?«

»Reg dich ab, Mann«, sagte Osman, »wenn dein Alter das Ding vermisst, hat er's eben verloren. Du darfst dir nur nichts anmerken lassen.«

Sie erreichten das Haus, in dem Osmans Freundin wohnte. Osman hatte das Gefühl, etwas für Jo tun zu müssen. »Du wolltest doch das Video haben.«

»Ja.«

»Ist oben bei Leila. Ich bring dir's schnell. Wartest du hier?«

»Na gut!« Jo war noch immer sauer.

Osman packte ihn im Nacken, zog den Kopf des Jüngeren zu sich her, bis sie sich mit der Stirn berührten. »Hey, was hat Malik gesagt? Freundschaft ist das Beste. Freundschaft und Respekt!«

»Ist ja okay. Aber so richtig echt klingt das bei Malik nicht. Bei dir schon.«

Osman ließ Jo los und rannte in das Haus. Der dunkle Flur verschluckte ihn. Die Beleuchtung im Treppenhaus war ausgefallen.

Jos Handy klingelte. Er meldete sich. Sein Vater war dran. »Ey, sag mal, sieht man dich vielleicht auch mal wieder?«

»Ich bin in 'ner Viertelstunde zu Hause.« Der Ton seines Vaters ließ darauf schließen, dass er noch nichts bemerkt hatte. Jo atmete auf. Er hatte Osman eingeschärft, nur kleine, unauffällige Summen aus dem Automaten zu ziehen. In den nächsten Tagen wollte er die Karte gegen eine andere austauschen, von der er wusste, dass sie sein Vater nur sehr selten benutzte.

Plötzlich fielen drei Schüsse.

Jo fuhr zusammen. Ohne nachzudenken, rannte er ins Haus. Er hörte sich selber rufen: »Osman! Was ist los, Osman?« Er hastete die Treppe hinauf. »Was ist passiert?« Und dann sah er ihn. Jo schrie entsetzt auf: »Nein!«

Auf dem obersten Treppenabsatz lag der junge Kurde. Blut sickerte aus seinem Kopf und seiner Brust. In der Tür stand, wie zu Eis erstarrt, ein Mädchen, unfähig, einen Ton herauszubekommen oder sich auch nur zu bewegen.

Jo war es plötzlich kalt. Er setzte sich auf eine Treppenstufe, zog sein Handy heraus und wählte Maliks eingespeicherte Nummer. »Malik. Du musst sofort kommen. Osman ist tot. Erschossen.«

»Was?«

»Vor Leilas Tür!«

»Ich komme sofort. Ich bin in fünf Minuten da. Du musst die Polizei und den Notarzt rufen, hörst du!«

»Ja!« Jo sah zu Leila auf. Sie stand noch am gleichen Fleck. Jetzt zitterte sie am ganzen Körper.

Leila Aikin war um diese Zeit des Tages allein. Ihr Vater arbeitete bei seinem Bruder, der einen Gemüsehandel am Kottbusser Tor betrieb. Der Laden war bis 22 Uhr geöffnet. Die Mutter hatte einen Job bei einer Reinigungskolonne, die nach Büroschluss das Verwaltungsgebäude eines großen Unternehmens putzte. Sie kam selten vor Mitternacht nach Hause.

Jo stand langsam auf. »Hast du etwas gesehen, Leila?« Er nahm die Hände des Mädchens in die seinen. Sie schüttelte nur den Kopf. Ihr Blick ging zu einer Dachluke direkt über dem Treppenabsatz hinauf. Trotz der Kälte stand sie offen. Jo ließ Leilas Hände los und wählte die 110.

Peter Heiland hatte grade seinen Mantel vom Haken genommen und wollte Feierabend machen, als sein Telefon klingelte. Der Kommissar vom Dienst war am Apparat. »Mord in der Beusselstraße. Zwei Kollegen der Schutzpolizei sind schon dort. Die Spurensicherung ist benachrichtigt«, sagte der Kollege. »Der Tote ist Türke: Osman Özal, siebzehn Jahre alt. Zeugen sind vor Ort, können aber nichts über den Täter sagen.«

»Danke«, sagte Heiland. »Eigentlich wollte ich gerade Feierabend machen.«

Osman Özal, so hieß der Schüler, der den Lehrer von Beuten tätlich angegriffen hatte. Es war nicht anzunehmen, dass es noch mehr siebzehnjährige Türken dieses Namens in Berlin gab.

Hanna Iglau, die noch an ihrem Computer arbeitete, sah herüber.

»Ein bisschen viel auf einmal«, seufzte Peter Heiland. »Erst der Mordversuch und nun ein wirklicher Mord.« Er schlüpfte in seinen Mantel.

Hanna war aufgestanden. »Ich komme mit. Sollen wir Wischnewski benachrichtigen?«

»Nee, gönn ihm seinen freien Abend. Wir schaffen das schon.«

»Und morgen ist er dann wieder sauer.«

»Kommt drauf an, was er heute Abend erlebt!« Peter Heiland legte seinen Arm um Hannas Schultern. Sie gingen dicht nebeneinander aus dem Büro.

Malik war keine fünf Minuten, nachdem Jo ihn angerufen hatte, die Treppe heraufgestürmt. Er hatte Jo kurz in den Arm genommen. Osmans Leiche lag vor der Wohnungstür, hinter der Leila inzwischen verschwunden war.

»Wer war das?«, fragte Malik.

Jo zuckte nur die Achseln. »Wahrscheinlich war er dort oben auf dem Dach und hat auf Osman gewartet.«

Malik zog Jo noch einmal an sich. »Wir werden das Schwein finden, und dann stirbt der genauso.« Er sah auf Osmans Leiche hinab. »Das verspreche ich dir!«

Als Peter Heiland und Hanna Iglau die Stufen heraufkamen, saßen Malik und Jo auf einer Treppenstufe dicht nebeneinander. Ein Schutzpolizist deutete auf die beiden. »Das sind die Zeugen.«

»Nein, nur er ist Zeuge, ich bin leider zu spät gekommen.« Malik blieb sitzen.

»Osman war unser Freund«, sagte Jo und stand auf.

»Eure Namen!«, sagte Peter.

»Malik Anwar«, antwortete der Größere, »Johannes Kiel«, sagte der Kleinere.

»Malik Anwar«, sagte Peter Heiland. »Den Namen habe ich irgendwo schon gehört. Ich glaube, im Ludwig-Uhland-Gymnasium.«

Malik sagte nichts dazu.

Heiland musterte den anderen Jungen, den er auf

allenfalls vierzehn Jahre schätzte. Malik Anwar, der erkennbar Araber war, musste zwei, drei Jahre älter sein. »Hat Osman einen Bruder, der Vural heißt?«

»Korrekt«, sagte Malik.

»Was ist passiert?«, fragte Hanna.

Jo setzte sich wieder hin. »Osman wollte zu Leila«, antwortete er. »Das ist seine Freundin. Ich hab unten noch gewartet, weil er mir ein Video bringen wollte. Und dann habe ich die Schüsse gehört. Ich bin sofort hoch …«

»Die Dachluke stand offen«, mischte sich der Schutzpolizist ein. »Durch die muss der Täter abgehauen sein. Man kommt ganz leicht über die Dächer. Da musst du kein Stuntman sein.«

»Das Mädchen heißt Leila und wie weiter?«, fragte Peter Heiland.

»Aikin. Leila Aikin!«

Peter ließ sich neben Jo auf die Stufe nieder, was dem unangenehm zu sein schien. Er rückte ein Stück ab.

»War Osman der feste Freund von Leila?«

»Ja, was denn sonst?« Malik lehnte an der Wand des Treppenhauses und hatte damit begonnen, sich eine Zigarette zu drehen.

»Dann war also Osman auch der, der neulich den Lehrer von Beuten angegriffen hat?«

Jo nickte. Malik sagte: »Weiß ich nicht.«

Peter Heiland stand wieder auf. »Ist Leila da?«

»Ein Doc ist bei ihr«, antwortete Jo.

»Wir nehmen jetzt eure Personalien auf, dann könnt ihr nach Hause gehen«, sagte Peter Heiland.

Als die beiden auf die Straße hinaustraten, sagte Jo: »Wir hätten denen doch sagen können, dass Osman Marc angestochen hat.«

»Bist du verrückt? Sollen wir die Arbeit der Bullen machen?«

Zwei Beamte hoben Osmans Leichnam in einen Blechsarg. Auf den großen Dielenbrettern des Treppenabsatzes blieben die Umrisse seines Körpers in breiten Kreidestrichen zurück. Der Arzt stand unter der Tür im sechsten Stock. Er war gut zwei Meter groß und so breit, dass er den Türrahmen fast ausfüllte. Er trug Jeans und einen Norwegerpullover. Auf seinem Kopf saß eine Baskenmütze. Ein Stethoskop baumelte um seinen Hals. »Tut mir leid. Die junge Frau steht unter einem schweren Schock. Sie ist absolut nicht vernehmungsfähig.«

»Hat sie irgendetwas gesagt?«, fragte Peter Heiland.

»Nein«, beschied ihn der Mediziner knapp.

»Vielleicht könnte meine Kollegin mit ihr reden.«

»Haben Sie nicht zugehört?«

Aus dem Treppenhaus waren schwere Tritte zu hören. Ismail Aikin, Leilas Vater, bog um das Geländer im fünften Stock. Sein Atem ging pfeifend. Der Mann trug schwer an seiner Körperfülle. Er war nicht größer als ein Meter sechzig und wog nach Heilands Schätzung gut zwei Zentner. Ein dichter schwarzer Schnurrbart verdeckte seinen Mund. Auf seiner Glatze spiegelten sich die Lichter der Polizeischeinwerfer, mit denen das Treppenhaus ausgeleuchtet war. Seine grüne Arbeitsschürze hatte er nicht abgelegt.

Aikin konnte grade noch einen Blick in den Sarg werfen, ehe die Beamten den Deckel schlossen. »Ist er tot?«

»Ja«, sagte Peter Heiland.

»Allah sei Dank!« Der Mann presste die Hände flach gegeneinander und verbeugte sich mehrfach.

Hanna entfuhr: »Das ist aber jetzt nicht Ihr Ernst?!«

»Doch. Mein Ernst! Er großes Unglück für mein Tochter! Ich wünsche ihm Tod!«

»Aber er kam doch zu Ihnen nach Hause?«, sagte Peter Heiland.

»Nur wenn ich und Frau auf Arbeit. Ich Leila immer verbieten. Aber …« Er warf die Arme hoch, als ob er sagen wollte: »Da war ja nichts zu machen.« Dann fuhr er fort. »Für Mädchen schlecht in Deutschland. Kein Ehre. Und dann kommt Osman. Er nicht leben darf.«

»Mit solchen Reden machen Sie sich verdächtig«, sagte Hanna.

»Sie meinen, ich …? Nein, leider. Ich nicht so viel Mut.« Er umfasste seinen Bauch mit beiden Händen und zeigte dann zu der Dachluke hinauf. »Ich da komme nicht durch.«

»Woher wissen Sie, dass der Mörder durch die Luke geflohen ist?«, fragte Peter Heiland.

Aiken legte den Kopf schief und sah den Kommissar mit seinen großen schwarzen Augen an. »Ist er nicht?«

»Doch, alle Spuren deuten darauf hin. Vermutlich hat er sogar von dort oben geschossen.«

»Gut«, sagte Aikin. Ein zufriedenes Lächeln huschte über sein Gesicht.

Hanna hatte plötzlich eine Idee: »Haben Sie noch andere Kinder – außer Leila?«

»Ich habe zwei Söhne hier in Deutschland.«

»Und wo sind die?«

»Einer in Berlin, einer in Düsseldorf. Aber sie haben – wie sagt man …«

»Ein Alibi?«, fragte Peter Heiland.

Ein Strahlen ging über das Gesicht des Türken. »Ein Alibi, ja! Sie haben Alibi!«

»Und das wissen Sie jetzt schon?«, fragte Hanna.

»Suleiman hilft mir im Laden. Er den ganzen Abend da. Ali ist in Düsseldorf. Ich mit ihm telefonieren vor einer Stunde.«

»Als ob er gewusst hätte, dass es nötig ist«, sagte Peter Heiland zu Hanna Iglau.

»Und haben Sie außer diesen Söhnen und Leila noch andere Kinder?«, fragte Hanna Iglau.

»Ja. Noch zwei Söhne in der Türkei. Sie haben dort gute Arbeit.«

Peter und Hanna ließen sich von dem alten Aikin

die Adresse Osmans geben und kündigten an, so bald wie möglich mit Leila reden zu wollen. Aikin deutete auf Hanna. »Aber nur Sie!«

»Kein Problem«, sagte Peter Heiland. »Wir haben da keine Vorurteile.«

4

Der Weg zu Osman Özals Zuhause führte durch mehrere Hinterhöfe. Am Ende traf man auf einen letzten Hof, der von flachen Baracken umstanden war. Zwischen den unansehnlichen grauen Hütten wuchsen Büsche, deren laublose Zweige nun, da die Pflanzen im vereisten Schneematsch standen, seltsam leblos wirkten. Der Boden hier war holprig. Früher mochte er einmal gepflastert gewesen sein, aber von den Steinen waren nur noch wenige übrig. Bei genauem Hinsehen konnte man erkennen, dass die fehlenden dazu benutzt worden waren, die Mauern der Baracken an manchen Stellen zu stabilisieren. Aus einer der flachen Bauten hörte man ein metallisches Hämmern. Peter Heiland öffnete die Tür. Der Blick fiel in einen schmalen Raum, der von einer einzigen Neonlampe erleuchtet wurde. Ihr bläuliches Licht fiel auf einen hageren, kahlköpfigen Mann, der in einem Overall steckte, sich über einen Amboss beugte und mit Hammer und Meißel etwas traktierte, was aussah wie ein altes Fernsehgerät. Neben dem Amboss hockte Vural

Özal am Boden und bearbeitete ein langes, schwarz ummanteltes Kabel mit einem scharfen Messer.

»Hi, Vural«, grüßte Peter Heiland.

Vural sagte: »Tach!«

Der dünne Mann richtete sich auf.

»Was machen Sie denn da?«, fragte Hanna.

»Wer sind Sie?«, fragte er.

»Sind Sie Herr Özal?« Diesmal sprach Peter Heiland.

»Nee, det hätte mir noch jefehlt! Kuhlmann, mein Name, Gerry Kuhlmann. Gerry mit e.«

»Wo ist Herr Özal?«

»In der Moschee um diese Zeit.«

»Und wo finden wir seine Frau?«

»Uf'm Friedhof. Schon seit drei Jahren.«

»Sonstige Familienangehörige?«

»Sein Sohn Osman und der da, der Vural. Sonst keene. Wenigstens nich hier in Berlin!«

»Arbeiten Sie für ihn?«

»Wir arbeeten zusamm', er und ick. Mehmet sammelt den Schrott, und wir holen hier die Edelmetalle raus. Da, Vural ist jrade dabei, een Kupferkabel blank zu machen.«

»Was wollen Sie eigentlich?«, fragte nun Vural.

»Das möchten wir gerne zuerst deinem Vater sagen.«

»Ich hab nischt gemacht!« Vural sprang auf.

»Es geht auch gar nicht um dich.«

»Um Osman?«

»Ja, genau. Um Osman. Wo ist denn die Moschee?«

»Gleich hinterm Kottbusser Tor. Ich mach Ihnen 'ne Zeichnung. Ist nämlich gar nicht so leicht zu finden.«

Peter Heiland wendete sich noch einmal an Vural. »Wohnt ihr hier?«

Der Junge deutete mit dem Daumen über die Schulter. »Im Vorderhaus. Parterre.«

»Danke«, sagte Peter Heiland. »Bis die Tage!«

Als Hanna und Peter wieder ins Freie traten, begann es zu schneien. Im Durchlass zum nächsten Hof stand eine Frau in einer Kittelschürze. Sie hatte ihre Arme über dem mächtigen Busen verschränkt. »Kommen Sie vom Gewerbeamt?«, fragte sie.

»Nicht direkt«, antwortete Peter Heiland.

»Kann man denen das nicht verbieten?«

»Was verbieten?«, fragte Hanna.

»Tag und Nacht da drin zu malochen und Krach zu machen. Die haben doch längst genug Geld verdient.«

»Aha, und woher wissen Sie das?«

»Sie müssen nur mal das Auto ankucken, das der Özal fährt.«

»Machen wir vielleicht auch noch.« Peter Heiland beeilte sich so sehr, durch die Höfe zurück auf die Straße zu kommen, dass Hanna Mühe hatte, ihm zu folgen. Dort stiegen sie in ihren Dienstwagen. Hanna übernahm das Steuer.

Die Scheibenwischer schoben den Schnee, der nun immer dichter fiel, in gleichmäßigen Bewegungen zur Seite. Hanna saß sehr aufrecht und starrte angespannt nach vorne. Peter Heiland sah zu ihr hinüber. Sie fühlte seinen Blick. »Was ist?«

»Ich hätte fahren sollen.«

»Warum?«

»Ihr Berliner fahrt immer wie auf Eiern, wenn's mal ein bisschen schneit!«

»Aha.« Es klang leicht gekränkt.

»Bei uns auf der Alb lernt man gleich im ersten Winter, wenn man seinen Führerschein hat, mit Eis und Schnee umzugehen. Das ist was anderes.«

Hanna gab Gas, und prompt geriet der Wagen ins Schleudern.

»Gas geben ist gut, aber schön dosiert«, sagte Heiland.

»Klugscheißer!«, sagte Hanna.

Von da an wurde nicht mehr gesprochen, bis sie ihr Ziel erreicht hatten.

Die Moschee war ein einfacher quadratischer Bau mit einer kleinen, aus bunten Glasbausteinen geformten Kuppel auf dem flachen Dach. Zwei Männer standen vor der Tür und unterhielten sich. Als Hanna und Peter Heiland auf das Haus zukamen, vertrat ihnen einer der beiden, ein junger, hoch aufgeschossener Mann um die dreißig, den Weg. »Sie können hier nicht rein«, sagte er zu Hanna.

»Und wer will mir das verbieten?«

Der junge Mann lächelte. »Genaugenommen der Koran.«

Peter Heiland musterte ihn. »Sie sind kein Türke, oder?«

»Nein. Deutscher.«

»Aber Muslim?«

»Auch nicht.«

»Und was machen Sie dann hier?«

»Sie fragen wie ein Polizist.«

»Wir *sind* Polizisten!«, sagte Hanna. »LKA, 8. Mordkommission.«

Das Gesicht des jungen Mannes veränderte sich und wurde plötzlich sehr ernst. »Was ist passiert?«

»Ich wüsste nicht, warum ich Ihnen das erklären sollte«, sagte Peter Heiland.

Der junge Mann zog einen Ausweis aus der Tasche. »Mirko Brandstetter. Ich bin Streetworker.«

Der zweite Mann, dem Aussehen nach ein Araber, hatte dem Gespräch aufmerksam zugehört. Jetzt sagte er: »Mirko ist ein guter Freund.«

Der Streetworker nickte. »Wir arbeiten prima zusammen. Darf ich fragen, was Sie hier wollen?«

Peter Heiland überlegte einen Moment und zog dann Mirko Brandstetter am Arm zur Seite. Als sie außer Hörweite waren, fragte er: »Kennen Sie Osman Özal?«

»Natürlich. Er gehört zu meinen Klienten. Ich bin unter anderem auch sein Bewährungshelfer.«

»Heißt das, dass er schon mal straffällig geworden ist?«

»Nicht nur einmal. Aber Sie wissen, es gibt für alles Gründe.«

»Ja, ja«, antwortete Peter ungeduldig, »das weiß ich. Wahrscheinlich auch dafür, dass Osman jetzt tot ist.«

Mirko Brandstetter starrte Peter Heiland an. »Er ist tot?« Er schluckte. »Und Sie sind von der Mordkommission?« Er schluckte noch einmal trocken. »Didis Bande?«

»Wie bitte?«

»Osman ist …, war ein OG. Zumindest glaubte er das.«

»Was war er?«

»Ein Original-Gangster, so nennen sie sich, wenn sie im Milieu eine gewisse Rolle spielen und von anderen respektiert oder gefürchtet werden wollen. Osman war davon allerdings noch ein ganzes Stück entfernt. Da sind andere, die wesentlich besser im Geschäft sind. Didi zum Beispiel. Didi ist Libanese. Wenn er es war, haben wir wieder mal Krieg in Neukölln.«

»Warum das denn?«

»Das ist Ehrensache, dass sich Osmans Bande rächt. Dasselbe gilt freilich auch für seine kurdische Familie.«

»Sie bringen die Probleme ziemlich schnell auf den Punkt.« In Peter Heilands Stimme schwang leise Ironie mit.

»Ja, es ist gut, rechtzeitig zu wissen, was da auf

einen zukommt. Wenn Sie wollen, begleite ich Sie zu Osmans Vater. Ihre Kollegin sollte aber, wie gesagt, lieber hier draußen warten.«

Hanna hatte sich inzwischen unter einem kurzen Vordach untergestellt, um den nassen Flocken aus dem Weg zu gehen, die immer dichter fielen. Dazu war ein schneidender Wind gekommen.

Peter erklärte ihr die Situation. Hanna blieb nur widerstrebend zurück.

Mirko Brandstetter zog die Tür zur Moschee auf. Die Gebetszeit war zu Ende. Die Männer standen in kleinen Gruppen beisammen. Brandstetter deutete mit dem Kopf auf einen Mann, der sich mit einem zweiten unterhielt. »Der Kleinere von den beiden«, sagte er leise.

Peter trat auf den Mann zu. »Herr Özal?«

»Ja?«

Peter Heiland sah in ein breites, sehr dunkles Gesicht. Ein schmaler Schnurrbart zog sich wie ein Strich vom einen Mundwinkel zum anderen.

»Heiland, LKA Berlin.«

Wieder kam nur ein knappes »Ja?«.

»Ich habe Ihnen etwas Wichtiges zu sagen. Können wir irgendwo hingehen, wo wir alleine sind?«

»Warum? Ich habe vor meinen Brüdern keine Geheimnisse.« Özal sprach fast akzentfrei deutsch. Peter Heiland ertappte sich bei dem Gedanken, dass das gar nicht zu ihm passte.

»Ihr Sohn Osman ...«

»Ja?«

»Er ist ... es tut mir leid ... er ist tot!« Konnte man einem Vater so eine Nachricht nicht schonender beibringen? Peter Heiland wusste es nicht. »Erschossen«, fügte er hinzu, »Ihr Sohn wurde ermordet.«

Die Augen des Kurden weiteten sich. Sein Atem schien auszusetzen. Seine kleinen, dunklen Hände verkrampften sich, und dann lief der Krampf durch den ganzen Körper. Schließlich brach es aus ihm heraus: »Neeeiiin!«, schrie er, dass es in dem quadratischen Raum laut hallte und von allen vier Wänden zurückschallte. Und dann noch einmal: »Neeeiiin!«

»Mehmet«, sagte der Mann, mit dem er grade noch leise gesprochen hatte.

Aber Özal schien nichts zu hören. Er brach in die Knie, ließ seinen Kopf langsam zur Erde sinken und blieb gekrümmt an den Boden gekauert. Gegen die Hände, die ihn aufrichten wollten, wehrte er sich. Doch plötzlich sprang er auf, ballte die Fäuste, reckte die Arme in die Luft und geriet in einen rasenden Wutausbruch. Die Worte, die er ausstieß, konnte Peter Heiland nicht verstehen.

»Was sagt er?«, fragte Peter Heiland den Streetworker, aber der konnte nur mit den Schultern zucken.

Der Mann, mit dem Özal zuvor geredet hatte, trat auf den Kommissar zu. »Er schwört Rache. Was soll er sonst tun? Er hat nur noch einen jüngeren Sohn hier in Berlin. Aber es gibt ältere Brüder zu Hause in

Kurdistan, Onkel und Vettern, und jeder von ihnen wird darauf brennen, den Tod Osmans zu rächen.«

Peter Heiland schüttelte den Kopf. »Keine Rache. Strafe ja, und dafür sind wir zuständig.«

»Das werden Sie ihm nur schwer erklären können«, warf Mirko Brandstetter ein. »Aber vielleicht kann *er* Ihnen helfen.« Er deutete auf einen Mann mit einem Turban auf dem Kopf. »Das ist der Imam.«

Um Mehmet Özal hatte sich jetzt ein Kreis von Männern gebildet. Sie schienen alle auf einmal zu reden. Peter Heiland konnte sich des Eindrucks nicht erwehren, dass der Vater des getöteten jungen Mannes auf einmal die Situation genoss.

Mirko Brandstetter begleitete den Kommissar zu dem Mann mit dem Turban. Der sah dem jungen Kommissar forschend ins Gesicht. »Sie sagen, Osman ist tot?«

»Ja, tut mir leid!«

»Ich habe ihn kaum gekannt«, sagte der Geistliche, »aber sein Vater ist ein sehr gläubiger Muslim.«

»Ich wollte Sie um Ihre Hilfe bitten«, erwiderte Heiland und reichte dem Imam seine Visitenkarte.

Der studierte sie kurz und fragte dann: »Sie heißen wirklich so?«

Am liebsten hätte Peter Heiland geantwortet: »Ja, aber wir sind weder verwandt noch verschwägert«, doch er nickte nur. »Wir müssen davon ausgehen, dass Osman eine Gang angeführt hat und dass die Mitglieder einer anderen Bande seinen Tod verschuldet haben. Ich wollte Sie bitten, Ihren ganzen Einfluss geltend zu machen, damit es nicht zu einem Rachefeldzug kommt. Man hat mir grade erläutert, dass so etwas durchaus möglich sein könnte.«

Der Imam wiegte seinen schmalen Kopf hin und her.

Mirko Brandstetter setzte hinzu: »Dass so etwas eskalieren kann und schnell außer Kontrolle gerät, lehrt die Erfahrung.«

»Das weiß ich wohl«, antwortete der Prediger, »aber ich kann da nichts tun. Die jungen Leute kommen nicht in die Moschee.«

Als Peter Heiland und Mirko Brandstetter wieder ins Freie traten, war der Schneefall noch dichter geworden. Hanna Iglau stand noch immer unter dem Dachvorsprung. Sie hatte die Arme um die Brust geschlagen und hüpfte von einem Bein aufs andere. »Das könnt ihr mit mir nicht machen – bei dieser Affenkälte!«

»Ich lade dich zum Essen ein«, sagte Peter Heiland. »Haben Sie Lust mitzukommen?«, fragte er den Streetworker.

»Tut mir leid. Für mich ist jetzt noch Arbeitszeit. Ein anderes Mal vielleicht. Aber etwas muss ich Ihnen noch sagen: Lassen Sie sich nicht täuschen. Mehmet Özals Vaterliebe war bei weitem nicht so groß, wie er tut. Er hat sich nie um den Jungen gekümmert. Früher hat er ihn oft brutal verprügelt, einmal sogar an den Heizkörper gefesselt und ohne Wasser und Nahrung zwei Tage alleine gelassen. Das hat erst aufgehört, als Osman, mit sechzehn Jahren, zum ersten Mal zurückgeschlagen hat. Seitdem haben die beiden wie Hund und Katze gelebt. Ich habe im Übrigen auch meine Zweifel, dass der Imam nichts machen kann. Der könnte, aber er will nicht.« Mirko fasste in die hintere Tasche seiner Jeans und zog ein Visitenkärtchen heraus. »Wenn Sie irgendwelche Fragen haben, da steht drauf, wie Sie mich erreichen.« Dann tippte er mit dem Zeigefinger gegen seine linke Schläfe und lief los.

»Wo sind wir da nur reingeraten?«, sagte Hanna.

»In eine Welt, die uns fremd ist«, antwortete Peter.

Peter Heiland hatte ein neues Lieblingslokal: »Hermanns Einkehr«, ganz in der Nähe des Ludwig-Kirch-Platzes in Charlottenburg. Dorthin hatte er Hanna Iglau eingeladen. Der Mann in der Küche war ein Meister schwäbischer Kochkunst. Der Mann hinter dem Tresen, wie der Koch ein gebürtiger Schwabe, war ein Ausbund an Höflichkeit, wenngleich manche Leute sagten, dies sei ein Widerspruch in sich. Der Freund, der Peter das Lokal gezeigt hatte, war überzeugt davon, dass ein höflicher schwäbischer Wirt so etwas sei wie ein heterosexueller Friseur. Heiland hatte an jenem Abend überlegt, ob er diesem Kerl die Freundschaft kündigen sollte. Aber dafür war der Tipp wiederum zu gut gewesen.

Als Vorspeise empfahl Peter Hanna jetzt einen Ochsenmaulsalat und als Hauptspeise den schwäbischen Zwiebelrostbraten. Hanna entschied sich für Kässpätzle und keine Vorspeise. Dabei sah sie Peter von der Seite an, als ob sie nachschauen wollte, ob sie damit eine Verstimmung bei ihm auslöste. Peter Heiland lächelte nur und bestellte das Gleiche wie sie. Dazu tranken sie einen Württemberger Spätburgunder, der den hübschen Namen Felix trug.

Zwar hatten sie sich vorgenommen, an diesem Abend nicht weiter über den Fall zu reden, aber noch ehe das Essen kam, sagte Hanna nachdenklich: »Ob der Messerangriff auf Marc Schuhmacher und der Mord an Osman Özal miteinander zusammenhängen?«

»Das würde bedeuten, dass Osman etwas mit dem Angriff auf Marc Schuhmacher zu tun hatte. Das sind mir zu viele Zufälle.«

»Könnte doch aber sein«, gab Hanna zurück.

Heiland seufzte: »Es könnte so vieles sein. Ich glaube viel eher, dass der alte Aikin dahintersteckt. Er hat zwei Söhne hier und zwei im kurdischen Hochland. Vielleicht hat einer von ihnen den Mord übernommen, um die Ehre seiner Schwester zu retten. Man liest doch ständig solche Sachen in den Zeitungen. Stell dir vor, einer ist heute aus der Türkei eingeflogen, hat Osman Özal erschossen, steigt morgen früh in eine Maschine nach Istanbul und ist am Abend wieder zu Hause.«

»Vielleicht braucht er die Söhne gar nicht.«

»Wie bitte?«

»Er kann doch einen Freund mit dem Mord beauftragt haben oder einen bezahlten Killer.«

Die Kässpätzle kamen. Der Wirt, Hermann Hubert Meier, den alle nur Hubi nannten, servierte mit einer kleinen Verbeugung, die etwas leicht Ironisches zu haben schien. »Fachsimpeln könnt ihr doch auch wieder morgen im Büro. Für so junge Leut wie euch gibt's doch auch noch andere Themen.«

»Recht hascht«, sagte Heiland. Er nickte Hanna zu. »Guten Appetit!« Eine Zeitlang aßen sie schweigend. Hanna drehte die Spätzle um die Gabel wie Spaghetti und sah fasziniert zu, wie der Käse Fäden zog.

»Nicht spielen, essen!«, mahnte Peter Heiland.

»Was ist nun eigentlich mit uns?«, fragte Hanna.

»Wie, mit uns?«

»Das frage ich ja grade dich! Manchmal ist es ganz wunderschön, und dann bist du wieder ganz weit weg. Das ist schwer auszuhalten, Peter.«

Heiland sah die Freundin verständnislos an. »Ist doch alles in Ordnung, oder?«

»Eben nicht!« Hanna warf ihr Besteck so heftig in den Teller, dass es schepperte.

»Aber ...«

»Denk doch wenigstens mal drüber nach!«

Hubi bemühte sich, so zu tun, als kriege er das alles nicht mit. Irgendwann später konnte er Peter Heiland ja mal sagen, was er sich dazu dachte. Als Wirt, davon war er überzeugt, hatte man irgendwie auch eine gewisse Fürsorgepflicht gegenüber seinen Gästen, und die beschränkte sich nicht nur darauf, sie gut zu verköstigen.

»Okay.« Peter Heiland hob beide Hände. »Ich werd drüber nachdenken. Aber jetzt iss. Kässpätzle dürfen nicht kalt werden.«

Er hob sein Glas und trank ihr zu.

FREITAG, 16. JANUAR

1

Am nächsten Morgen kamen Hanna und Peter Heiland gemeinsam ins Büro. Christine Reichert, die das zu deuten wusste, lächelte die beiden strahlend an und flötete: »Einen wunderschönen guten Morgen!«

»Was Neues?«, fragte Peter Heiland.

»Das Messer, mit dem Marc Schuhmacher möglicherweise verletzt wurde, ist aufgetaucht. Der Besitzer eines Zeitungsladens hat es gestern beim 16. Revier abgegeben. Es wird grade im Labor untersucht. Nach der Beschreibung des Ladenbesitzers könnte es Osman Özal gehören. Na ja, seine Fingerabdrücke haben wir ja.«

»Und wie kommt der Mann aus dem Zeitungsladen an das Messer?«

»Er ist Mittwochabend damit bedroht worden. Aber er hat sich offenbar von der Bande nicht beeindrucken lassen.«

»Es war also eine ganze Bande?«

»Ja, es waren noch zwei andere dabei.« Sie schaute

in ihre Notizen. »Einer von ihnen wurde Malik gerufen.«

»Das passt ja«, sagte Hanna, während sie sich an ihren Schreibtisch setzte. Peter Heiland brachte ihr einen Kaffee, stellte ihn neben den Computerbildschirm, beugte sich zu Hanna hinab und küsste sie auf die Nasenspitze. Christine, die das beobachtete, ließ einen kleinen, sehnsüchtigen Seufzer hören. Hanna wurde ein wenig rot. Sie hob die Tasse an, machte tz, tz, tz, holte ein Papiertaschentuch aus ihrer Schreibtischschublade und versuchte das Fußbad zu trocknen, das Peter Heiland beim Transport des Kaffees in der Untertasse angerichtet hatte.

Die Tür ging auf. Ron Wischnewski kam herein. Er pfiff leise vor sich hin. Überrascht schauten ihn die drei anderen an. Das Pfeifen brach ab. Ron Wischnewski griff in seine innere Jackentasche, brachte zwei Eintrittskarten zum Vorschein und legte sie neben die Kaffeetasse auf Hannas Schreibtisch. »Das müsst ihr euch unbedingt anschauen. Die Karten sind für Samstag.«

Die anderen waren noch befremdeter.

»Thomas Pigor in der ›Bar jeder Vernunft‹«, erklärte der Kriminalrat. Und dann begann er doch tatsächlich in einem leichten Singsang zu zitieren: »Jung und inkompetent und immer eine Spur zu vehement ...«

»Hä?«, machte Peter Heiland.

Hanna zeigte mit dem ausgestreckten Zeigefinger

zwischen Peter und sich selbst hin und her. »Meint der etwa uns?«, sollte das heißen.

Aber da fuhr Wischnewski fort, und diesmal sang er richtig und mit erstaunlicher Musikalität: »Die Kevins haun uns raus, die kenn' sich überall aus, denn die sahen schon von klein auf die Sendung mit der Maus.«

Als er sich unterbrach, klatschten Hanna und Peter Beifall.

»Passt jetzt aber nicht so richtig«, ließ sich Christine hören.

»Warum? Ist was passiert?«

»Ja, wir haben einen Mord!«, sagte Peter Heiland.

Ron Wischnewskis gute Laune war mit einem Schlag verflogen. »Was? Wann? Wo?«

»Gestern Abend, 18 Uhr 40 in der Beusselstraße. Ein siebzehnjähriger Türke. Vermutlich der Mann, der Marc Schuhmacher mit dem Messer verletzt hat.«

Wischnewski ließ sich auf den nächsten Stuhl fallen. »Und das erfahre ich jetzt?«

»Wir haben uns überlegt, ob wir Sie benachrichtigen sollten«, sagte Hanna, »aber jetzt wissen wir ja, dass das ein Fehler gewesen wäre.«

»So? Und ihr meint, ihr könnt das beurteilen?«

»Ja«, sagte Peter Heiland schlicht.

Wischnewski stand wieder auf, ging zum Fenster und blieb dort mit dem Rücken zum Raum stehen. »Ja, wahrscheinlich habt ihr recht.« Ein Lächeln huschte über sein Gesicht.

Die Einladung in die »Bar jeder Vernunft« war von Friederike Schmidt gekommen. Er hatte die fünfzigjährige Frau vor vier Jahren im Rahmen einer Mordermittlung kennengelernt. Es entspann sich eine zarte Romanze. Aber dann hatten sie sich wieder aus den Augen verloren. Schuld daran war Ron Wischnewski gewesen, der das Gefühl hatte, Friederike wegen seines Berufs zu sehr zu vernachlässigen. Aber der eigentliche Grund war, dass er nicht so recht daran glauben konnte, noch einmal zu einer Beziehung fähig zu sein. So selbstbewusst er in seinem Beruf auftrat, so schwach war sein Glaube an sich selbst, wenn es um Gefühle zu anderen Menschen ging. Das war auch der Grund, warum er bei der Arbeit gegenüber seinen Mitarbeitern oft abweisend und schroff wirkte, obwohl er das eigentlich gar nicht sein wollte.

Warum sich Friederike eines Tages aus heiterem Himmel wieder bei ihm gemeldet hatte, wusste er bis heute nicht. Seine Mitarbeiter hätten es ihm sagen können. Denn Hanna und Peter waren es gewesen, die Friederike Schmidt aufgesucht hatten, um sie zu überreden, den Kontakt zu Wischnewski wieder aufzunehmen. Ihr Chef war in den Wochen davor immer unausstehlicher geworden.

Das war die Zeit, in der Hanna eines Abends Wischnewski nach Hause fuhr. Er hatte sie überraschend auf ein Bier in seine Wohnung eingeladen, und da war sie der ganzen Tristesse seiner Einsamkeit begegnet.

Seit seiner Scheidung vor sieben Jahren lebte Ron Wischnewski allein in seinen zwei Zimmern, aß nur in der Polizeikantine oder am biologischen Bratwurststand am Wittenbergplatz 195 und hatte praktisch keine persönlichen Kontakte. Sein einziger Sohn, der so alt war wie Hanna Iglau, meldete sich höchstens ein- oder zweimal im Jahr. Früher war Wischnewski gerne ins Theater gegangen, manchmal ins Kino, und er hatte, zusammen mit seiner Frau, Tennis gespielt. Das war alles »versickert«, wie er sagte. Und so kam es, dass er die Woche über hart arbeitete und nur zum Schlafen nach Hause ging. Der Gefahr, seine Traurigkeit mit Alkohol zu bekämpfen, widerstand er von Montag bis Freitag. Am Wochenende aber betrank er sich regelmäßig. Ging dann am Sonntagabend in die Sauna und war so am Wochenanfang einigermaßen fit, wenn für ihn der »Rundlauf im Hamsterrad« wieder begann.

Hanna hatte nach jenem Abend in Wischnewskis Wohnung ihren Freund und Kollegen Peter Heiland überredet, mit ihr zu Friederike Schmidt zu fahren. Und es war eine gute Entscheidung gewesen.

Als sie sich wieder getroffen hatten, konnten Wischnewski und Friederike Schmidt endlich über ihre Situation reden. Der Kriminalrat begriff, dass seine Sorgen unbegründet gewesen waren. Friederike konnte sehr gut damit umgehen, dass ihn sein Job so sehr in Anspruch nahm. Sie beschlossen, sich nur dann zu treffen, wenn beide wirklich die Lust, die

Zeit und die Ruhe hatten, sich auf den anderen einzulassen. Allzu oft war dies nicht der Fall; denn auch Friederike, die eine eigene Praxis für Physiotherapie betrieb, war in ihrem Beruf gefordert. Umso mehr freuten sie sich dann über die seltenen Abende, an denen sie zusammen sein konnten, und auch auf die Nächte, die solchen Abenden meistens folgten.

Wischnewski schaute noch immer aus dem Fenster. Der Himmel war auch heute grau verhangen, aber noch blieb es trocken. Über Nacht war es ein paar Grade kälter geworden, der graue Matsch auf den Straßen war gefroren.

Jetzt wandte sich der Kriminalrat um. »Wie heißt der Tote?«

»Osman Özal«, sagte Peter Heiland. »Wir haben Hinweise darauf, dass er der Messerstecher war, der Marc Schuhmacher verletzt hat.«

»Wie geht es dem eigentlich?«

Christine meldete sich. »Die Ärzte haben ihn in ein künstliches Koma versetzt. Aber sie glauben, dass sie den Jungen durchbringen.«

»Na, Gott sei Dank.« Wischnewski durchschritt den Raum und setzte sich an seinen Schreibtisch ganz am Ende.

Peter Heiland berichtete weiter: »Wahrscheinlich war der Angriff auf Marc Schuhmacher ein Racheakt. Marc war es ja gewesen, der den Lehrer von Beuten beschützt hatte und Osman vor den Augen aller Schüler niedergerungen und vom Schulhof geführt hat.«

»Und dass nun dieser Osman ermordet wurde – wie eigentlich?«

»Er wurde vor der Tür seiner Freundin aus kurzer Distanz erschossen.«

»Aha. Aber das war doch wohl kein Racheakt für Marc Schuhmacher, oder?«

»Wir wissen es nicht. Aber ich halte es für wahrscheinlicher, dass die Familie seiner Freundin hinter der Tat steckt. Der Vater jedenfalls dankte Allah aus tiefstem Herzen dafür, dass Osman Özal tot ist.«

»Der Vater des Toten lebt übrigens mit einem zweiten Sohn alleine und betreibt eine Werkstatt in Moabit«, meldete sich Hanna.

»Was für eine Werkstatt?«

»Sie pulen aus alten Geräten Edelmetalle heraus.«

»Ein Streetworker, der die Familie kennt, hat uns erzählt, dass Osman Özal vorbestraft war. Und er rechnet damit, dass die Verwandten sich blutig für den Tod des Jungen rächen werden«, ergänzte Peter Heiland.

»Wir müssen also den Mörder vor ihnen finden. Ihr macht mir einen Bericht, ja?«, sagte Wischnewski.

»Bin schon dabei«, rief Hanna, »und vielen Dank für die Karten.«

Wischnewski brummelte etwas, das wie »Keine Ursache« klang.

Christinas Telefon klingelte. Die Sekretärin hob ab und meldete sich. Es war ein Kollege aus dem Labor.

Sie notierte sich, was er durchgab, bedankte sich und legte auf. »Das Blut an dem Messer stammt von Marc Schuhmacher. Die Fingerabdrücke sind von Osman Özal«, rief sie.

»*Der* Teil des Falls wäre also geklärt«, ließ sich Peter Heiland hören.

»Beim anderen Teil wird es nicht so einfach werden«, brummte Wischnewski.

2

Malik Anwar wohnte zusammen mit zehn anderen Mitgliedern seiner Familie in einer Vierzimmerwohnung in Neukölln. Als Peter Heiland dort auftauchte, waren nur zwei Mädchen da. Die Ältere schätzte er auf siebzehn, die Jüngere auf zwölf.

»Malik ist nicht da«, sagte die Ältere. Sie trug Jeans, einen modischen Pulli und kein Kopftuch. Ihre schwarzen, wild gelockten Haare umrahmten ein schönes, gleichmäßiges Gesicht.

»Wie heißt du?«, fragte Peter Heiland.

»Fathma.«

»Und kannst du mir sagen, Fathma, wo ich Malik finde?«

»Ich kann ihn fragen.« Sie zog ein Handy aus der Hosentasche und gab die eingespeicherte Nummer ein. »Wo bist du?«, fragte sie und hörte kurz zu. Dann sagte sie: »Und kommst du anschließend mal wieder nach Hause?« Über seine Antwort musste sie lachen. Sie schaltete das Telefon ab und sagte: »Er ist arbeiten.«

»Wo?«, fragte Peter Heiland.

»ICC, da, wo die Neue Kantstraße in die Masurenallee übergeht.«

»Sie reden mit Ihrem Bruder deutsch?«, fragte Peter Heiland.

»Ja, mein Arabisch ist schlechter als mein Deutsch. Bei Malik ist es allerdings umgekehrt.«

»Kannten Sie Osman Özal?«

Das freundliche Gesicht des jungen Mädchens wurde plötzlich ernst und abweisend. »Über Osman Özal rede ich nicht.«

»Aber er war der beste Freund Ihres Bruders.«

»Wie gesagt, ich möchte nicht über ihn reden.« Das kam so bestimmt, dass der Kommissar sich zufriedengab.

Wie immer, wenn Peter Heiland allein unterwegs war, nutzte er die öffentlichen Verkehrsmittel. Er fuhr bis Bahnhof Westkreuz, stieg zwei Treppen hoch und ging über den Parkplatz und über ein schmales Seitensträßchen Richtung Messezentrum, durchquerte das Parkuntergeschoss des massigen Betonbaus, eilte noch eine Treppe hoch und erreichte die Kreuzung.

Ein Junge und ein Mädchen standen auf der Verkehrsinsel, wo sich Messedamm, Masurenallee und Neue Kantstraße kreuzten, und warteten, dass die Ampeln auf Rot sprangen. Der Junge hielt einen Plastikeimer in der einen und einen flachen Scheibenreiniger in der anderen Hand. Die Ampeln sprangen auf

Rot um. Die Autos auf dem Messedamm mussten stoppen. Peter Heiland bleib stehen und beobachtete die beiden jungen Leute bei ihrer Arbeit. Der Junge ging rasch von Auto zu Auto und bot mit einem freundlichen Lächeln seine Dienste an. Die meisten Fahrer schüttelten ablehnend den Kopf, zwei gaben ihm eine Münze, ohne sich die Scheibe putzen zu lassen. Eine Frau nickte und schob einen Fünfeuroschein durch einen schmalen Spalt des Fahrerfensters. Als der Junge ihr Wechselgeld zurückgeben wollte, schüttelte sie den Kopf und schloss die Scheibe.

Peter Heiland bewunderte das Geschick des Jungen, der nicht älter als zwölf, dreizehn Jahre war. Mit schnellen, routinierten Bewegungen putzte er die Frontscheibe blank, machte eine Verbeugung und sprang auf die Verkehrsinsel zurück, als der Verkehr wieder zu rollen begann. Das Mädchen auf der Gegenfahrbahn arbeitete langsamer, schien sich nicht so recht zu trauen und verdiente offenbar weniger als der Junge.

Das Pärchen zählte das Geld. Plötzlich schlängelte sich Malik durch die anfahrenden Autos, wurde ein paarmal angehupt, zeigte den Fahrern den Stinkefinger und erreichte mit einem Satz den schmalen Streifen zwischen den Fahrbahnen.

Er sagte etwas zu dem Jungen. Der steckte die Hand mit den Münzen und dem Fünfeuroschein in die Hosentasche und machte einen Schritt zurück. Malik rückte nach. Das Mädchen wollte dazwischengehen. Malik stieß es so heftig zur Seite, dass die Kleine fast auf die Fahrbahn gestürzt wäre.

Der Syrer packte jetzt den Jungen am Kragen und zog ihn so dicht zu sich her, dass sie Nase an Nase standen.

In diesem Augenblick erreichte Peter Heiland die Verkehrsinsel. »Hi, Malik.«

Der Syrer fuhr herum. »Hi, Bulle.« Er grinste breit. Nahm beiläufig einen Schwamm aus dem Putzeimer des Jungen und wrang ihn so aus, dass das ganze Schmutzwasser auf Peter Heilands Schuhe troff. Der Kommissar konnte nicht nach rückwärts ausweichen, weil er dann vor die fahrenden Autos geraten wäre.

»Sehr freundlich«, sagte er.

»Oh, 'tschuldigung.« Malik grinste. »Was willst du?«

»Können wir reden?«

»Ich muss arbeiten.«

»Du meinst: kassieren!«

Die Ampel schaltete auf Rot. Der Junge und das Mädchen sprangen auf die Fahrbahn.

»Du weißt genau, dass das hier nicht erlaubt ist«, sagte Heiland zu Malik.

»Mir egal. Was ist schon erlaubt?«

»Wirst du jetzt der Chef eurer Gang?«

»Würde ich dann hier Autofenster putzen?«

»Hör auf. Ich hab gesehen, was du arbeitest. Wie viel knöpfst du den armen Typen ab?«

»Geschäftsgeheimnis.« Malik grinste. »Wir verteilen die Plätze, sorgen dafür, dass sie in Ruhe arbeiten können, und achten darauf, dass Bullen wie du ihnen nicht zu oft in die Quere kommen. Nichts ist umsonst, Kommissar!«

»Was verdient einer hier so in der Stunde?«

»Sechs, sieben Euro. Mal mehr, mal weniger.«

»Entspricht fast dem geplanten Mindestlohn.« Malik grinste. »Stimmt!«

»Und jeder zahlt an dich und deine Gang?«

»Über Geschäfte rede ich nicht. Hab ich doch gesagt.«

»Komm mit!«

»Wieso sollte ich das tun?«

»Ich lade dich auf einen Kaffee ein.«

»Und wenn ich nicht mitkomme?«

»Rufe ich meine Kollegen, und dann ist hier Schluss!«

»Okay, überredet, Bulle.«

Ein Stück die Neue Kantstraße hinunter fanden sie ein Café. Malik bestellte ein französisches Frühstück mit Milchkaffee, dazu zwei Eier im Glas und einen Orangensaft.

»Du und dein Freund Jo – ihr wart dabei, als Osman Özal Marc Schuhmacher niedergestochen hat.«

»Hat Kevin gequatscht?«

Peter machte eine unbestimmte Geste und merkte sich den Namen Kevin.

»Osman hätte auf ihn hören sollen.«

»Auf Kevin?«

Malik nickte und machte sich über die Eier im Glas her. Mit vollem Mund sagte er: »Es ist tatsächlich Didis Revier.«

Peter Heiland nutzte sein neu erworbenes Wissen: »Didi ist ein anderer Original-Gangster, nehme ich an?«

Wieder nickte Malik. »Ein Megachecker. Seine Gang ist verdammt stark.«

»Gehört Marc Schuhmacher zu Didis Gang?«

Malik lachte auf. »Schuhmacher ist ein Spießer.«

»Ein Opfer«, meinst du?

»Nee, das nun grade nicht. Obwohl gestern …« Malik vollendete den Satz nicht. Stattdessen fragte er: »Wird er's überleben?«

»Die Chancen stehen fifty-fifty. Was ist denn passiert, bevor Osman mit dem Messer auf ihn losgegangen ist?«

Malik brach ein Stück von seinem Brötchen ab und wischte damit das Eierglas aus.

»Ich muss nichts aussagen, wenn ich mich selbst belaste.«

»Du bist ja verdammt schlau!«

»IQ 135. Von einem unabhängigen Professor getestet.«

»Und dann zockst du diese armen Scheibenputzer ab?«

»Ich werd mich doch nicht irgendwo zum Sklaven machen, nur weil ich intelligenter bin als die anderen.«

»Aber warum hast du dich dann Osman unterstellt?«

»Wir waren kein schlechtes Team!«

»Auf dem Streetballplatz waren außer Marc Schuhmacher noch zwei Jungs.«

»Stimmt.«

»Ihr habt sie bedroht und abgezogen, nehme ich an.«

»Jo und ich haben nur nach hinten gesichert. Osman hatte das Messer und den Schlagring.«

»Und Marc Schuhmacher hat trotzdem nichts rausgerückt.«

»Wer sagt das?«

»Meine Kollegen sagen das. Als er ins Krankenhaus gebracht wurde, hatte er sein Handy, sein Portemonnaie und seine teure Uhr noch.«

»Ja. Scheiße. Ist schiefgelaufen. Osman hat die Nerven verloren. Das ist ihm leider schon öfter passiert.«

Peter Heiland nickte. »Marc hat ihn neulich auf dem Schulhof ziemlich blamiert, stimmt's?«

»Ja. War auch schon sone Scheißaction. Auf dem Schulhof! Muss er da hingehen. Er hat doch gewusst, wie gerne Leila in die Schule geht. Ich weiß nicht, was er da beweisen wollte.«

»Aber der Mord hat ja sicher nichts damit zu tun. Glaubst du, dass dieser Didi oder eines seiner Bandenmitglieder Osman erschossen hat?«

»Frag ihn!«

»Und wo finde ich ihn?«

»Im ›Dark Hawk‹ in Kreuzberg.« Malik ließ seinen Rücken gegen die Stuhllehne zurückfallen. »Didi ist Libanese.«

»Warum bist du nicht in *seiner* Gang? Er ist doch offenbar viel stärker, als Osman es war.«

»Weil ich selber wer bin, Bulle. Außerdem, wir Syrer und die Türken hassen die Deutschen, weil sie Nazis sind, und die Libanesen, weil sie so schwul daherreden. Deshalb bleiben wir unter uns.«

»Und was ist mit Johannes Kiel, der gehört doch zu deiner Gang.«

»Syrer ehrenhalber.«

»Blödsinn!«

»Stimmt. Er macht alles, was wir sagen, und sein Alter hat Kohle ohne Ende.« Malik lachte selbstgefällig. »Ist aber zu blöd zu merken, wenn einer an sein Konto geht.«

»Und das macht ihr?«

»Wer sagt das? Ich sage nur, dass er zu blöd wäre, es zu merken.«

»Du sagtest, Didi sei Libanese, aber Didi klingt verdammt deutsch.«

Malik lachte. »Wir hatten mal in der Grundschule einen Lehrer, der unsere arabischen Namen nicht leiden konnte. Offiziell hat er behauptet, er könne sie sich nicht merken. Also mussten wir uns deutsche Zweitnamen zulegen. Didi heißt eigentlich Mustafa. Ich hab mich damals übrigens Einstein genannt.«

Sie verließen das Café gemeinsam. »Eins musst du noch wissen, Bulle«, sagte Malik.

Peter schaute ihn nur fragend an.

»Da war son Alter, der hat Osman mit 'nem Revolver bedroht und gesagt, er werde ihn allemachen.«

»Wo war das?«

»Vor dem Jugendtreff. Gestern. Ich glaube, er hätte Osman niedergeknallt, wenn nicht so viele Leute drum rum gewesen wären.«

»Klingt wie erfunden.«

»Jo kann es bestätigen. Den Typ hatten wir davor schon mal getroffen.«

»Wo?«

»Spielt das 'ne Rolle? Jedenfalls ist Osman mit ihm zusammengerasselt. Er ist 'n Penner, 'n alter Schwanzlutscher, läuft mit sonem grauen Seesack rum. Gesicht wie 'n Nussknacker.«

»Tolle Beschreibung«, sagte Heiland. »Den Mann hast du doch erfunden.«

»Vielleicht! Ist ja auch egal. Big Didi und seine Arschficker haben Osman auf dem Gewissen, und das gibt Rache.«

»Willst du dich mit den Libanesen anlegen?«

»Ich oder sonst wer. Pass auf, Bulle, bei euch steht das nur in der Bibel, aber bei uns ist das heilig: Auge um Auge, Zahn um Zahn!«

»Ihr führt hier nicht eure eigene Justiz ein, Malik.«

»So? Und wer will das verhindern, son schwachbrüstiger Jungbulle wie du?«

»Ja, ich und noch ein paar andere!«

»Das schafft ihr nicht. Wir haben unsere eigenen Gesetze, und wir setzen sie auch durch!« Mit diesen Worten sprang er in einen Bus, der vor ihnen hielt. Die Tür ging zischend zu. Peter Heiland sah hinter der Scheibe das grinsende Gesicht Maliks.

3

Die Beleuchtung im Treppenhaus funktionierte wieder. Hanna Iglau stieg die sechs Treppen hinauf und klingelte an der Wohnungstür der Familie Aikin. Es dauerte lange, bis sie Schritte hinter der Tür hörte, und dann wurde sie nur einen schmalen Spalt geöffnet. Das bleiche Gesicht Leilas erschien. »Es ist niemand zu Hause.«

»Aber du bist doch da.« Hanna versuchte gewinnend zu lächeln.

»Ich bin aber krank.«

»Ich will dich auch nicht lange stören. Nur zwei, drei Fragen, ja?«

Leila blieb reglos stehen. Sie öffnete die Tür nicht weiter, schloss sie aber auch nicht. Sie zeigte gar keine Reaktion. Hanna drückte mit der flachen Hand gegen die Tür. Das Mädchen ließ die Klinke los, rührte sich aber immer noch nicht vom Fleck.

Die Kommissarin trat in die Wohnung. »Ist deine Mutter nicht da?«

»Einkaufen!«

Hanna sah sich um. Da alle Türen offen standen, war die Wohnung vom Eingangsbereich her gut zu überblicken. Sie bestand aus drei Zimmern, Küche und Bad. Die Zimmer wirkten sauber und aufgeräumt. Die Möbel stammten offenbar aus der Türkei. Sofas und Sessel waren mit bunten Kissen und Tüchern geschmückt, bei denen die Farbe Rot dominierte. Gleich neben der Tür hing ein Bild von Atatürk. Hinter einem ausladenden Sofa im geräumigen Wohnzimmer schmückte eine Fototapete die Wand. Sie zeigte die Sinterquellen von Pomukale. An den anderen Wänden hingen einzelne Fotos. Hanna erkannte die Bosporusbrücke und den Strand von Antalya.

»Schön habt ihr's.«

»Ja!« Leila stand noch immer unter der Wohnungstür.

»Können wir uns nicht setzen?«

Leila hob leicht die Schultern und schaute Hanna ausdruckslos an. Das türkische Mädchen hatte ein schönes, gleichmäßiges Gesicht mit einer ein wenig gekrümmten Nase. Ihre Haut hatte einen leichten Olivton. Ihre Augen waren schwarz wie Kohlen. Die Haare hatte sie unter einem Kopftuch versteckt. Leila trug Jeans, eine bestickte Bluse und zierliche rote Pantöffelchen.

»Du verstehst doch, dass wir Fragen haben. Es ist unsere Aufgabe, den Mord an deinem Freund Osman aufzuklären.«

»Ja.«

»Also, wie war das mit euch beiden?«

»Wie, mit uns beiden?«

»Ihr wart doch ein Liebespaar?«

»Nein!«

»Aber Osman war doch dein fester Freund?«

»Ja.«

»Du willst sagen, ihr wart befreundet, aber nicht ineinander verliebt.«

»Ich will gar nichts sagen.«

Leila war inzwischen mit kleinen Schritten ins Zimmer gekommen und lehnte an einer Truhe aus dunklem Holz, die mit einem schweren roten Tuch aus Samt bedeckt war.

Hanna seufzte. »Du machst es mir nicht leicht.«

»Warum sollte ich?«

Sie standen sich gegenüber. Leila sah Hanna unverwandt an, aber die Polizistin konnte den Blick nicht deuten. Wieder erlebte sie das Gefühl, in eine Welt geraten zu sein, die sie nicht verstehen konnte. Sie machte einen neuen Versuch: »Wenn du mir nicht antworten willst, muss ich annehmen, dass du etwas verheimlichst.«

»Das ist Ihr Problem.« Leila bewegte kaum die Lippen, wenn sie sprach. »Ich muss lernen!« Sie ging, ohne sich weiter um Hanna zu kümmern, in ein schmales Zimmer, dessen Fenster auf den Hinterhof hinauszeigte, setzte sich an einen hellen Schreibtisch aus Kiefernholz, zog ein Buch und ein Heft zu sich heran und begann, eine Rechenaufgabe zu lösen.

Hanna folgte ihr. Sie beugte sich über das Mädchen. »Das ist sphärische Trigonometrie. Das hatten wir erst in der Abiturklasse.«

»Ja!« Leila wandte den Kopf nicht um.

»Du bist doch höchstens in der Zehnten.«

»Ja!«

Leila zog mit dem Kurvenlineal ein paar Linien und schrieb in schneller Folge Formeln und Zahlen auf das karierte Papier.

Hanna sagte: »So haben früher Kapitäne die Standorte ihrer Schiffe berechnet, bevor es Satellitensysteme gab.«

»Ja, natürlich.« Leila nahm eine neue Aufgabe in Angriff.

»Du willst also nicht mit mir über Osman Özal reden?«

»Nein!«

Hanna gab auf. »Vielleicht komme ich noch mal wieder, wenn es dir bessergeht.«

»Ja«, sagte Leila, erhob sich von ihrem Schreibtisch, durchschritt die Wohnung und stellte sich neben die Wohnungstür, die noch immer offen stand.

Hanna zog eine Visitenkarte aus ihrer Jackentasche und wollte sie dem türkischen Mädchen reichen, aber Leila machte keine Anstalten, sie entgegenzunehmen. Also legte Hanna das Kärtchen nur auf ein Sideboard, das neben der Tür stand. »Da ist auch meine Handynummer drauf. Du kannst mich jederzeit anrufen.«

Als Hanna an Leila vorbei ins Treppenhaus hinausging, rührte sich Leila nicht. Leise schloss sich die Tür hinter der Kommissarin.

»Dark Hawk« stand in handgemalten schwarzen Lettern auf einem weißen Holzbrett, das sich über die ganze Breite des Lokals zog. Die Kneipe klebte unter den Yorckbrücken wie ein Vogelnest an einer Betonwand. Links sah man in einen schmalen Hof, in dem sich Kisten mit leeren Flaschen stapelten, rechts ging es in eine Nische, die von einer grauen Stahltür abgeschlossen wurde. Die Tür stand offen. Peter Heiland sah eine Steintreppe, die offenbar in einen Keller hinabführte.

Peter Heiland stieß die Tür zum »Dark Hawk« auf. Wie konnte man sich hier nur wohl fühlen? Der Raum war kahl. Die Resopaltische und Metallstühle waren ohne erkennbare Ordnung verteilt. Im Hintergrund gab es ein kleines Podest, auf dem ein Tischfußballspiel und ein Flipper standen. Vor der Längswand links, die tiefschwarz gestrichen war, zog sich eine Theke aus billigem Pressspan durch den Raum. In der rechten hinteren Ecke war ungefähr in zwei Meter Höhe auf einem einfachen Brett ein Fernseher platziert, der ein arabisches Programm zeigte.

Etwa zwanzig junge Männer saßen im »Dark Hawk« herum. Einige von ihnen spielten Tavli, andere redeten nur. Die meisten aber saßen nur so da, als ob sie auf etwas warteten. Das Fernsehprogramm schien niemanden zu interessieren, außer den jungen Wirt, der kein Auge von dem Bildschirm ließ. Ihm gegenüber saß ein etwa neunzehnjähriger junger Mann. Er trug eine Bomberjacke aus weißer Seide, sein Kopf war kahl rasiert. Im weit offenen Hemdausschnitt baumelte ein goldener Totenkopf. Der junge Mann warf Peter Heiland einen kurzen Blick zu, grinste, sagte etwas zu dem Wirt hinter dem Tresen, worauf der lachte – pflichtschuldig, wie es Heiland schien. Der Kommissar setzte sich an einen Tisch im hinteren Teil des dunklen Raums.

Der Wirt kam herüber. »Was darf's sein?«

»Einen türkischen Kaffee und – wie heißt die Süßspeise dort?«

»Baklava!«

»Ja, dann so eine.«

Der Wirt schob ab. Der Mann vor dem Tresen rutschte von seinem Barhocker und kam herüber. »Hey, du, was guckst du mich so an?«

»Ich gucke dich nicht an«, sagte Heiland.

»Aha! Und warum guckst du mich nicht an? Bin ich etwa hässlich?«

»Nein, du bist nicht hässlich, im Gegenteil, du siehst verdammt gut aus.«

»Woher weißt du, dass ich gut aussehe, wenn du mich nicht anguckst?«

Peter Heiland grinste. »Weißt du, wie man so was nennt?«

»Was?«

»Die Art, wie du redest.«

»Und? Wie?«

»Sophisticated.«

»Mir scheißegal. Was soll das sein?«

»Malik könnte es dir erklären.«

»Der syrische Klugscheißer, meinst du?«

Der Wirt brachte die Süßspeise und den Kaffee.

»Danke«, sagte Peter Heiland, und zu dem jungen Mann an seinem Tisch: »Ich suche Mustafa, der von seinen Freunden Didi genannt wird.«

»Du hast ihn gefunden, Bulle.«

Ein untersetzter Junge zwischen fünfzehn und sechzehn kam aus einem Nebenraum, in dem er mit anderen Pool Billard gespielt hatte, blieb bei Didi stehen und fragte: »Soll ich noch was machen?«

»Nee, Kevin, ist okay. Danke. Du warst echt cool!«

Kevin strahlte Didi an. »Ja, dann geh ich mal!«

»Augenblick!«, sagte Peter Heiland. »Du warst dabei, als Osman Özal, Malik Anwar und Johannes Kiel Marc Schuhmacher fertiggemacht haben.«

»Ich war nicht dabei. Ich hab's zufällig gesehen.«

Didi nickte anerkennend.

»Aber woher wissen Sie das?«, fragte Kevin.

»Erzählst du mir mal den Hergang aus deiner Sicht?«

Kevin sah auf die Uhr. »Ich muss in die Schule, wir haben um 16 Uhr Theater-AG.«

»In welche Schule gehst du?«

»Ludwig-Uhland-Gymnasium.«

»Wie Leila Aikin?«

»Wie kommen Sie auf Leila?« Die Augen des Jungen flackerten.

»Osman war ihr Freund. Er hat wohl ziemlich Zoff gemacht in der Schule.«

»Ja, da war er Spitze! – Kann ich jetzt gehen?«

»Nein. Wie war das am Mittwoch auf dem Streetballplatz?«

»Osman hatte den Schlagring und den Schlitzundschlag.«

»Den was?«

»Das ist ein Messer, mit dem kannst du gleichzeitig schlitzen und schlagen«, belehrte Didi den Kommissar. »Richtig gemeines Ding. Der kleine Finger sitzt in 'ner Fassung aus Metall. Deshalb kann es dir keiner aus der Hand schlagen.«

Peter Heiland nickte. »Und weiter?«, sagte er zu Kevin.

»Osman hat geschrien: ›Alles, was ihr in den Taschen habt, hier vor mir auf den Boden: Geld, Armbanduhren, Handys. Alles.‹ Das Übliche eben. Ich hab noch versucht, ihn ... äh ... ihn zur Vernunft zu bringen. Aber da ging nichts. Die zwei anderen haben sofort ihr Zeug vor ihm auf den Boden gelegt, aber Marc blieb einfach stehen und rührte sich nicht. Osman hat ihn angebrüllt: ›Los, du auch!‹ Aber der Schuhmacher sagt nur: ›Ich nicht!‹ Und Osman: ›Doch. Grade du. Und du weißt auch, warum!‹ Und da sagt doch der Marc tatsächlich: ›Ja, und grade darum machst du mir keine Angst!‹«

»Du weißt, worauf Marc Schuhmacher da anspielte?«, fragte Peter Heiland dazwischen.

»Ja, ich war ja auch auf dem Schulhof, wie Osman auf den von Beuten losgegangen ist. Da hat er allerdings kein Messer gehabt. War echt 'ne Demütigung für Osman, wie ihn der Schuhmacher vor allen fertiggemacht hat. Mit links! Dass er das nicht auf sich sitzen lassen konnte, war ja klar. Und jetzt hat er auf einmal die geile Chance gehabt. ›Das ist Rache, Scheißalaman‹, hat er geschrien und: ›Diesmal legst du mich nicht wieder rein mit deinen Tricks.‹ Und dann hat er zugestochen. – War's das?«

»Vorerst ja«, sagte Peter Heiland.

Kevin ging zur Tür, winkte von dort aus noch mal zurück und verschwand.

»Kann er nicht klasse erzählen?«, sagte Big Didi.

»Ja. Und es könnte sogar die Wahrheit sein.« Peter Heiland schaute Didi in die Augen. »Woher wusstest du, dass ich Polizist bin?«

»Man informiert sich.«

»Wie soll ich dich nennen – Mustafa oder Didi?«

»Big Didi.« Der junge Libanese grinste breit.

»Gut, Big Didi. Osman Özal ist dir in die Quere gekommen.«

Didi nickte und sagte dann mit einem überlegenen Lächeln: »Macht er jetzt nicht mehr!«

»Ihr habt ihn abgeräumt.«

»Nein. Aber es macht nichts, wenn alle das denken.«

»Und wenn sich die Kurden dafür an euch rächen?«

»Dann beantrage ich Polizeischutz bei dir, ey!« Er lachte.

Der mit Honig durchtränkte geschichtete Blätterteig schmeckte gut, war aber schwer zu essen, weil die Süßspeise so klebrig war. Peter Heiland hatte Mühe, sie mit dem dünnen, kleinen Blechlöffel zu teilen. Prompt rutschte ihm eine Portion vom Teller, flutschte über die Tischkante und landete auf seiner Hose.

Im gleichen Augenblick erschütterte eine Detonation das ganze Lokal. Vor dem Fenster stand für einen Moment ein rotgelber Feuerball, dann barst die Scheibe mit einem lauten Knall. Glassplitter regneten nieder. Ein Stück Blech segelte draußen durch die Gasse und knallte scheppernd auf den Bordstein. Und dann war es plötzlich still. Man hörte nur noch das Zischen und Prasseln des Feuers. Ein Auto, das schräg auf dem Gehsteig vor dem »Dark Hawk« abgestellt war, stand in Flammen. Didi hatte sich halb erhoben und schrie wütend arabische Wörter. Er packte den Tisch und warf ihn um. Heilands Kaffee und sein restliches Baklava flogen durch den Raum.

Der Kommissar zwang sich zur Ruhe. Sachlich fragte er: »Deine Karre?«

»Die bring ich um. Ich bring sie alle um. Jetzt gibt's Krieg!« Das dunkle Gesicht des Libanesen war verzerrt. Unkontrolliert stieß er seine Fäuste in die Luft. Schaumiger Speichel stand in seinen Mundwinkeln. Es dauerte Minuten, bis sein Wutausbruch endlich abebbte. Plötzlich ließ er sich auf einen Stuhl fallen, als ob alle Kraft aus ihm gewichen wäre. »Du bist Zeuge«, sagte er zu Peter Heiland.

Der sah traurig auf sein verschmutztes Hosenbein hinab und versuchte halbherzig, den klebrigen Fleck mit einem Papiertaschentuch wegzuwischen. Aber das flusige Papier verband sich mit der Teig- und Honigmasse und machte alles nur schlimmer.

»Wo warst du gestern zwischen 17 und 19 Uhr?«

»Na endlich. Ich hab mich schon gefragt, wann du damit kommst.« Didi schien sein Auto vergessen zu haben.

»Und?«

»Ich war hier. Das können mindestens zwanzig Leute bezeugen.«

»Du musstest es natürlich nicht selber tun.«

»Hör ma«, sagte Didi, »das kleine kurdische Arschloch war dran, das ist klar. Aber doch nich gleich mit 'm Loch in 'n Kopp!«

»Okay, gib mir einen Tipp: Wer war's dann?«

»Ich, 'n Tipp? Dir? Habt ihr das gehört?«, schrie er in den Saal. »'n Bulle will 'nen Tipp von mir!« Er lachte schallend. »Das ist gut. Das ist sehr gut. Das ist sogar morgen noch gut!«

»Willst du dich eigentlich nicht um deine Karre kümmern?«, fragte Peter Heiland säuerlich.

Draußen fuhr ein Streifenwagen der Polizei heran, kurz darauf folgte ein Einsatzwagen der Feuerwehr. Ein Polizeibeamter betrat die Kneipe. »Ist hier der Besitzer des Wagens da draußen?«

Didi stand auf, schnalzte mit den Fingern und rief: »Hier!«

Peter Heiland erhob sich ebenfalls. Er zeigte dem Schutzpolizisten seinen Ausweis. »Ich wäre dankbar, wenn Sie mir Ihren Bericht zukommen lassen könnten.«

Der Beamte brauchte einen Augenblick, um zu realisieren, dass es sich bei Peter Heiland um einen Kollegen von der Kripo handelte. Dann sagte er: »Kann ich 'ne Karte oder so was haben?«

Peter reichte ihm seine Visitenkarte und verließ das Lokal.

Kriminaloberrat Ron Wischnewski saß um die gleiche Zeit in der Jugendstrafanstalt Berlin-Tegel in einem bescheidenen kleinen Büro. Ihm gegenüber eine Psychologin und Mirko Brandstetter. Wischnewski hatte nach der Lektüre des Berichts seiner beiden Mitarbeiter um Brandstetters Anwesenheit bei dem Gespräch gebeten, was Frau Dr. Grieshaber, die Psychologin, mit einigem Befremden quittiert hatte.

»Osman Özal war auf einem guten Weg«, sagte Frau Dr. Grieshaber.

Brandstetter schüttelte nur unmerklich den Kopf.

»Seine Resozialisierung«, fuhr die Psychologin fort,

»hat wirklich gute Fortschritte gemacht. Ich mochte ihn! Er hätte sich bald schon in ein normales Leben integrieren können.«

Brandstetter räusperte sich.

»Ja?«, machte Frau Dr. Grieshaber in scharfem Ton.

»Osman ist aus dem Knast zehnmal brutaler rausgekommen, als er reingegangen ist«, sagte der Streetworker.

»Das ist doch Unsinn!«

»Ich sehe die Jungs vorher und nachher.« Mirko Brandstetter sprach ganz ruhig. »Ich begegne ihnen nicht nur im Knast, sondern vor allem in ihrer gewohnten Umwelt. Und ich sage Ihnen, Sie reden sich das schön, Frau Dr. Grieshaber.«

Wischnewski hörte aufmerksam zu, sagte zunächst aber nichts.

»Sie sehen die Jungs in ihrer Umwelt, zugegeben«, antwortete die Psychologin. »Aber ich sehe in sie hinein. Mir gegenüber öffnen sie sich. Ich weiß, was sie treibt, worunter sie leiden, was ihnen fehlt.«

»Zugegeben. Aber Osman und seinesgleichen sind geübte Trickser. Die machen Ihnen locker ein X für ein U vor, ohne dass Sie es merken. Die spielen jede Rolle gut!«

»Als ob Sie das beurteilen könnten!«

Frau Dr. Grieshaber war eine hochgewachsene, sehr schlanke Frau Mitte vierzig. Ihre blonden Haare fielen in zwei gleichförmigen Bahnen glatt vom Scheitel herab. Dicke Brillengläser ließen ihre Augen unnatürlich groß erscheinen. Ihre schmalen Lippen hatte sie mit einem fast schwarzen Stift nachgezogen. Sie saß sehr aufrecht, vermied es aber, Brandstetter oder Wischnewski direkt in die Augen zu schauen.

Wischnewski schaltete sich ein. »Ich kenne allein drei Fälle hier in Berlin, da haben die Psychologen Sexualstraftätern mit schweren Delikten in ihrer Biographie nach der Verbüßung ihrer Strafe ein Unbedenklichkeitszeugnis ausgestellt. Die Männer wurden auf freien Fuß gesetzt. Und alle drei wurden innerhalb weniger Monate rückfällig.«

Frau Grieshaber wollte etwas sagen, aber Wischnewski ließ sie nicht dazu kommen. »Ich behaupte nicht, dass Ihre Kollegen nicht nach bestem Wissen und Gewissen geurteilt hätten. Sie haben sich täuschen lassen. Das ist das Problem.«

»Genau«, sagte Brandstetter. »Osman war fit im Kopf. Er wusste, was hier von ihm erwartet wurde, und spielte seine Rolle perfekt. Er wollte ja nur eins: raus hier, um endlich zum Original-Gangster aufsteigen zu können. Die Lehre dafür hat er hier drin absolviert. Und er hat es ja dann auch fast geschafft.«

»Das lässt sich alles leicht behaupten.« Frau Dr. Grieshaber schnäuzte sich umständlich die Nase.

Wischnewski schaute sie an. Die Frau tat ihm leid. Wahrscheinlich wusste sie um die Vergeblichkeit ihrer Bemühungen und konnte sie sich nicht eingestehen. »Niemand von uns kann wiedergutmachen, was die Gesellschaft versaut hat«, sagte er jetzt.

Frau Dr. Grieshaber schaute auf, und zum ersten Mal trafen sich ihre Blicke. Wischnewski lächelte. »Unsere Kollegen tragen jetzt bei ihren Einsätzen grüngelbe Lätzchen mit der Aufschrift ›Anti-Konflikt-Team‹. Am 1. Mai zum Beispiel in Kreuzberg, wenn die autonomen Demonstranten zum Zeichen ihrer Solidarität mit der Arbeiterklasse Autos anzünden, Schaufenster einschmeißen und Geschäfte plündern. Das führt dann dazu, dass wir am Ende mehr verletzte Beamte als Demonstranten haben.«

»Dazu hätte ich aber auch noch was zu sagen«, meldete sich Brandstetter.

Doch nun war Wischnewski schon in Fahrt. »Das war erst vor zwei Monaten: Da haben zwei Brüder, sechzehn und dreiundzwanzig Jahre alt, in einer Straßenbahn einen Fahrgast zusammengeschlagen. Sie hatten sich Zigaretten angezündet, und der Mann hatte sie darauf hingewiesen, dass Rauchen in öffentlichen Verkehrsmitteln nicht erlaubt ist.«

»Ich kenne den Fall«, sagte Brandstetter.

Frau Dr. Grieshaber hatte sich in die Rolle der Zuhörerin begeben.

»Die anderen Fahrgäste schauten weg«, sagte Wischnewski. »Man mag sich das nicht vorstellen, aber es war so. Nur einer forderte die Schläger auf, damit aufzuhören. Prompt nahmen sich die Schläger diesen Mann vor. Der ältere der beiden Brüder hielt sich an den Haltegriffen fest – genauso steht es im Polizeibericht –, holte Schwung und trat den Mann, der einschreiten wollte, mit beiden Stiefeln ins Gesicht. Und obwohl das Opfer zu Boden fiel und offenbar bewusstlos war, traktierten die beiden Brüder den Mann weiter mit Fußtritten.«

»Ja«, sagte Brandstetter, »man hat das in der Presse gelesen.«

»Haben Sie auch gelesen, wie es weiterging?«

»Nicht genau«, musste Brandstetter zugeben.

»Aber das ist der eigentliche Punkt: Die zwei Brüder wurden festgenommen, erkennungsdienstlich behandelt und wieder freigelassen.«

»Kein Haftbefehl?«, fragte Frau Dr. Grieshaber.

»Für einen Haftbefehl lägen keine ausreichenden Gründe vor, meinten die zuständigen Beamten. Außerdem sei es nicht nötig, einen Haftbefehl zu beantragen, weil der Dreiundzwanzigjährige bisher nur wegen einfacher, nicht aber wegen gefährlicher Körperverletzung vorbestraft sei. Dabei stand der Kerl schon dreimal vor Gericht wegen Körperverletzung, Sachbeschädigung und Beleidigung. Er erhielt dreimal eine Geldstrafe.« Wischnewski wendete sich Brandstetter zu: »Und jetzt kommen Sie!«

»Ich habe ja nicht gesagt, dass es das nicht gibt«, murrte der Streetworker. »Ich weiß doch ganz genau, was abgeht. Deshalb glaube ich ja auch, dass Osman keine Chance, aber auch überhaupt keine Lust hatte, sich zu resozialisieren.«

»Es gibt übrigens noch eine Pointe zu meiner Geschichte«, sagte Wischnewski. »Der Regierende Bürgermeister hat dem schwerverletzten Mann, der übrigens erst kurz zuvor nach Berlin zugezogen war, in einem Brief seine Anerkennung ausgesprochen und schnelle Genesung gewünscht. Er habe ein Beispiel für andere gegeben. Und sehen Sie, das grade glaube ich nicht. Viel eher ahmen andere das Beispiel der beiden Schläger nach, solange die so davonkommen.«

»Das klingt sehr bitter«, sagte die Psychologin.

Wischnewski lachte nur kurz auf und sagte dann: »Lassen Sie uns wieder zu unserem Fall zurückkommen: Mit wem war Osman hier in der Vollzugsanstalt befreundet, mit wem war er möglicherweise verfeindet? Wer hat ihn besucht? Hat er mit Ihnen über Feinde gesprochen? Hat er vor irgendjemandem Angst gehabt?«

Brandstetter lächelte zu all den Fragen und schob sich einen Kaugummi in den Mund.

Das Ergebnis der Befragung erwies sich als dünn. Malik war der Einzige, der Osman regelmäßig besucht hatte. Einmal war sein Vater da gewesen, aber da war es schon nach wenigen Minuten zum Streit gekommen. »Sonst ... ich wüsste nicht ...«, schloss Frau Dr. Grieshaber ihren kurzen Bericht.

»Osman hatte eine Freundin. Leila Aikin.«

»Ach ja. Mit ihr hat er wohl manchmal telefoniert.«

Brandstetter sagte: »Das war in der Zeit, als die Kumpels der Knackis Handys über die Gefängnismauer geworfen haben.«

Wischnewski erinnerte sich. Ein paar Wochen lang wurde das als Skandal in der Berliner Presse behandelt. Die Justizsenatorin kam in Erklärungsnot. Aber das war ja für Politiker ein gewohnter Zustand, und entsprechend stand sie es auch durch.

»Es gibt hier auch einen öffentlichen Fernsprecher«, sagte Frau Dr. Grieshaber spitz.

»Aber den nutzen die Knackis nur im Notfall! Da kann ja jeder zuhören.«

»Hat Osman mit Ihnen über das Mädchen gesprochen?«, fragte Wischnewski die Psychologin.

»Ich unterliege der Schweigepflicht.«

»Pah«, machte Wischnewski. »Ihr Patient – oder sagt man da Klient? – ist tot!«

»So viel kann ich sagen: Er hat das Mädchen geliebt. Er hat gesagt, er werde sie heiraten.«

»Auch typisch«, ließ sich Brandstetter hören. »So einer wird nie sagen: ›Ich *möchte* sie heiraten.‹ Dabei wäre nie etwas daraus geworden.«

»Warum denn nicht?«, fragte Wischnewski.

»Weil Leilas Eltern es nicht wollten. Sie hätten ihr einen anderen ausgesucht.«

»Osman war ein sehr impulsiver Mensch«, sagte Frau Grieshaber, »und nachtragend. Immer wieder …« Sie unterbrach sich.

»Ja?«, fragte Wischnewski.

»Tut mir leid …«

»Bitte! Es könnte doch wichtig sein.«

»Darüber darf ich nun wirklich nicht sprechen.«

Das Gesicht der Psychologin nahm einen gequälten Ausdruck an.

»Raus mit der Sprache!«

Frau Dr. Grieshaber sah Wischnewski befremdet an.

Auch Brandstetter war aufmerksam geworden und fragte: »Worum geht's denn?«

Die Psychologin schwieg.

Wischnewski polterte los: »Jetzt sagen Sie nur noch, das Mädchen kriegt 'n Kind von ihm?«

Frau Dr. Grieshaber schüttelte den Kopf und lachte sogar ein wenig. »Wenn es so wäre, hätte er es mir bestimmt nicht gesagt – immer vorausgesetzt, er hätte es überhaupt gewusst!«

»Was ist es dann, was Sie uns nicht sagen können?«

Zögernd kam es: »Osman hat immer wieder damit gedroht, Leilas Lehrer umzubringen.«

»Von Beuten?«

»Ja, so heißt er wohl. Osman hat ihn nur den Satan genannt.«

Vor der Vollzugsanstalt verabschiedete sich Wischnewski von Mirco Brandstetter. »Was treibt Sie eigentlich an, diesen Job immer weiterzumachen. Immer zwei Schritte vor und drei zurück.«

»Nee, andersrum.« Brandstetter lächelte den Kriminaloberrat offen an. »Drei vor und zwei zurück, genau wie bei Sisyphos. Ein kleines Stückchen geht es doch immer weiter. Sonst würden Sie Ihren Job doch auch nicht machen.«

»Ich weiß nicht. Wir wollen ja die Menschen nicht besser machen, nur ihrer Taten oder, genauer, ihrer Untaten überführen und dafür sorgen, dass sie bestraft werden. Und vergessen Sie nicht: Unsere Aufklärungsquote bei Mord liegt über neunzig Prozent!«

»Wie schön, wenn man so sichtbare Erfolge hat!« Mirco Brandstetter stieg auf sein Fahrrad und strampelte davon. Die Reifen drehten im dreckigen Matsch durch. Wischnewski sah dem Streetworker nach und ertappte sich bei der Frage, wie lange Brandstetter wohl durchhalten werde.

Langsam ging er zu seinem Dienstwagen. Er sah auf die Uhr. Es war schon nach sechs. Bis vor ein paar Wochen wäre es für ihn gar keine Frage gewesen, ob er um diese Zeit noch mal ins Büro oder gleich nach Hause gehen sollte. Er wäre im Präsidium gelandet und hätte noch ein paar Stunden gearbeitet oder doch so getan, als arbeite er. Jetzt entschloss sich Wischnewski, noch irgendwo ein Bier zu trinken und damit den Arbeitstag zu beschließen. Dass er dies konnte, lag auch an seinen beiden jungen Mitarbeitern, denen er nun doch schon manchmal ein bisschen was zutraute.

Peter Heiland hatte die Beine auf seinen Schreibtisch gelegt und lehnte sich weit gegen die bewegliche Rückenlehne seines Bürostuhls zurück. Hanna Iglau saß aufrecht vor ihrem Computer und schrieb den Bericht über die Einvernahme Leila Aikins. Heiland konnte keinen Blick von dem konzentrierten Gesicht seiner Kollegin wenden. »Schön«, sagte er, »sehr, sehr schön!«

»Was ist los?«, fragte Hanna, ohne aufzuschauen und ohne zu tippen aufzuhören.

»Du bist schön!«

»Hä?« Hanna fuhr auf. »Was hast du da grade gesagt?«

»Nichts. Nichts Besonderes. Vergiss es!«

»Was du gesagt hast, will ich wissen!«

»Vielleicht ist es ganz gut, dass du's nicht so genau gehört hast!«

»Was hab ich nicht gehört?«

»Das, was ich gesagt habe.«

»Und was hast du gesagt?«

Peter Heiland stand auf, ging zu ihr hinüber, stellte sich hinter ihren Stuhl und legte seine Arme um ihre Schultern. »So einen Dialog hab ich heute schon mal geführt.«

»So? Mit wem?«

»Mit Big Didi, dem berühmten Original-Gangster, bürgerlich Mustafa weiß nicht wie.«

»Mustafa Idris. Und du redest mit mir wie mit dem?«

»Nein. Ich hab gesagt, du seiest sehr schön.«

»Dann hab ich mich also doch nicht verhört?« Hanna hob Peter ihr Gesicht entgegen.

»Nein. Du wolltest es nur zweimal hören!« Er küsste sie auf ihre Stupsnase und kehrte an seinen Tisch zurück.

»Das war alles?«, fragte Hanna.
»Dienst ist Dienst!«
»Aber du arbeitest doch gar nicht!«
»Ich denke nach. Das ist auch Teil unserer Arbeit.«
»Das kann jeder behaupten.« Hanna wendete sich wieder ihrem Computer zu.

Es war schon nach neun Uhr abends, als sie ihr Büro verließen. Sie wunderten sich, dass Wischnewski nicht mehr hereingekommen war.

Der Kriminaloberrat stand zu der Zeit am Bratwurststand, Wittenbergplatz 195. Er hatte zwei Bier getrunken und ließ sich grade eine Currywurst zubereiten. Hinter ihm an einem Stehtisch stritten sich zwei Gäste, ob nun hier die Wurst besser sei oder bei Konopke an der Schönhauser Allee. Wischnewski kannte Konopke nicht. In die Gegend kam er nur dienstlich. Er stammte aus Wilmersdorf, wohnte in Tempelhof, und zum Prenzlauer Berg, nach Friedrichshain oder Pankow ging er nicht aus freien Stücken, mal ganz abgesehen von Marzahn oder Hellersdorf, wohin es ihn bislang erst je einmal verschlagen hatte, und das dienstlich. Er gehörte zu jenen Leuten, die »unsere Oper« sagten, wenn sie die Deutsche Oper in der Bismarckstraße meinten, und »die anderen Opern«, wenn es um die Staatsoper Unter den Linden oder die

Komische Oper im früheren Ostberlin ging. Er hatte damals auch gegen die Schließung des Schillertheaters gekämpft. Aber das war lange her. Erst seitdem er Friederike Schmidt kannte, führte ihn sein Weg gelegentlich wieder in ein Schauspielhaus oder ein Musiktheater. Und erst jetzt merkte er, wie sehr ihm diese Abende gefehlt hatten. Sieben Jahre lang – so lange war seine Scheidung jetzt her – hatte er nur im LKA und in seiner schäbigen Zweizimmerwohnung gelebt und alles ausgeblendet, was früher darüber hinaus für ihn wichtig gewesen war. Er hasste das schale Gefühl, das ihn erfasste, wenn er abends vor seinem Fernseher saß, dem Wunsch widerstand, sich ein Bier oder einen Whisky zu holen, durch die Programme zappte und am Ende froh war, wenn irgendwo ein Fußballspiel übertragen wurde, und sei es ein belangloses Länderspiel der U-20-Nationalmannschaft unter Horst Hrubesch.

Jetzt genehmigte er sich unter der Woche manchmal ein Bier, so wie heute, hatte aber damit aufgehört, sich am Wochenende so zuzusaufen, dass er nicht mehr auf seinen Füßen stehen konnte.

Eigentlich konnte die Currywurst woanders auch nicht besser schmecken.

Er widerstand dem Impuls, Friederike anzurufen. Die Abende mit ihr waren ihm zu kostbar, um sie jetzt hierherzulocken.

Er wusste nicht, wie gerne sie gekommen wäre.

4

Marc Schuhmacher war in der Nacht zu sich gekommen. Erstaunlicherweise erlangte er fast ohne Übergang sein Bewusstsein wieder. »Er ist jung und hat eine starke Natur«, sagte der Oberarzt, Dr. Hofmeier, der von einer aufgeregten Schwester alarmiert worden war. Aber der Mediziner wollte nichts davon wissen, die Polizei sofort zu verständigen. »Er soll selber sagen, wann er das will.«

Marcs Eltern dagegen waren sofort benachrichtigt worden und saßen jetzt an seinem Bett. Der Vater, ein sechsundvierzigjähriger Landschaftsgärtner, und die Mutter, eine zweiundvierzigjährige Biologielehrerin. Marc war ihr einziges Kind. Umso erstaunter war der Oberarzt, wie gelassen die beiden die ganze Zeit gewesen waren.

»Ich bin sicher, dass mein Sohn es schafft«, hatte Sebastian Schuhmacher gesagt, und seine Frau Annette hatte dies nachdrücklich bestätigt. Jetzt saßen sie links und rechts von Marcs Krankenbett und hatten seine Hände in den ihren.

»Hat man Osman geschnappt?«, fragte Marc.

»Osman Özal ist tot!«, sagte sein Vater.

»Was??« Unwillkürlich richtete sich der verletzte Junge auf. Als die Decke zurückrutschte, sah man den mehrschichtigen Verband um seinen Brustkorb.

»Das hat natürlich nichts mit dem Angriff auf dich zu tun«, sagte Sebastian Schuhmacher.

»Das ist nicht gesagt. Er war auf Didis Territorium. Kevin aus Didis Gang hat ihn noch gewarnt! Big Didi lässt sich so etwas nicht gefallen.«

»Woher weißt du eigentlich so was?«, wollte Annette Schuhmacher wissen.

»Ich bin doch in dem Projekt ›No Difference‹.«

»Ach ja«, sagte Marcs Vater, »was der Herr von Beuten gegründet hat.«

»Ja, ja«, Marc lächelte maliziös, »und das er schon nach ein paar Wochen wieder aufgeben wollte. Wenn Frau Alexander nicht eingesprungen wäre, wäre das wieder so ein Luftballon gewesen, den der Beuten laut steigen und leise platzen lässt.«

»Er war übrigens bei uns«, warf die Mutter ein. »Er meint, dieser Osman sei mit dem Messer auf dich losgegangen, weil du dich so für ihn eingesetzt hast.«

»Stimmt wahrscheinlich. Aber jetzt erzählt doch mal, wie ist das passiert? Warum ist Osman tot?«

»Man weiß es nicht«, antwortete Sebastian Schuhmacher. »Der Täter ist unerkannt entkommen. Wenn du willst, kannst du es lesen.« Er legte die Lokalseite des »Tagesspiegel« auf die Bettdecke.

»Aber nicht, dass du dich zu sehr aufregst«, sagte Annette Schuhmacher.

»Ich reg mich nicht auf. Keine Angst.«

Etwa eine Stunde später erreichte die 8. Mordkommission ein Telefonanruf. Christine Reichert nahm ihn entgegen. Am anderen Ende war Marc Schuhmacher. »Dr. Hofmeier sagt, Sie würden mich gerne sprechen. Das wäre jetzt möglich.«

»Was ist das für ein Junge?« Ron Wischnewski schüttelte den Kopf, als Christine das Gespräch an ihn weiterleitete. »Dauernd liest man nur, die bringen nichts, die interessieren sich für nichts, die haben null Bock auf alles, und jetzt meldet der sich von sich aus …« Da hörte er schon am anderen Ende der Leitung die Stimme des Jungen: »Hallo!«

»Wischnewski«, meldete sich der Kriminaloberrat, »spreche ich mit Marc Schuhmacher? Ich freu mich, dass es Ihnen bessergeht.«

Peter Heiland und Hanna Iglau hörten aufmerksam zu.

»Ja, ja, natürlich kann gleich jemand von uns vorbeikommen. Dürfen es auch zwei sein?«

Hanna und Peter schauten sich an. Das waren Töne, die sie von ihrem Chef nicht kannten.

»Frau Iglau und Herr Heiland. Sie sind in zwanzig Minuten bei Ihnen. Tschüs. Und ja – äh. Gute Besserung, Marc.« Wischnewski legte auf und wirkte wie jemand, der grade Schwerstarbeit geleistet hatte.

»Mann, Mann«, machte Peter Heiland.

»Was ist los?«, bellte Wischnewski.

»Nichts! Gar nichts!« Heiland erhob sich, nahm seine Jacke von der Stuhllehne und sagte zu Hanna: »Let's go!«

Als die beiden den Raum verlassen hatten, äffte Wischnewski Heiland nach: »›Let's go‹, ja was is'n nu kaputt?!«

Das Urbankrankenhaus lag am Ufer des Landwehrkanals, der sich hier zum Urbanhafen weitete. Drei Flügel aus grauem Beton, die sich um einen Innenhof neun Stockwerke hoch erhoben.

In der Nacht waren die Temperaturen weiter gesunken. Der schmutzige Schneematsch auf den Straßen war gefroren, er knirschte und knackte unter den Schuhen, als Hanna Iglau und Peter Heiland aus ihrem Dienstwagen stiegen.

»So weit ist es schon«, sagte Heiland, »dass Leute wie Wischnewski sich total wundern, wenn sich so ein Junge mal kooperativ zeigt.«

Hanna blieb stehen und strich sich ein paar Haare aus der Stirn. »Ich hab mir mal alles aus dem Computer geholt, was über Gewalttaten an Schulen geschrieben worden ist. Hier in Berlin hat letztes Jahr ein Sechzehnjähriger in nur vier Wochen fünf Lehrer zusammengeschlagen.«

»So was kann ich mir nicht vorstellen«, sagte Peter Heiland.

»Stimmt aber. Ein Richter hat Haftbefehl gegen ihn erlassen. Da stellte sich dann heraus, dass schon achtundzwanzig Ermittlungsverfahren gegen ihn liefen. Die meisten wegen Raub und Körperverletzung – alle ohne Erfolg.«

»Hat der keine Eltern?«

»O doch. Der Vater ist Computerfachmann, und die Mutter arbeitet als Buchhalterin in einem Kaufhaus. Die haben sofort einen teuren Anwalt genommen. Der Vater sagt, sein Sohnemann sei im Recht. Die Lehrer hätten seinen Jungen jedes Mal bedrängt und festgehalten. Er sei stolz, dass sich sein Sohn gewehrt habe.«

»Weißt du, was ein Schwabe in so einem Fall sagt?«

»Nee, woher auch?«

»Da könnt oim dr Arsch schwätze!«

»Aha?«

»Na ja, der Zorn erregt dann eben den ganzen Körper – sozusagen«, versuchte Peter Heiland zu erklären.

Vom Parkplatz führten sechs breite, flache Stufen zum Vorplatz hinauf. Dort saßen Patienten aufgereiht wie Hühner auf der Stange und in Decken gehüllt in ihren Rollstühlen und rauchten. Die meisten bleich und eingefallen. Die Haare strähnig. Keiner sprach mit einem anderen. Ihre Blicke schienen nichts zu erfassen. Hanna schauerte, und das lag nicht nur an der Kälte.

Sie gingen durch die Drehtür. Das Foyer wurde fast ganz von einer Cafeteria ausgefüllt. Um quadratische Resopaltische gruppierten sich jeweils vier frei schwingende Stühle. An den Wänden liefen Bänke aus Holz. Zimmerlinden und andere Gewächse, deren Namen weder Hanna noch Peter kannten, begrenzten den Raum, über dem ein künstliches Geflecht aus Holz den Blick nach oben versperrte. Vielleicht war diese künstliche Decke auch nur eingezogen worden, damit Selbstmörder, die von oben heruntersprangen, nicht mitten im Café landeten, ging es Peter Heiland durch den Kopf. Ein freundlicher Mann an der Rezeption erklärte ihnen den Weg.

Marc Schuhmacher saß hoch aufgerichtet in den Kissen. Am Fußende des Bettes stand der Physik- und Mathematiklehrer Dieter von Beuten. Die Kommissare stellten sich vor.

»Wir kennen uns ja bereits«, sagte von Beuten.

Peter Heiland nickte. »Sie sehen einen Zusammenhang zwischen dem Angriff auf Marc Schuhmacher und der Szene neulich auf dem Schulhof, als er sich für Sie eingesetzt hat?«, fragte Heiland.

»Ja, ja, natürlich. Und es tut mir unendlich leid!«

»Sie wissen also inzwischen, wer Marc mit dem Messer verletzt hat?«

»Ja. Und das macht mir die Sache nicht leichter. Er hat ihn fast erstochen, nur weil er mir geholfen hat.«

»Ich habe ihn provoziert«, sagte Marc und rückte in seinen Kissen noch ein Stück höher.

»Sagen Sie«, Hanna Iglau wendete sich an von Beuten, »gibt es denn an Ihrer Schule keine Programme gegen diese Gewalttäter?«

»Doch.« Marc antwortete für seinen Lehrer. »No Difference – hat Herr von Beuten gegründet.«

»Ja«, sagte der Lehrer. »Wir wollten versuchen, die Unterschiede zu verringern, die zwischen Schülern mit Migrationshinter..., also zwischen Ausländern und Deutschen herrschen, aber auch die Unterschiede zwischen unseren deutschen Schülern aus den verschiedenen sozialen Schichten.«

»Sie wollten ...?« Peter Heiland sah den Lehrer fragend an.

»Herr von Beuten hat das Handtuch geschmissen«, ließ sich nun Marc Schuhmacher wieder hören. »Jetzt leitet Frau Alexander das Projekt.«

Jedes Wort des Schülers schien seinem Lehrer weh zu tun. »Ja, ich werde dann mal gehen«, sagte er leise.

»Wie geht es denn Leila Aikin?«, fragte Hanna.

»Ich weiß es nicht. Sie ist vorerst noch vom Unterricht befreit.«

»Das wird ihr aber gar nicht gefallen«, sagte Hanna.

»Wie kommen Sie darauf?«

»Ich habe sie gestern besucht. Mir kam sie unheimlich lernbegierig vor. Sie hat sauschwere Mathe-Aufgaben gelöst.«

»Ja, sie ist sehr begabt. Wir, also das Kollegium, wollten Leila im nächsten Frühjahr gerne zur Wissensolympiade schicken.«

»Das können Sie doch immer noch.«

»Leilas Eltern sind dagegen.« Dieter von Beuten hob bedauernd die Arme und verließ das Krankenzimmer.

»Der ändert sich nicht mehr«, sagte Marc Schuhmacher.

»Aha, und warum sollte er sich ändern?«, fragte Hanna.

»Damit endlich mal was passiert.«

»Er sagt von sich, er sei ein guter Lehrer«, warf Peter Heiland ein.

»Ja, das stimmt. Man lernt wahnsinnig viel bei ihm. Aber sonst …«

»Was sonst?«

»Alle denken immer, er sei genau der Typ, der mit den schwierigen Schülern gut zurechtkommt. Und keiner merkt, dass die ihn nicht respektieren, sondern nur instrumentalisieren. Von Beuten ist ein Gutmensch, den die meisten in der Schule für einen Laberer halten.«

»Studierst du jetzt schon im Hauptfach Psychologie?«, fragte Peter Heiland süffisant.

»Ab der zehnten Klasse werden wir gesiezt. Ich *bin* in der zehnten Klasse!«

»Oh, Entschuldigung.«

»Man braucht dafür kein Psychologiestudium«,

fuhr der Junge ungerührt fort. »Man muss sich nur mit den Leuten beschäftigen. Als sich die Banden um unsere Schule herum gebildet haben, wollte sich niemand darum kümmern. Und als wir von Beuten vorgeworfen haben, dass er die Augen zumacht, hat er die Leitung von ›No Difference‹ abgegeben.«

»Sie sprechen von Banden. Können Sie uns das näher erläutern?«

»In der Schule und um die Schule herum gibt es zwei rivalisierende Gangs: die von Osman, die jetzt wahrscheinlich Malik übernehmen wird, und die von Didi, der ist Libanese. Außerdem ist da noch 'ne kleinere, aber ziemlich schlagkräftige Truppe, die von Pjotr, einem Russen, der zwei sauscharfe Kampfhunde hält, und Habib, einem Türken. Habib macht übrigens auf Gangsta-Rapper.«

Heiland sagte: »Big Didi hab ich kennengelernt. Osmans und nun Maliks Gefolgsleute sind gegen die Deutschen, weil sie die für Nazis halten, und die Libanesen halten sie alle für schwul. Aber es geht ja wohl nicht nur darum?«

»Nein, es geht immer um Macht, um Respekt. Die wollen alle weiß Gott was sein. Und sie glauben, sie seien nur was, wenn andere vor ihnen Angst haben und kuschen.«

»Aber du hast nicht vor ihnen gekuscht«, sagte Hanna Iglau.

»Zuerst schon. Aber dann hab ich Tae-Kwan-Do gelernt.«

»Das ist eine asiatische Kampfsportart, oder?«, fragte Peter Heiland.

»Eine koreanische«, verbesserte der Junge. »Tae heißt Fuß, Kwan heißt Faust, und Do bedeutet den Weg des Geistes.«

»Und damit hast du dir Respekt verschafft«, sagte Hanna.

»Ja«, antwortete Marc Schuhmacher schlicht.

»Als es zu der Auseinandersetzung auf dem Streetballplatz kam, war außer euch Spielern und Osmans Leuten noch ein Junge da. Kevin.«

»Ja, Kevin. Er gehört zu Didis Bande. Ich nehme an, er war da, weil Didi ahnte, dass etwas passieren würde.«

»Als Spion sozusagen?«

»Mhm!«

»Kevin ist aber kein Libanese.«

»Nein, er ist Deutscher. Kevin Neumaier, deutscher geht 's ja kaum noch.« Marc lächelte selbstgefällig. »Kevin ist einer von diesen Arschkriechern, die sich Vorteile davon erhoffen, wenn sie in so einer Gang mitmachen. Die kapieren ja nicht, was die Araber und die Türken von ihnen halten. Dabei hätt er's längst begreifen können.«

»Aha? Und warum?«

»Er ist unheimlich scharf auf Leila Aikin. Aber die will absolut nichts von ihm wissen.«

Peter Heiland erinnerte sich, wie Kevin im »Dark Hawk« reagierte, als Leilas Name gefallen war.

»Wahrscheinlich ist er ihr zu jung«, sagte Heiland.

»Nee, die Aishas wollen grundsätzlich keine deutschen Jungs. Oder nur heimlich. Das gibt sonst nur Stress zu Hause. Obwohl, es gibt natürlich auch ganz andere, die erhoffen sich was davon, wenn sie einen deutschen Lover haben.«

»Und um Gefühle geht es da gar nicht?«, fragte Hanna spitz.

»Weiß nicht. Mir kommen die alle unheimlich berechnend vor. Die deutschen Mädchen übrigens auch. Nur dass keine von denen jemals einen Araber akzeptieren würde, auch wenn der saureich wäre.« Marc Schuhmacher lehnte sich in die Kissen zurück und schloss für einen Moment die Augen.

»Vielleicht reden wir ein andermal weiter«, sagte Peter Heiland und ging zur Tür.

Ohne die Augen zu öffnen, sagte Marc Schuhmacher: »Der Schlimmste ist Malik.«

Peter Heiland blieb abrupt stehen. »Der Syrer?«

»Ja. Der steckt sie alle in die Tasche, und keiner weiß so genau, was der eigentlich vorhat.«

»Mir kam es auch seltsam vor, dass sich Malik Anwar dem Kurden Osman Özal unterstellt hat.«

»Unterstellt?« Marc Schuhmacher lachte und öffnete die Augen wieder. »Das hat der vielleicht gespielt, aber unterstellt hat der sich garantiert nicht!«

5

Das Flugzeug der Turkish Airlines aus Ankara war um 14 Uhr 25 auf dem Flughafen Tegel gelandet. Salin und Recep Özal standen am Gepäckband. Draußen in der Eingangshalle wartete ihr Vater. Sie entdeckten ihn und winkten ihm mit beiden Armen zu. Mehmet Özal schob seine rechte Hand flach Richtung Boden. »Beruhigt euch«, sollte das heißen, »nicht so viel Aufsehen!«

Die beiden hatten gemeinsam nur einen alten Pappkoffer, den sie mit mehreren breiten Bändern verschnürt hatten. Salin Özal zog das Gepäckstück vom Band. Er und sein Bruder strebten dem Durchlass zur Ankunftshalle zu. Der Zollbeamte winkte sie durch. Sekunden später umarmten sie nacheinander ihren Vater mit ernsten Gesichtern.

Auf dem Weg zum Parkplatz sprachen sie nicht. Kaum hatten sie die automatische Glastür durchschritten, fuhr ihnen der kalte Berliner Wind ins Gesicht. Die Brüder trugen Jeans und unter ihren dünnen, abgeschabten Jacketts kurzärmelige T-Shirts.

Hinter der grauen Wolkendecke konnte man die Sonne als schwachen Schemen wahrnehmen.

»Kalt«, sagte Salin.

Sein Vater schwieg weiter. Er öffnete mit dem elektronischen Schlüssel die Mercedes-Limousine. »Osman war ein guter Autofahrer«, sagte er dann. »Auch wenn er noch keinen Führerschein hatte.«

Recep öffnete den Kofferraum, warf das Gepäck hinein und schlug den Deckel wieder zu. Sein Vater bezahlte einstweilen das Parkticket.

Özals Söhne waren das erste Mal in Deutschland. Zu Hause lebten sie bei ihren Großeltern, die hoch in den Bergen nahe der irakischen Grenze einen kleinen Bauernhof betrieben und eine wachsende Schafherde besaßen. Dass diese Herde beständig größer wurde, war das Verdienst Mehmet Özals. Das Geld, das er aus Deutschland schickte, legten seine Eltern in Schafen an. Sie gönnten sich nichts und hielten auch ihre Enkel kurz, was Recep und Salin immer wieder gegen die beiden Alten aufbrachte. Doch ihr Großvater war ein unbeugsamer Mensch. »Später werdet ihr mir dankbar sein«, pflegte er zu sagen. »Niemand weiß, was ist, wenn das Alter kommt, und wenn du dann nichts hast, bist du aufs Betteln angewiesen. Ich werde dafür sorgen, dass ihr niemals betteln müsst.«

Salin hatte Automechaniker gelernt und sich auf Landmaschinen spezialisiert. Auf einem alten Moped fuhr er zu seinen Kunden, wenn er gerufen wurde, und brachte Traktoren, Landmaschinen und Motorräder, die ihren Dienst versagten, wieder zum Laufen. Er würde fehlen in den kurdischen Bergen rund um Marash, wenn er länger in Deutschland bliebe. Das sagte er nun auch seinem Vater, der aber nur mit einem Knurren antwortete.

Recep war lediglich zwei Jahre in die Schule gegangen und hatte seitdem die Schafe und Ziegen gehütet. Er sollte später die Landwirtschaft des Großvaters übernehmen. Jetzt starrte er mit großen Augen durch die Scheiben des Autos. Der hellerleuchtete Funkturm kam in Sicht, davor der gewaltige, bunkerartige Bau des Messezentrums.

Mehmet Özal fuhr schnell auf der mittleren der drei Fahrspuren und hielt seinen Wagen dicht hinter der Stoßstange des vorausfahrenden Wagens. Links und rechts rasten Fahrzeuge genauso schnell auf die Stadt zu. Recep schloss die Augen. Plötzlich überkam ihn ein Gefühl tiefer, dunkler Traurigkeit. Er hatte Sehnsucht nach zu Hause. Wie konnte man nur hier leben? Und was sollte er hier erreichen? Am Telefon hatte der Vater gesagt, er wisse nicht, wer Osman erschossen habe. »Ihr müsst es herausbekommen«, hatte er gefordert. Recep hatte keine Vorstellung davon, wie er hier überhaupt irgendetwas in Erfahrung bringen sollte.

Vural Özal hatte Tee gekocht und beim türkischen Bäcker in der Oranienstraße Kuchen geholt. Den niedrigen Tisch hatte er mit einem roten, golddurchwirkten Tuch bedeckt. Die runden ledernen Kissen, die er um den Tisch gruppiert hatte, waren ebenfalls rot. Eine Wasserpfeife stand auf einem kleinen, runden Tischchen daneben. Vural sah auf die Uhr. Wenn das Flugzeug pünktlich gewesen war, mussten die Brüder gleich eintreffen. Er hatte Salin und Recep vor drei Jahren das letzte Mal gesehen. Das war nach dem Tod seiner Mutter gewesen. Ihr Leichnam war nach Marash überführt und auf dem Friedhof ihres Heimatdörfchens begraben worden. Die Klagelieder der Frauen, die von draußen in die Moschee hereindrangen, klangen noch immer in Vurals Ohren, wenn er an Janazah, die Beerdigung, dachte. Ihm war das alles fremd gewesen. Es hatte ihm Angst gemacht, und dennoch war er von der Zeremonie seltsam angezogen worden. Ein kalter Schauer nach dem anderen war ihm über den Rücken gekrochen, er hatte am ganzen Körper Gänsehaut, und die Tränen drängten gegen seine Augen. Auch jetzt, da er wieder daran dachte, war das so.

Vural ging zu einem Schränkchen, zog eine Schublade auf und entnahm ihr eine Schachtel Streichhölzer. Er zündete den Docht unter dem Samowar an und holte den Teesud in einem kleinen goldenen Kännchen aus der Küche. Als er das schmale Gefäß grade auf den Samowar stellte, hörte er den Wagen seines Vaters vorfahren. Die Wohnung lag zu ebener Erde, und vor dem Wohnzimmer befand sich ein schmaler Balkon. Vural öffnete die Tür und trat hinaus. Recep sprang aus dem Wagen, machte einen gewaltigen Satz, packte mit beiden Händen das Geländer des Balkons, zog sich hoch, sprang gewandt wie eine Katze über die Brüstung und umarmte seinen kleinen Bruder. Ein Schwall kurdischer Worte übergoss Vural, der kaum ein Wort davon verstand.

Ein paar Minuten später waren Özal und seine drei Söhne im Wohnzimmer versammelt. Vural fühlte sich ausgeschlossen. Er sprach kaum Kurdisch, und seine Brüder verstanden kein Deutsch. Aber da der vierzehnjährige Junge Osmans Umgang gekannt hatte und wusste, wer dessen Freunde und wer seine Feinde waren, musste sein Vater übersetzen, was Vural berichtete. Mehmet Özal wusste, dass sein Sohn Osman eine feste Freundin gehabt hatte, die er heiraten wollte. Dass Osman eine eigene Gang gegründet hatte, die mit der von Big Didi rivalisierte, hätte er wissen müssen, aber er hatte es nie wissen wollen. Seine Söhne aus Kurdistan nahmen das zur Kenntnis. Wenn es ihnen nicht gefiel, zeigten sie es nicht. Der Vater war ja nicht nur die natürliche Autorität in der Familie. Er war auch der Mann, der ihnen monatlich so viel Geld überwies, dass die Özals in ihrem Dorf inzwischen zu den angesehensten Familien zählten. Salin wurde schon jetzt im Rat des Dorfes mit besonderer Aufmerksamkeit gehört, und Recep genoss es, die größte Herde im ganzen Bezirk zu führen. Er war ein hervorragender Hirte, kannte jedes seiner Tiere und galt als besonders beschlagen in der Heilkunde für Schafe. Recep hatte bei seiner Herde die wenigsten Verluste von allen. Auch so konnte man zu Ansehen gelangen.

Als ihn sein älterer Bruder am Tag zuvor geweckt hatte, um ihm zu eröffnen, sie müssten nach Deutschland, war er zutiefst erschrocken. Nicht nur, weil er Angst vor der Reise in das fremde Land hatte, dessen Sprache er nicht verstand, sondern vor allem, weil er Angst um seine Herde hatte. Zwar hatte ihm sein Großvater versprochen, die Schafe und die Ziegen zu behüten, aber er war ein alter Mann. Konnte er einem Lamm nachsteigen, das einen Fels hinabgestürzt war und sich zwischen Dornenhecken verfangen hatte? Recep mochte sich das nicht vorstellen.

Aber natürlich hatte er die Wolldecke mit den Füßen zurückgestoßen, als sein Bruder ihn morgens um vier Uhr geweckt hatte, und war mit beiden Beinen aus dem Bett gesprungen. Er hatte seine Kleider zusammengesucht. Vor dem Haus aus Bruchsteinen tuckerte der Motor des Autos, das sie zum Flughafen bringen sollte. Was seitdem geschehen war, hatte er eigentlich nicht richtig erlebt. Er erinnerte sich an seine erste Fahrt auf der Ladefläche eines Lastwagens vor vier oder fünf Jahren. Er war abgesprungen und hatte sich ein Bein gebrochen. Recep, der bis dahin überallhin zu Fuß gegangen oder mit einem klapprigen Fahrrad gefahren war, hatte das Gefühl, seine Seele komme mit der Geschwindigkeit des Lastwagens nicht mit. Der Mensch war doch für ein solches

Tempo nicht geschaffen. Kein Mensch war das! Aber jetzt war er Tausende Kilometer von zu Hause entfernt und war doch erst vor ein paar Stunden aus seinem Bett aufgestanden.

Sein kleiner Bruder Vural berichtete derweil, was Osman in Berlin getrieben hatte, mit wem er befreundet war, dass er nicht arbeitete, obwohl er doch schon fast achtzehn Jahre alt war, und dass er so eine Art Häuptling gewesen sei. Hier in dieser Steinwüste? Häuptling von was für einem Stamm? Recep konnte es nicht fassen.

Der Vater erzählte nun von dem Mädchen, das Osman zu seiner Freundin gemacht hatte. Eine Türkin, die aber in Deutschland geboren und aufgewachsen war. Ihr Vater sei zwar Kurde, habe aber von seinem Volk nicht viel wissen wollen. Er sei einer von denen, die den Deutschen und auch den Türken alles recht machen wollten. Gemüsehändler wie viele Türken. Am Anfang habe man sich trotzdem gut verstanden. Man habe auch über eine mögliche Heirat zwischen Osman und Leila gesprochen. Aber dann sei mit einem Mal alles wie abgeschnitten gewesen. Ismail Aikin habe sich ganz unvermittelt zurückgezogen und alle Gespräche verweigert. Er, Mehmet Özal, werde schon wissen, warum. Aber er habe keine Ahnung gehabt. Zweimal habe er noch versucht, mit ihm zu reden; denn es wäre ja Sache der Eltern gewesen, die Ehe zu stiften. Aber Aikin habe sich jedem Gespräch verweigert.

»Wenn ihr etwas herauskriegen wollt, müsst ihr bei ihm oder Leila, seiner Tochter, ansetzen«, sagte der Vater jetzt zu seinen Söhnen.

»Etwas herauskriegen? Wir? In dieser Stadt?« Recep verstand nicht, wie sich der Vater das vorstellte.

»Lass mich das mit Vural machen«, sagte sein Bruder Salin. »Du wirst später gebraucht!«

»Wie, später?«

»Wenn wir wissen, wer Osman ermordet hat!«

»Wir müssen Malik fragen«, sagte Vural. »Er ist Osmans bester Freund gewesen, und wahrscheinlich führt er jetzt die Gang.«

Vater Özal legte die Stirn in Falten und sagte zu Salin: »Pass mir auf Vural auf. Ich habe ihm verboten, sich mit denen herumzutreiben. Sie sind Verbrecher.«

»Und warum hast du's Osman nicht verboten?«, fragte Vural frech.

Die Faust seines Vaters traf ihn mitten ins Gesicht. Blut schoss aus seiner Nase. Salin und Recep sahen sich an. Ihr Vater war noch genauso jähzornig wie eh und je.

»Was ist los?«, fragte Recep irritiert.

»Ich *habe* es Osman verboten, aber er hat nicht auf mich gehört. Jetzt ist er tot!«

6

Als Hanna und Peter Heiland das Büro verlassen hatten, nahm sich Wischnewski die Berichte vor, die im Laufe der letzten vierundzwanzig Stunden hereingekommen waren. In der Nähe des Streetballplatzes hatten die Kollegen niemanden gefunden, der eine vernünftige Zeugenaussage machen konnte. Die Einvernahme des Zeitungshändlers dagegen las Wischnewski mit sichtlichem Vergnügen. Irgendwann einmal, wenn er Zeit hatte, wollte er bei ihm vorbeigehen. Der Mann war nach seinem Geschmack. Als er grade den Bericht über den Überfall am Mariannenplatz zu sich heranzog – man konnte ja nicht wissen, ob es da nicht eine Verbindung gab –, klingelte sein Telefon. Der Kollege an der Pforte meldete sich. Da sei ein Mann, der Wischnewski sprechen wolle, aber er weigere sich, ins Büro zu kommen.

»Wie heißt er denn?«, fragte Wischnewski.
»Burick.«
»Ich komme!«
Wischnewski nahm seine Jacke von der Stuhllehne,

zog sie an und verließ das Büro. Er ging langsam die Treppe zum Erdgeschoss hinunter. Simon Burick hatte er vor drei Jahren kennengelernt. Wischnewskis Abteilung hatte damals wegen einer Reihe brutaler Anschläge auf Nichtsesshafte ermittelt. Die Opfer waren jedes Mal mit einer Eisenstange von hinten erschlagen, mit Benzin übergossen und angezündet worden. Burick war so etwas wie der Sprecher der Obdachlosen gewesen – ein Mann mit klarem Verstand, der nur sprach, wenn es notwendig war, und peinlich darauf achtete, sich mit den anderen Pennern, wie er sie selbst nannte, nicht gemein zu machen. Burick war ein Einzelgänger.

Die Ermittlungen stagnierten seinerzeit, wie das bei vielen Fällen der Mordkommission war. Fast konnte man glauben, die Vorgänge liefen nach einem bestimmten Rhythmus ab. Zuerst schien es schnell vorwärtszugehen, dann kam eine Phase, in der man verzweifeln konnte, weil man auf der Stelle trat und kein Konzept für den Fortgang der eigenen Recherchen hatte. Und irgendwann gab es dann einen Ruck, und die Ermittlungen nahmen plötzlich wieder Fahrt auf.

Dieser Ruck kam damals, nachdem sich Burick bei Wischnewski gemeldet hatte. Der Nichtsesshafte hatte einen Mann beobachtet, der regelmäßig an den Stellen auftauchte, wo die Obdachlosen Platte machten. Dass die Polizei diesen Mann noch nicht bemerkt hatte, musste daran liegen, dass er instinktiv Beamte von anderen Bürgern unterscheiden konnte, auch wenn die Polizisten, um Unauffälligkeit bemüht, in Zivil unterwegs waren. Burick jedenfalls glaubte zu wissen, dass der Pennermörder den Bullen geschickt aus dem Weg ging.

Eines Tages hatte Burick Wischnewski vor dem Landeskriminalamt abgepasst und seine Dienste als Lockvogel angeboten. Der Kriminaloberrat hasste solche Aktionen mit Amateuren. Die machten immer Fehler und meistens im entscheidenden Moment. Aber Burick hatte ihn beeindruckt, obwohl er ihm seine Lebensgeschichte erst sehr viel später erzählt hatte.

Am entscheidenden Abend glaubte Burick zu wissen, wo sich der Verdächtige herumtrieb. Auf der Rixdorfer Höhe der Hasenheide.

Burick machte zur Bedingung, dass keine Beamten in unmittelbarer Nähe sein dürften – allenfalls Wischnewski selbst und eine zweite Person. Hanna Iglau war damals grade ganz frisch in die 8. Mordkommission aufgenommen worden. Wenn jemand aus Wischnewskis Abteilung nicht nach Polizei roch, dann war es sie. Also hatte Wischnewski es gewagt, nur mit Hanna Iglau zur Rixdorfer Höhe zu gehen. Zehn weitere Beamte waren strategisch geschickt im Park verteilt, zum Beispiel beim Turnvater-Jahn-Denkmal und beim Rosengarten.

Es war ein heißer Sommerabend gewesen. Wischnewski und Hanna gingen von der Lilienthalstraße über kleine gepflasterte Serpentinen bergauf. Neunundsechzig Meter über Meereshöhe lag die Rixdorfer Höhe. Für Berliner Verhältnisse schon fast ein Berg. Links und rechts standen Buchen, Eichen und Eibenbüsche. Man hörte Stimmen im Park, aber die kamen von den weitläufigen Wiesen, wo junge Leute Fußball spielten und Familien ihre Grills aufgestellt hatten.

Nach knapp zehn Minuten erreichten sie auf der Anhöhe einen kleinen, mit Kies bestreuten runden Platz. An vier Stellen, welche die Ecken eines Quadrats bildeten, saßen mächtige Steinblöcke, in die runenartige Zeichen eingefräst waren. Am Rand standen in gleichmäßigen Abständen Bänke ohne Lehne. Auf einer davon lag Simon Burick und schien zu schlafen.

Wischnewski und Hanna krochen hinter eine der Eibenhecken und stellten sich auf eine unbestimmte Wartezeit ein.

Was dann geschehen war, jagte Wischnewski noch heute kalte Schauer über den Rücken. Sie standen etwa dreißig Meter von der Bank entfernt, auf der Burick lag und so tat, als sei er eingeschlafen. Sie hatten ihn und seine Umgebung durch ihre Ferngläser gut im Blick. Aber dann war der Mann mit der Eisenstange doch plötzlich da. Auch später konnte sich Wischnewski nicht erklären, wo er hergekommen war. Ein schmächtiger Kerl in einem schwarzen Trainingsanzug, die Kapuze der Jacke über den Kopf gezogen. Er war nur noch einen Meter hinter der Parkbank, als er die schwere Eisenstange hob. Im gleichen Augenblick rollte sich Burick von der Bank. Die Eisenstange knallte gegen die Sitzfläche und wurde dem Angreifer durch den harten Aufprall aus der Hand gerissen. Burick sprang auf, hechtete über die Bank und packte den Mann im Trainingsanzug am Hals.

Wischnewski und Hanna Iglau rannten auf die beiden zu. »Lassen Sie ihn los!«, schrie Wischnewski. Er hatte plötzlich den Eindruck, Burick wolle den anderen umbringen. Tatsächlich röchelte der Mann und schlug mit den Armen um sich wie ein Ertrinkender.

Burick ließ los und stand auf. Er war nicht einmal außer Atem. »Okay«, sagte er, »ich hätte ihn sonst alle gemacht. Daumen auf den Kehlkopf, Druck sukzessive verstärken, mit der anderen Hand im Nacken gegenhalten!«

»Wo haben Sie das gelernt?«, fragte Wischnewski, während er dem anderen aufhalf und Handschellen anlegte.

»In der Fremdenlegion«, antwortete Burick.

Später hatte sich Wischnewski immer mal wieder mit Burick auf ein Bier getroffen, und nach und nach hatte er dessen Lebensgeschichte erfahren.

Der Mann, den sie in jener Nacht festgenommen hatten, hieß Matthias Bögelin. Er brach schon nach einem kurzen Verhör zusammen und gestand alle aktenkundigen Morde an Nichtsesshaften aus den vergangenen vier Monaten. Als Hanna, die alle nachfolgenden Gespräche mit ihm führte und rasch sein Vertrauen gewann, ihren Abschlussbericht vorlegte, war das Erstaunen im Präsidium groß. Der Täter lebte in bescheidensten Verhältnissen, wohnte möbliert in der Fontanestraße dicht beim Volkspark Hasenheide. Seine Wirtin konnte nur das Beste über ihn sagen, obwohl er mit seiner Miete seit zwei Monaten im Rückstand war. Aber das sei früher auch schon vorgekommen, und er habe seine Schulden noch immer beglichen. Bögelin hatte keinerlei Kontakte zur rechten Szene oder zu anderen gewaltbereiten Gruppen. Er lebte zurückgezogen und völlig unauffällig. Vor fünf Monaten war er arbeitslos geworden. Seine Freundin hatte ihn daraufhin verlassen, aber das Verhältnis sei eh schon nicht mehr gut gewesen, sagte Bögelin zu Hanna. Nachts habe er Alpträume gehabt, die immer schlimmer geworden seien. Und wenn er morgens aufgewacht sei, habe er denken müssen, irgendwann endest du auch als Penner auf der Straße.

Die Angst, dass es ihm so gehen könne wie den Nichtsesshaften in den Parks und unter den Brücken, hatte bei ihm zu einem immer größeren Hass gegen sie geführt, »den man aber wohl besser als Selbsthass bezeichnen würde«, schrieb Hanna Iglau in ihrem Bericht. »Es scheint, als ob er die Furcht davor, abzugleiten, in eine Aggression gegen jene wendete, die bereits abgeglitten sind«, schrieb Hanna. Wischnewski hatte ihr damals geraten, etwas weniger hochtrabend zu formulieren. Aber Hanna hatte nur geantwortet: »Haben Sie's denn nicht verstanden?«

Als er daran dachte, musste Wischnewski unwillkürlich lächeln. Er bog um das Geländer im Erdgeschoss und sah Burick vor der Glastür stehen, der einhändig eine Zigarette drehte – eine Geste, die Wischnewski vertraut war.

»Sie könnten ruhig zu mir raufkommen. Bei uns kriegen Sie einen guten Kaffee«, begrüßte er Burick, als er ins Freie trat. Die strenge Kälte war einem lauwarmen Lüftchen gewichen. Die vereisten Schneebrocken tauten und bildeten Wasserpfützen.

»Bonjour«, sagte Burick. »Ich betrete Ihren Laden nicht!«

»Ein Bier?«

Burick nickte und marschierte los. Wischnewski hatte Mühe, Schritt zu halten.

»Vorgestern Abend wurde am Mariannenplatz ein Mann zusammengeschlagen. Wissen Sie davon?«, fragte Burick.

Wischnewski nickte. »Der Mesner der Thomaskirche.«

»Er wollte mir helfen.«

»Ihnen?«

»Ja, die Typen haben mich auf dem falschen Fuß erwischt. Der eine hatte ein gefährliches Messer. Ich war unbewaffnet. Und die waren zu dritt. Da spielt man besser erst mal auf Zeit.«

»Aha.«

»Ja. Ich hab dann die Bullen gerufen – also Ihre Kollegen. Zum Glück sind die schnell gekommen.«

»Ja, Gott sei Dank!«

»Gott lassen wir besser aus dem Spiel!« Burick zündete sich seine Zigarette an. »Ich hab die aber nicht aus den Augen gelassen.«

»Wen? Die Schläger?«

»Sag ich doch. Vorgestern haben sie noch versucht, einen Zeitungshändler abzuziehen. Gestern sind sie in den Puff gegangen und schließlich in die Beusselstraße.«

»Ach, so ist das.«

»Ja, so ist das. Ich habe diesem Arschloch zwar angedroht, ihn allezumachen, aber ich hab's nicht getan.«

»Verstehe!« Sie hatten den Kiosk am Wittenbergplatz erreicht, und Wischnewski bestellte zwei Bier und zweimal Bratwurst. Sie stießen mit den Flaschen an und tranken den ersten Schluck. Als Wischnewski absetzte, sagte er: »Machen Sie immer noch Platte?«

»Mehr oder weniger.«

»Was heißt das?«

»Erinnern Sie sich an die Witwe, bei der dieser Kerl gewohnt hat, den wir in der Hasenheide hopsgenommen haben?«

»Ja, klar.«

»Ich hab das Zimmer übernommen.«

»Ehrlich? Und davon haben Sie mir nie etwas erzählt?«

»Ich wohne da nur, wenn ich die Straße satthabe, und ich bin auf der Straße, wenn ich die Witwe satthabe.«

Wieder sagte Wischnewski »Verstehe!« und nahm noch einen Schluck. »Und die Miete?«

»Na ja, ich bin ja nicht ganz mittellos. Aber sie verlangt keine Miete von mir. Also nicht in Euro und Cent, wenn Sie verstehen, was ich meine.«

»Ach, so ist das«, sagte Wischnewski wieder und wunderte sich, wie mitteilsam Burick war.

»Haben Sie denn schon 'ne Spur, wer das kleine türkische Arschloch erschossen haben könnte?«

Wischnewski sah Burick aufmerksam an. »Nee. Sie?«

»Ich? Nee. Aber ich hab mich mal umgesehen. Die Familie hat Zuwachs bekommen.«

»Was für 'ne Familie?«

»Sie stehen heute aber ganz schön auf der Leitung, Ben Wisch.«

Burick nannte den Kriminaloberrat in Anlehnung an einen verstorbenen Politiker manchmal so und pflegte dann zu sagen: »Der und ich kennen die Wüste und die Araber.«

»Ich sagte doch«, fuhr Burick fort, »ich hab mir die Kerle genau angesehen. Der, der mich mit dem Messer bedroht hat, heißt ..., also hieß Osman Özal. Und jetzt sind zwei seiner Brüder angekommen.«

Wischnewski musterte den einstigen Fremdenlegionär aus schmalen Augen. »Was haben Sie vor?«

»Gar nichts. Ich will mich nur nicht überraschen lassen.«

»Glauben Sie denn, dass die Özals Sie im Verdacht haben?«

»Ich hab mir diesen Osman und seine Kumpels mit 'nem Revolver vom Hals gehalten. Einen Tag, nachdem sie mich fertigmachen wollten. Am Jugendheim, Ecke Urban-/Graefestraße.«

»Ich könnte Sie jetzt nach Ihrem Waffenschein fragen«, sagte Wischnewski.

Burick grinste: »Wie gut, dass Sie's nicht tun. – Osman Özal ist erschossen worden. Seine Brüder könnten zwei und zwei zusammenzählen und dabei auf 'ne krumme Zahl kommen.«

Wischnewski verdrückte seine Wurst vollends und warf den Rest seines Brötchens zusammen mit dem Pappteller und der Serviette in den Abfallkübel. »Dann könnten wir die Kerle einbuchten.«

»Ich mache nicht noch einmal den Lockvogel. Ich werde ja auch älter«, antwortete Burick.

»Gut«, sagte Wischnewski. »Aber Sie halten mich auf dem Laufenden. So, wie ich Sie kenne, erfahren Sie manches, was uns keiner sagt.«

Sie gaben sich die Hand. Wischnewski marschierte zum LKA zurück, und Burick stieg in den U-Bahn-Schacht hinab.

Als der Kriminaloberrat im Büro ankam, wählte er Peter Heilands Handynummer und schickte seine Mitarbeiter zur Wohnung der Familie Özal.

7

Es war kurz nach vier Uhr am Nachmittag, als Peter Heiland und Hanna Iglau die Wohnung der Özals erreichten. Auf ihr Klingeln antwortete niemand. Sie durchquerten die drei Hinterhöfe, und Heiland öffnete die Tür zu dem Schuppen, in dem sie bei ihrem letzten Besuch Vural und Gerry Kuhlmann angetroffen hatten.

»Sie schon wieder!« Kuhlmann schien nicht erfreut zu sein. »Machen Sie die Tür zu. Zieht ja wie Hechtsuppe, Mann.« Während er dies sagte, deckte er rasch eine Plane über einen Berg Schrott, den man im Halbdunkel der Baracke nicht richtig erkennen konnte. In einer Ecke saß auf einer umgedrehten Obstkiste ein junger Mann und starrte die Besucher neugierig an.

»Sie haben Besuch?«, fragte Hanna.

Kuhlmann schnaubte. »Besuch! 'n Analphabeten, der nich sprechen kann.«

»Einer von Özals Söhnen, nehme ich an.«

»Sieht so aus.«

Peter trat auf den jungen Mann zu. »Tag!«

Der junge Mann nickte.

»Und wo ist der andere?«, fragte Hanna.

»Woher wissen Se überhaupt, dass det zweie sind?«

»Wo ist er?«, insistierte Hanna.

»Weg! Mit seim kleenen Bruder. Wat weeß ick?«

»Und der Vater?«

»Uf Achse, Schrott sammeln, nehm ick an.«

Peter Heiland hob die Plane, die Kuhlmann bei ihrem Eintreten rasch über einen Haufen Schrott gebreitet hatte.

»Wie jesacht, ick bearbeite das Zeug nur. Ranschaffen ist Mehmets Nummer«, sagte Gerry Kuhlmann.

»Was ist denn da unter der Plane?«, fragte Hanna.

»Keine Ahnung«, log Peter Heiland. Dann wandte er sich wieder an Kuhlmann. »Wissen Sie, warum die beiden Söhne angereist sind?«

»Mehmet sagt, es ist wegen seinem fünfzigsten Geburtstag. Mich geht das ja nichts an.«

»Warum? Hat er Sie nicht eingeladen?«, fragte Peter Heiland.

»Doch. Wir ham schon gefeiert. Ist aber 'ne Weile her.«

Recep Özal saß die ganze Zeit unbeweglich auf seiner Obstkiste. Nichts deutete darauf hin, dass er verstanden hätte, was um ihn herum geschah. Peter Heiland nickte zu dem jungen Türken hin und fragte Kuhlmann: »Hilft er Ihnen wenigstens?«

»Sein Vater sagt, er sei Ziegenhirte da unten im

wilden Kurdistan. Ick jloobe nich, dat der sonst was kann.«

»Schießen vielleicht?«, meldete sich Hanna.

»Wat weeß ick?«

Die beiden verließen die Baracke. Inzwischen war es dunkel geworden. Dicke Wolken zogen über die Dächer. Aber es hatte noch nicht wieder begonnen, zu regnen oder zu schneien.

»Was war denn unter der Plane?«

»Gullydeckel.«

»Was?«

»Musst du doch in den Infos gelesen haben: 15 Euro zahlt ein Schrotthändler im Schnitt für jeden Gullydeckel. Für einen, der kein Geld hat, ist das 'ne Verlockung, oder? Er muss natürlich so viel Kraft haben, die Dinger aus der Straße zu hebeln. Allein in Hellersdorf sind letzte Woche in einer Nacht 24 Gullyabdeckungen verschwunden. 24 mal 15 macht 360 Euro. Und einen haben die Täter sogar noch versilbert.«

»Wie denn das?«

»Sie haben einen Deckel in das Schaufenster eines Juweliers geschmissen und durch das Loch die Auslagen geklaut. Wert 12 000 Euro. Die Alarmanlage hat zwar geschrien, aber als unsere Kollegen kamen, war die Gullybande längst über alle Berge. Obwohl: Das kann man hier ja nicht sagen.«

»Wieso nicht?«

»Gibt ja keine Berge hier in Berlin.« Peter blieb stehen und sah Hanna an: »Sag mal, liest du eigentlich die täglichen Rundmails nicht?«

»Nicht, wenn ich so viel zu tun habe wie zurzeit.«

»Jetzt werden die Deckel einzementiert. Macht natürlich 'ne Menge Mehrarbeit, wenn die Stadtarbeiter mal in den Kanal runtermüssen.«

»Da sollten wir aber die zuständigen Kollegen alarmieren. Über diesen Mehmet Özal muss man doch an die Gullyklauer rankommen.«

»Erst kommt unser Fall.«

»Aber son offener Gully ist doch auch 'ne Gefahr!«

»Du meinst, wenn einer mit dem Auto in das Loch reinfährt?«

»Ja, genau.«

»Ist schon siebenmal passiert, aber immer ziemlich glimpflich abgegangen.«

Ron Wischnewski hörte den Bericht seiner beiden Mitarbeiter schweigend an. Schließlich sagte er: »Das mit den Gullydeckeln ist gut. Man muss der Leitung nur beibringen, wie man die Sache weiterverfolgen muss.«

Hanna und Peter Heiland schauten ihren Chef fragend an.

»Was wir brauchen, ist eine Observation der Familie Özal«, fuhr Wischnewski fort. »Die hätte man uns vermutlich nicht genehmigt, nur weil zwei Söhne dieses Herrn angereist sind und weil wir vermuten, dass die einen Mord planen. Wenn man aber auf diesem

Weg an die Gullybande rankommt, haben wir eher 'ne Chance.«

Wischnewski schob ein Stück Pappe von der Größe eines Theaterplakats über den Tisch. »Seht euch das mal an.« Mit Bordmarkern in verschiedenen Farben hatte der Kriminalrat Linien und Kreise gemalt und die Namen »der handelnden Personen«, wie er es nannte, eingetragen.

»Osman Özal hatte ein Verhältnis mit Leila Aikin.« Die beiden Namen waren mit Pfeilen verbunden, und gleichzeitig war um beide ein Kreis gezeichnet. »Der Vater des Mädchens«, Wischnewski tippte auf die Stelle, wo Ismail Aikin stand, »wünschte den Tod Osmans. Er hat vier Söhne und wer weiß wie viele gute Freunde.« Wischnewski tippte auf eine Gruppe von Fragezeichen, die er mit Aikin verbunden hatte. »Eines dieser Fragezeichen könnte im Auftrag von Leilas Vater gehandelt haben.«

»Und was bedeutet der dicke rote Kreis?«, fragte Hanna.

»Didis Bande.«

»Die wichtigste Frage ist: Wer hatte welches Motiv?«, sagte Hanna Iglau.

»Ich glaube nicht, dass Big Didi Osman erschossen hat oder erschießen ließ«, antwortete Wischnewski. »Die hätten ihn im offenen Kampf gestellt, wären mit Knüppeln, Schlagringen und Messern auf ihn losgegangen und hätten ihn zusammen-, vielleicht auch totgeschlagen.«

»Aber dieser Malik geht davon aus, dass es Big Didis Leute waren. Didi selbst hat ja ein Alibi«, sagte Peter Heiland.

Wischnewski schüttelte den Kopf. »Er täuscht sich.«

»Trotzdem müssen wir damit rechnen, dass sich Osman Özals Freunde rächen, von seiner Familie mal ganz abgesehen, auch wenn es womöglich die Falschen trifft.«

Hanna meldete sich: »Dieser Mord war kühl kalkuliert. Der Täter muss gewusst haben, dass Osman Leila zu bestimmten Stunden besucht hat, nämlich immer dann, wenn keine Gefahr bestand, dass er auf die Eltern treffen würde.«

»Es gibt einen, zu dem das passen würde«, sagte Wischnewski nachdenklich. Seine Mitarbeiter hoben überrascht die Köpfe. »Simon Burick. Von ihm hatte ich übrigens den Tipp, dass die Söhne Özals in Berlin angekommen sind.«

»Und wer ist das?«

»Kann Ihnen Hanna genauer erzählen. Wir haben ihn gemeinsam kennengelernt. Das war vor Ihrer Zeit, Schwabe!«

»Und was hätte dieser Burick für ein Motiv?«

»Er ist von Osman und seinen beiden Kumpels auf dem Mariannenplatz angegriffen worden. Da er nicht bewaffnet war, Osman Özal aber ein gefährliches Messer in den Händen hatte, musste er eine ziemliche Demütigung über sich ergehen lassen.«

»Und woher wissen wir das?«, fragte Heiland.

»Er hat es mir selbst erzählt. Und so etwas lässt ein Mann wie Burick nicht auf sich sitzen. Burick besitzt einen Revolver, Marke Browning. Den hatte er da leider nicht dabei. Später hat er Osman damit bedroht.«

»Dann stimmt das also? Malik hat mir von einem Mann mit einem Revolver erzählt. ›Läuft mit sonem grauen Seesack rum. Gesicht wie'n Nussknacker‹«, zitierte Heiland den Syrer. »Mit dem müssen sie vorher schon mal zusammengerasselt sein. Das war dann wohl auf dem Mariannenplatz. Aber dann gehört Malik zu denen, die den Mesner zusammengeschlagen haben.«

»Vermutlich ja.«

»Dafür können wir ihn festnehmen. Wir hätten sogar einen Zeugen.«

»Sie meinen Burick? Ich bin nicht sicher, ob der freiwillig in einen Gerichtssaal geht.«

»Und der hat Ihnen das alles freiwillig erzählt?« Peter Heiland schüttelte ungläubig den Kopf.

Wischnewski nickte. »Er wollte sich damit selbst aus der Schusslinie bringen. Wörtlich hat er gesagt: ›Ich habe diesem Arschloch zwar angedroht, ihn allezumachen, aber ich hab's nicht getan. Nur, falls einer das behaupten sollte.‹ Aber ich bin nicht sicher, ob ich ihm das glauben soll. Burick hat mir erzählt, dass Osman und seine Typen vergeblich versucht haben, einen Zeitungshändler abzuziehen, und dass sie in einem billigen Puff waren. Er hat Osman und seine zwei Freunde offenbar keine Minute aus den Augen gelassen. Das erinnert an einen Jäger, der ein Wild verfolgt, bis er es gefahrlos erlegen kann.«

»Glauben Sie, dass er es getan hat?«

Wischnewski wiegte den Kopf hin und her. »Schwer zu sagen. Burick ist ein Spieler. Er ist mit normalen Maßstäben nicht zu messen. Ihm ist durchaus zuzutrauen, dass er mir die ganze Geschichte erzählt, außer der Pointe, und dass er sich dabei auch noch königlich amüsiert.«

»Wir wissen also, er hat einen Revolver?«

»Einen Browning, ja. Seit seiner Zeit als Fremdenlegionär. Und bevor Sie weiterfragen, Heiland: Einen Waffenschein hat er natürlich nicht. Aber ich denke gar nicht daran, ihm daraus einen Strick zu drehen.«

»Es sei denn, der Browning ist die Mordwaffe im Fall Osman Özal.«

»Die Geschosse stammen nach Angaben der Ballistiker aus einer Pistole mit einem kleineren Kaliber. Aber das nimmt den Verdacht natürlich nur teilweise von Burick. Jeder kann sich heute sone Waffe beschaffen. Etwas anderes entlastet ihn schon eher.«

»Was denn?«

»Der Mörder hat dreimal auf Osman geschossen. Eine Kugel traf ihn in die Brust, eine ins Gesicht, eine fanden unsere Spurensicherer in der Wand. Burick hätte einmal geschossen, und zwar hier hin.« Wischnewski deutete mit dem ausgestreckten Zeigefinger in die Mitte seiner Stirn. »Kann man denn mit Leila Aikin reden?«, fragte er Hanna.

»Steht in meinem Bericht. Ich hab's versucht, aber man kommt nur ganz schwer an sie heran.«

»Vielleicht sollten Sie's noch mal probieren. Und da ist noch was: Die Psychologin in der Jugendstrafanstalt hat gesagt, Osman habe immer wieder damit gedroht, Leilas Lehrer umzubringen ...«

»Von Beuten?«, sagten Hanna und Heiland wie aus einem Mund.

»Ja. Osman habe ihn nur den Satan genannt.«

»Also wir haben ihn im Urbankrankenhaus bei Marc Schuhmacher getroffen. Auf mich macht der alles andere als einen teuflischen Eindruck«, sagte Hanna Iglau, und Peter Heiland ergänzte: »Marc Schuhmacher schildert ihn als einen Gutmenschen, den die meisten in der Schule für einen Laberer halten. Der werde nicht respektiert, sondern von den Problemtypen nur instrumentalisiert.«

Wischnewski tippte mit der Kuppe seines Zeigefingers auf von Beutens Namen, um den er auf seiner Zeichnung einen grünen Kreis gezogen hatte. »Trotzdem sollten wir auch mit ihm noch mal reden. Das könnte ja ich übernehmen.«

8

Schnee rieselte aus dem nachtschwarzen Himmel. Die Flocken verwandelten sich in Wasser, sobald sie den Boden berührten. Auf dem Asphalt entstanden schmutzige Pfützen. Vural und sein Bruder Salin liefen auf dem Mittelstreifen unter der U-Bahn, die hier als Hochbahn fuhr, an der Skalitzer Straße entlang. Immer wieder musste der Kleinere den Größeren weiterziehen. Salin blieb vor jedem Motorrad stehen, das hier geparkt war. Vor manchen ging er in die Hocke, um sie genauer zu studieren.

»So kommen wir ja nie ins ›Dark Hawk‹«, maulte Vural.

»Warum so eilig?«, fragte Salin. »Haben wir keine Zeit?«

»Nein«, sagte Vural. »Ich habe ja meine Schularbeiten immer noch nicht gemacht. Und ich hab schon Probleme genug. Das kannst du mir glauben.«

Salin nickte bedächtig. »Schule ist wichtig!«

Vor dem »Dark Hawk« waren noch die Brandspuren zu sehen, die Big Didis abgefackeltes Auto hinterlassen hatte. Zwei Glaser setzten eine neue Scheibe ein. In der Kneipe saßen nur drei Männer und fröstelten. Big Didi war einer von ihnen.

Vural deutete auf ihn. »Das ist er.«

Salin trug eine dünne, abgeschabte Kordhose, darüber einen weiten Pullover, den seine Großmutter aus Schafwolle gestrickt hatte. Seine Haare fielen bis auf die Schultern herab und waren verfilzt. Aber als er das Lokal betrat, wirkte er dennoch sicher und selbstbewusst. Big Didi saß an der Bar. Die Füße, die der Libanese lässig auf den Streben des Barhockers abgestellt hatte, steckten in hohen Cowboystiefeln.

Salin trat zu ihm. »Mustafa Idris?«

Der Libanese sah Salin an. »My name is Big Didi!«

Salin sagte nichts dazu, wich aber auch dem Blick des anderen nicht aus.

»Du bist noch nicht lange in Berlin. Wer bist du?«, fragte Big Didi auf Arabisch.

»Salin Özal. Und ich bin gekommen, den Mörder meines Bruders zu suchen.«

»Und da kommst du zu mir?«

»Man hat mir gesagt, dass ihr Feinde wart.« Salins Art zu reden wirkte hier, wo man längst seine eigene Sprache entwickelt hatte, geradezu archaisch.

»Wer sagt das?«

»Mein Vater, die Freunde meines Vaters, die Männer in der Moschee.«

»Dein Vater, die Freunde deines Vaters und die Männer in der Moschee haben recht.« Unwillkürlich hatte sich Didi auf den fast feierlichen Ton seines Gegenübers eingelassen. »Aber ich bin nicht schuld am Tod deines Bruders.«

»Wer dann?«

»Lass es uns gemeinsam herausfinden, wenn du willst.«

»Nein. Meine Familie und ich werden den Mörder finden.«

»Gut! Magst du etwas trinken, Salin?«

»Nein!«

Didi holte eine Bierdose aus dem Kühlschrank, riss die Lasche ab und nahm einen langen Schluck. »Pass auf«, sagte er, als er die Dose sanft auf dem Bartresen absetzte. »Deine Landsleute denken, wir seien es gewesen. Diese Schweine haben meine Karre in die Luft gejagt. Und den, der das getan hat, mach ich fertig. Aber ich will keinen Krieg. Es bringt nichts, wenn wir uns gegenseitig kaputtmachen. Die Deutschen freuen sich darüber.«

Salim nickte nur, sagte aber nichts.

Didi, der sich gerne reden hörte, fuhr fort: »Dein Bruder Osman hat einen Fehler gemacht. Er war auf meinem Territorium. Dafür hätte er bezahlen müssen. Aber nicht so. Uns ist ein anderer zuvorgekommen.«

»Wer?«

»Hörst du nicht zu? Wir wissen es nicht. Aber wenn

ich es weiß, erfährst du es als Erster.« Didi schob Salin die Bierdose hin. Der schob sie zurück.

»Gut. Ich glaube dir.« Salin drehte sich um und verließ das Lokal.

Didi sah ihm nachdenklich hinterher. Die beiden anderen Männer lachten.

»Was war denn das für'n Aidskrankenficker«, rief einer der beiden.

»Halt die Fresse«, sagte Didi und warf die halbvolle Bierdose nach ihm.

Vural und Salin standen draußen auf der Straße vor dem »Dark Hawk«.

»Wo wohnt Osmans Freundin?«, fragte der Ältere.

»In der Beusselstraße.«

Um die gleiche Zeit klingelte Hanna Iglaus Handy. Sie stand in ihrer kleinen Küche und schnitt Auberginen, Zucchini und Tomaten in eine Pfanne. Während sie mit der rechten Hand etwas Sojasoße hinzufügte, hielt sie mit der linken das Telefon ans Ohr. »Ja, Hanna Iglau!«

Am anderen Ende meldete sich Leila Aikin mit leiser Stimme. »Ich möchte mit Ihnen reden.«

»Ja, aber gerne! Soll ich zu Ihnen kommen?«

»Nein. Gleich bei uns um die Ecke ist ein kleines indisches Restaurant. Es heißt Mahal. Ich kenne die Familie gut. Wollen wir uns dort treffen? Sagen wir, in einer halben Stunde?«

»Ich fahre sofort los.« Hanna schaltete das Telefon ab und die Herdplatte aus, schnappte sich ihren Anorak und eine Wollmütze an der Garderobe und verließ ihre Wohnung.

Vural und Salin Özal stiegen an der Ecke Alt-Moabit, Beusselstraße aus dem Bus. Salin legte den Arm um Vurals Schulter und zog den kleinen Bruder an sich. »Gut, wie du dich auskennst«, sagte er anerkennend.

»Bin ja lange genug in Berlin.« Je länger er mit Salin zusammen war, umso leichter fiel es dem Vierzehnjährigen, Kurdisch zu verstehen und zu reden. Sie bogen in die Beusselstraße ein, die sich breit, grau und schnurgerade bis zur Stadtautobahn hinzog. Etwa fünfzig Meter vor ihnen kam eine schmale Gestalt aus einem Haus, wendete sich nach rechts und ging rasch davon.

»Das könnte sie sein«, sagte Vural.

»Wer?«

»Leila!«

Die beiden beschleunigten ihre Schritte.

Hanna war von der Mommsenstraße, wo sie wohnte und wo sie zu ihrem Glück an diesem Abend einen Parkplatz ganz in der Nähe ihres Hauses gefunden hatte, in die Leibnizstraße eingebogen. Der Verkehr floss ein wenig zäh, aber sie kam gut voran. Es war ja nicht weit bis Moabit. Als sie auf der Gotzkowskybrücke die Spree überquerte, sah sie auf die Uhr. Es konnte gut sein, dass sie vor Leila in dem Restaurant war.

Leila war in die Turmstraße eingebogen. Hier hatten einige türkische Gemüsehändler ihre Stände. In kleinen Läden boten andere ausländische Geschäftsleute ein buntes Sammelsurium an Waren an, von der Taschenlampe bis zum Kinderwagen, vom Kofferradio bis zu einem Bausatz für Kücheneinrichtungen. Dazwischen gab es kleine Kneipen. Die Händler hatten ihre Waren auf der Straße mit durchsichtiger Folie abgedeckt. Immer wieder wischten sie das schneedurchmischte Wasser ab. Obwohl nur noch wenige Käufer zu erwarten waren, hielten sie die Stellung. Manche hockten auf ihren Fersen und rauchten, andere standen beisammen und redeten, wieder andere begannen langsam ihre Waren einzupacken, um sie bis zum nächsten Tag in den Kellerräumen der umliegenden Häuser zu lagern.

Leila Aikin ging rasch an den Ständen vorbei. Sie grüßte ein paar Landsleute, blieb aber nicht stehen, um sich kurz zu unterhalten. Die Menschen hier wussten alle, was vor ihrer Wohnungstür geschehen war. Und nur die wenigsten hatten Mitleid mit ihr; denn es hatte sich herumgesprochen, dass Leila diesen Osman, der so grausam getötet worden war, in der Wohnung ihrer Familie empfangen hatte, wenn Vater und Mutter nicht da waren. So etwas durfte es in anständigen Familien nicht geben. Leilas Eltern galten als viel zu nachsichtig, ja nachlässig. Sie verhielten sich wie Deutsche.

Leila hatte ihr Kopftuch dicht um ihr Gesicht gezogen. Als sie Schritte hinter sich hörte, dachte sie sich zunächst nichts dabei. Aber die Schritte kamen näher, und mit einem Mal spürte sie, wie sich links und rechts neben sie ein Körper schob. Leila blieb stehen. Hier ging es über eine schmale Querstraße. Der nächste Stand befand sich erst wieder in gut dreißig Metern auf der anderen Seite.

»Hallo, Leila!«

»Vural? Wo kommst du denn her?« Leila entspannte sich.

»Sprecht kurdisch«, sagte eine raue Männerstimme.

Leila sah nach der anderen Seite und entdeckte Salin. Sein Gesicht war sehr dunkel. Er hatte einen starken Bartwuchs. Seitdem er seine Heimat verlassen hatte, hatte er sich noch nicht wieder rasiert.

Hanna Iglau hatte Leila in dem indischen Restaurant nicht angetroffen. Sie hatte dann eine Weile vor der Tür gewartet. Schließlich hatte sie beschlossen, Leila entgegenzugehen. Von hier gab es nur einen direkten Weg zur Beusselstraße.

Salins Augen blickten Leila hart an. »Wir müssen reden.«

Leila schüttelte den Kopf. »Nicht jetzt. Ich bin verabredet.«

»Das ist mein Bruder Salin«, sagte Vural.

»Ja, das habe ich mir schon gedacht.« Leila wandte sich jetzt direkt Salin zu. »Osman hat manchmal von dir erzählt.«

»Osman ist tot«, sagte Salin. »Wo willst du hin?«

»Ich treffe eine Polizistin, die den Mord an Osman aufklären soll.«

»Eine Frau?«

»Das ist hier nichts Besonderes.« Leila wollte weitergehen, aber Salin hielt sie am Arm fest. »Wenn du etwas weißt, sagst du es mir! Das ist nicht Sache der deutschen Polizei.«

Etwa achtzig Meter entfernt bog Hanna Iglau in die Straße ein, die an diesem Ende nur schwach beleuchtet war.

»Doch, Salin«, sagte Leila Aikin, »es ist die Sache der deutschen Polizei. Wir sind hier nicht in der Türkei.« Leila versuchte sich aus Salins Griff zu befreien.

»Ich sage dir noch einmal, wenn du etwas weißt, musst du es mir sagen.«

»Nein!«

»Doch!« Er packte sie auch mit der anderen Hand und hielt Leila nun an beiden Armen fest.

»Du tust mir weh«, rief Leila und sah sich hilfesuchend um.

»Du sagst mir jetzt alles, was du weißt!« Salin schüttelte das Mädchen.

»Warte«, sagte Leila. Für einen Moment lockerte sich Salins Griff. Leila konnte sich losreißen. Sie rannte auf den nächsten Obststand zu. Aber kurz davor wurde sie von hinten niedergeworfen. Im Fallen drehte sie sich auf den Rücken und sah, wie sich Salin über sie beugte und zum Schlag ausholte.

Eine alte Frau, die hinter ihrem Stand mit einem großen Messer eine Melone teilte, ließ das Messer fallen und schlug entsetzt die Hände vors Gesicht, gab aber keinen Laut von sich.

Hanna Iglau war noch ungefähr dreißig Meter entfernt. Sie begriff plötzlich, was dort vorne geschah, und begann zu rennen.

Salin schlug zu, einmal, zweimal. Vural rief auf deutsch: »Ja, Salin, gib's ihr. Gib's ihr, der Hure!«

Leila schoss ein Schwall Blut in den Kopf. Ihr Körper bäumte sich auf. Ihr Mageninhalt schien zu explodieren. Sie hatte plötzlich einen gallebitteren Geschmack im Mund. Im gleichen Augenblick war Hanna heran. »Aufhören! Polizei. Hören Sie auf. Hören Sie sofort auf!«

Salin hielt inne. Er schaute auf das Mädchen hinab, das sich auf der nassen Straße krümmte und leise wimmerte. Er war zutiefst erschrocken über sich selbst. Hanna drängte ihn weg und wollte Leila aufhelfen, aber die zog sich mit eigener Kraft an dem Stand der alten Gemüsehändlerin hoch. Ihr Blick war glasig. Aus ihren Mundwinkeln trat grünlicher Schaum. Verwirrt starrte sie um sich. Das Kopftuch hatte sich gelöst und war in eine Pfütze gefallen. Ihre Haare hingen in schmutzig-nassen Strähnen um ihr Gesicht. Sie sah wild um sich, stieß einen unartikulierten Schrei aus, sah das Messer liegen, griff danach und stach zu.

Hanna spürte einen stechenden Schmerz in ihrem rechten Oberarm. Unwillkürlich griff sie mit der linken Hand dort hin. Blut quoll zwischen ihren Fingern hervor.

Leila erwachte aus ihrer Panik, starrte auf ihre Hand mit dem Messer, dann sah sie Hanna an, dann wieder das Messer. »Habe ... habe ich das getan?« Sie ließ das Messer fallen, klirrend schlug es auf dem nassen Asphalt auf.

Die alte Frau hinter dem Stand brachte eine leere Obstkiste und bedeutete Hanna, sie solle sich setzen. Dann hob sie ihr Messer auf, nahm ein Stück Papier und begann die Scheide von Hannas Blut zu reinigen.

Leila Aikin stand paralysiert noch immer an der gleichen Stelle. Salin und Vural hatten sich davongestohlen, ohne dass es die anderen bemerkt hatten.

Hanna wählte mit ihren blutverschmierten Fingern Peter Heilands Nummer. Er meldete sich sofort. Auf dem Display hatte er erkannt, wer am anderen Ende war. »Ja, Hanna?«

»Du musst sofort in die Turmstraße in Moabit kommen.« Sie sah zu der Haustür hinter sich. »Nummer 96. Ich bin verletzt. Vielleicht brauchen wir den Notarzt.«

»Mein Gott, was ist passiert?«

»Jetzt frag nicht lang! Mach!«

Sie schob das Handy, ohne auf das Blut zu achten, in die Tasche ihres Anoraks. »Das wollte ich nicht«, hörte sie Leila sagen.

»Natürlich nicht!«

Die Gemüsehändlerin brachte eine zweite leere Kiste und bedeutete Leila, sie solle sich setzen.

Der Notarztwagen war vor Peter Heiland da. Hanna sagte zu dem Doktor, nachdem sie sich als Polizistin ausgewiesen hatte: »Ich möchte so wenig Aufhebens wie möglich machen. Und bitte kümmern Sie sich auch um sie.« Dabei zeigte sie auf Leila, die zusammengekrümmt auf der Kiste saß. »Sie ist zusammengeschlagen worden.«

»Aber eigentlich kann ich da nicht so drüber weggehen«, sagte der Arzt. »Das ist doch erkennbar schwere Körperverletzung. Und Sie wissen selber am besten, dass wir so etwas melden müssen.«

»Ist die Wunde schlimm?«, fragte Hanna.

»Nein, ich kann die tackern, dann kommt ein Verband drum. Das heilt schnell.«

»Na, also!«

In diesem Augenblick hielt ein Taxi neben dem

Gemüsestand. Peter Heiland sprang heraus. »Was ist passiert?«

»Sobald wir verarztet sind, gehen wir da vorne in ein indisches Restaurant, dann besprechen wir alles«, sagte Hanna.

»Na, wenn du scho wieder Hunger hast, kann's ja net so schlimm sei«, schwäbelte Peter Heiland, und nur daran merkte er selbst, wie aufgeregt er war.

Eine Sanitäterin kümmerte sich um Leila, während der Arzt Hanna versorgte. Nach zehn Minuten war alles geschafft. Hannas Arm war verbunden, und sie trug ihn in einer Schlinge. Leila hatte sich ein wenig erholt.

»Wollen wir trotzdem noch ins Mahal gehen?«, fragte Hanna die junge Türkin. Leila nickte.

Das Lokal war einfach eingerichtet. An hellen Holztischen standen Bänke aus dem gleichen Material. Das Essen holte man sich direkt am Herd. Getränke brachte der Wirt, der auch der Koch war, an den Tisch. Als Peter Heiland den ersten Bissen nahm, schossen ihm die Tränen in die Augen und Schweißperlen traten auf seine Stirn. »Mann, ist das scharf!«

»Trink Joghurtmilch«, sagte Leila. Es waren die ersten Worte, die sie seit dem Vorfall sprach.

Hanna sah Leila in die Augen. »Was wolltest du mir sagen?«

Leila blickte zu Peter Heiland hinüber. »Jetzt nicht!«

»Verstehe«, sagte Heiland und schob seinen Teller mit dem Curryreis und den roten Bohnen, die er jetzt für Chilischoten hielt, von sich. »Ich mach mich auf die Socken. War nett! Schönen Abend noch.«

»Du bist aber jetzt nicht beleidigt?«, fragte Hanna.

»Nö, überhaupt nicht. Ich geh nach Hause.« Er nickte den beiden zu und verließ das kleine Lokal.

Draußen hatte sich das Wetter endlich für Winter entschieden. Ein eiskalter Wind fuhr Peter Heiland ins Gesicht und trieb ihm Schneeflocken in die Augen. Am Hansa-Theater bekam er einen Bus Richtung Schöneberg.

Heiland hatte es sich grade auf der letzten Bank im Bus bequem gemacht, als sein Handy klingelte. »Ja?«, meldete er sich.

»Bist du's, Heiland?« Das war die Stimme seines Kollegen Horlacher.

»Ja, was ist denn?«

»Ich schieb Wache als Kommissar vom Dienst. In der Böcklerstraße ist ein libanesischer Taxifahrer zusammengeschlagen und schwer verletzt worden. Sein Taxi wurde angezündet. Der Kollege Finkbeiner meint, das müsste dich interessieren.«

»So? Und warum?«

»Bei dem Libanesen handelt es sich um einen Cousin von Mustafa Idris, genannt Big Didi. Die Täter sind durch den Böcklerpark abgehauen. Finkbeiner vermutet, dass es um einen Racheakt für diesen Osman Özal geht.«

»Ich schau mir morgen den Bericht an«, sagte Peter Heiland.

»Alles klar. Es soll übrigens 'ne Sonderkommission eingerichtet werden. Der Präsident befürchtet, dass die Sache eskaliert. Aber ihr sollt wie gewohnt weiterarbeiten.« Horlacher legte auf.

Peter Heiland war so nachdenklich geworden, dass er eine ganze Zeit brauchte, bis er sein Handy ausschaltete.

Hanna wartete ungeduldig. Dieses Mädchen musste doch irgendwann rausrücken mit dem, was sie ihr sagen wollte.

Leila hatte schweigend gegessen und eine Cola dazu getrunken. Jetzt schob sie ihren Teller von sich und sah die Kommissarin ernst an, sagte aber immer noch nichts. Die Kommissarin legte beiläufig ein kleines Diktiergerät auf den Tisch und schaltete auf Aufnahme.

»Ist denn Osman in letzter Zeit noch zur Schule gegangen?«

»Nein. Er war doch im Jugendknast. Ein dreiviertel Jahr. Und als er da wieder rauskam, hat er in allen Erwachsenen nur noch Feinde gesehen. Vor allem in seinem Vater, aber gleich danach in Herrn von Beuten.«

»Deinem Lehrer.«

»*Unserem* Lehrer«, verbesserte Leila. »Zahlst du?«

Hanna holte ihre Geldbörse aus der Anoraktasche.

»Herr von Beuten hat sich unheimlich um Osman gekümmert. Aber Osman hat ihn nur verarscht. Das wurde immer schlimmer, weil der von Beuten natürlich auch langsam sauer wurde. Am Ende war zwischen den beiden nur noch Krieg! Osman hat ihm die Reifen zerstochen, er hat die Freundin von ihm angerufen und wüste sexistische Sprüche geklopft. Einmal ist er sogar mit dem Baseballschläger auf von Beuten losgegangen. Und da ist er dann auch von der Schule verwiesen worden.«

»Aber er ist immer dein Freund geblieben?«

Leila zupfte an ihrem Kopftuch herum. »Das verstehst du nicht.«

»Immer denkt ihr Türken, dass wir euch nicht verstehen, aber das könnte ja auch daran liegen, dass ihr uns nichts erklärt.«

Ein Lächeln huschte über Leilas schmales Gesicht.

»Du siehst verdammt hübsch aus, wenn du lächelst«, sagte Hanna spontan.

Das Lächeln verschwand. »Du hast recht. Viele von uns geben sich überhaupt keine Mühe, und dabei wollen doch die meisten hier in Deutschland bleiben.«

Hanna Iglau fragte den indischen Wirt, ob sie denn bei ihm auch einen Wein bekommen könne.

»Weiß oder rot?«, fragte er.

»Weiß, bitte.«

»Da habe ich einen Riesling aus der Pfalz.«

Hanna bestellte ein Glas und wendete sich wieder

Leila zu. »Du wolltest mir erklären, warum du Osmans Freundin geblieben bist, obwohl er ..., wie soll ich sagen ...«

»Du meinst, obwohl er ein Krimineller war?«

»Ja.«

»Osman hat so lange Druck gemacht, bis ich zugestimmt habe, seine Freundin zu werden.«

»Aber doch nicht gegen deinen Willen?«

»Doch! Ich wollte das nicht. Aber ich konnte mich nicht dagegen wehren. Ich war vierzehn. Meine Mutter war auf Osmans Seite. Mein Vater auch. Bis vor einiger Zeit. Da kann man als Tochter doch nichts dagegen machen.«

»Und dein Vater hat irgendwann seine Meinung geändert?«

»Ja, auf einmal war er ganz und gar gegen ihn. Meine Mutter hat dann auch nichts mehr dazu gesagt.«

»Hast du Osman denn gemocht? Am Anfang wenigstens?«

»Nein. Doch vielleicht wie einen, sagen wir, wie einen Cousin oder so. Er konnte ja sehr nett sein. Er hat mir immer Geschenke gemacht. Und meiner Mutter auch. Ihr sogar noch viel mehr. Er wollte mich unbedingt haben. Ich glaube, er war unheimlich stolz darauf, dass er mich als Freundin hatte.«

Hanna versuchte die kleine Türkin zu verstehen. Aber es gelang ihr nicht. Wie konnte man so einem Druck nachgeben und die Freundin eines Jungen werden, den man eigentlich ablehnte? »Warum hast du ihn nicht einfach weggeschickt?«

»Wie stellst du dir das vor? Er hat mich doch überall rumgezeigt. Er hat allen gesagt, dass wir heiraten. Bald sogar.«

»Du bist jetzt grade mal sechzehn, Leila.«

»Na und? Bei uns werden noch viel jüngere Mädchen verheiratet, und niemand findet etwas dabei.«

»Außer den Mädchen selber – hoffe ich.« Hanna nippte an dem Weißwein und fand ihn überraschend gut. »Da muss doch mehr sein, Leila. Ich glaub dir nicht, dass du so mit dir umgehen lässt. Du wirst dein Abitur machen, wirst studieren, kannst eine selbständige Frau werden, die was gilt.«

»Aber nicht mit seinem Kind im Bauch!« Leila sagte das langsam und jede Silbe betonend.

Hanna Iglau blieb förmlich die Luft weg. »Sag das noch mal«, sagte sie, nachdem sie ein paar Mal tief durchgeatmet hatte.

»Du hast es ja verstanden.«

»Wer weiß davon?«

»Meine Eltern. Und natürlich hat es Osman gewusst.«

»Und seit wann?«

»Seit drei Wochen.«

»Das muss ich jetzt erst mal verdauen.« Hanna trank einen großen Schluck, stellte ihr Glas ab und versuchte Leilas Blick aufzufangen. »Und sonst hast du niemandem davon erzählt?«

Leila zögerte, räusperte sich, sah zu Boden und schüttelte dann entschieden den Kopf. »Nein. Niemand. Ich habe gedacht, du hilfst mir.«

»Ich?«

»Ich kenne ja niemand.«

Einen Augenblick war Hanna völlig ratlos. Durch ihren Kopf schossen die verschiedensten Gedanken. Natürlich kannte sie Frauen, die abgetrieben hatten. Sie wusste, dass das in Leilas Fall nicht unbedingt ein Problem sein musste. Aber zum ersten Mal wurde sie so direkt damit konfrontiert. Die Tatsache, dass im Bauch dieses zarten türkischen Mädchens ihr gegenüber ein Baby heranwuchs, brachte sie völlig durcheinander. »Ich muss drüber nachdenken ...«

»Du willst also nicht.«

»Natürlich will ich dir helfen«, sagte Hanna schroff und viel zu laut.

Leila begann zu weinen, und das machte Hannas Hilflosigkeit noch größer.

Sie waren dann nebeneinander in die Beusselstraße zurückgegangen, ohne dass sie noch gesprochen hätten. Auf den letzten Metern legte Hanna ihren Arm um Leilas Schultern. Leise sagte sie: »Du schaffst das schon, und ich werde dir helfen, so gut ich kann.«

»Aber das darf niemand erfahren«, sagte Leila.

»Und warum nicht?«

»Na ja, eine deutsche Polizistin ...!«

Hanna trabte durch den Schnee zurück zu dem indischen Lokal, wo sie ihr Auto geparkt hatte. Sie wählte Peter Heilands Nummer, und als er sich meldete, fragte sie etwas außer Atem: »Bist du schon zu Hause?«

»Nein, in der ›Bodega‹ gegenüber. Ich hab einen sehr interessanten Maler kennengelernt.«

»Hindert dich das daran, dich um deine sehr interessante Freundin zu kümmern?«

»Nee, komm her.«

»Lieber nicht. Kannst du nicht zu mir kommen? Ich hab da was erfahren, was ich nicht in aller Öffentlichkeit besprechen kann.«

»Okay. Halbe Stunde?« Er rief zum Wirt hinüber: »Zahlen!«

»Du gehst schon?« Der Spanier schien enttäuscht zu sein. »Wenn Manuel da wäre …«

»Aber Manuel ist nicht da«, fuhr Peter Heiland schlecht gelaunt dazwischen.

Der in Neukölln geborene Schwarzafrikaner war in den letzten beiden Jahren zu Peter Heilands bestem Freund geworden. Kennengelernt hatten sie sich, als Peter den dunkelhäutigen jungen Mann gegen ein paar ausgeflippte Skins in Schutz genommen hatte. Danach war ihm der Schwarze immer wieder über den Weg gelaufen, zufällig, wie es schien. Aber bald schon wurde Heiland klar, dass Manuel diese Zufälle bewusst herbeiführte. Eines Tages ertappte sich Peter Heiland dabei, dass er etwas vermisste, wenn er den anderen mal zwei oder drei Tage nicht sah. Jetzt waren es vier Wochen, dass Manuel weg war, und erst vor ein paar Tagen war diese Postkarte aus Kenia gekommen: »Ich mach es wie Barack Obama. Bin auf der Suche nach meinen Vorfahren in Afrika. Gruß M.«

Der Wirt José brachte die Rechnung. »Hast du 'ne Ahnung, wann er wiederkommt?«

»Du kennst ihn doch auch. Der steht eines Tages hier unter der Tür, sagt ›Hey!‹, setzt sich hin und tut so, als ob nichts gewesen wäre.«

»Vielleicht war ja auch wirklich nichts.« José grinste und kassierte.

9

Hanna hatte eine Flasche Wein aufgemacht und auf den Küchentisch gestellt, dazu zwei Gläser und ein bisschen Knabbergebäck. Peter Heiland war durchgefroren, als er ankam. Er hatte den kurzen Weg von der U-Bahn-Haltestelle Adenauerplatz bis zu Hannas Wohnung in der Mommsenstraße zwar im Laufschritt zurückgelegt, doch für die Kälte, die Berlin plötzlich gepackt hatte, war er zu dünn angezogen. »Am besten machst du aus dem Wein einen Glühwein«, sagte er.

»Dafür nehme ich aber einen Roten. Machst du mal auf?« Sie reichte ihm eine Flasche Chianti und einen Korkenzieher und schaltete eine Herdplatte ein. Zimt und Nelken und ein wenig Zucker gab sie in einen Topf und schüttete den Rotwein darüber. »Jetzt muss ich nur aufpassen, dass das Zeug nicht kocht.« Sie selbst nahm ein Glas Weißwein.

Kater Schnurriburr kam aus dem Schlafzimmer, machte einen Buckel, dehnte und streckte sich in seiner ganzen Länge und hob seinen Schwanz steil in die

Höhe. Dann sprang er mit einem leisen Maunzer auf Peter Heilands Schoß.

»Siehste, er erinnert sich immer noch, wem er eigentlich gehört«, sagte Hanna.

»Aber bei dir fühlt er sich nun mal wohler. Ich hab dir immer angeboten, sein Futter zu bezahlen.«

»Jetzt hör aber auf!« Hanna nahm den Topf vom Herd und füllte eine große, dicke Kaffeetasse mit dem dampfenden Glühwein.

Peter nahm einen ersten Schluck, und Hanna setzte sich ihm gegenüber an den Küchentisch. »Leila Aikin erwartet ein Baby von Osman Özal.«

Peter setzte seine Tasse so hart ab, dass die rote Flüssigkeit überschwappte. »Ist nicht wahr!«

»Doch.«

»Und wer wusste davon?«

»Osman und Leilas Eltern – sagt sie.«

»Was heißt das: ›sagt sie‹?«

»Ich hatte den Eindruck, dass sie mir dazu nicht alles gesagt hat. Aber sicher bin ich nicht.« Hanna nahm ein Küchentuch und wischte die Glühweinflecken von der Tischplatte. »Sie hat mich um Hilfe gebeten.«

»Als Polizistin oder als Frau Hanna Iglau?«

»Privat natürlich.«

»Und?«

»Du, Peter, das beutelt mich ganz schön. So ein Mädchen und ein Baby … Ich weiß nicht, warum mich das so umtreibt …«

»Vielleicht denkt in sonem Fall jede Frau, wie es wäre, Mutter zu werden.«

Plötzlich hatte Hanna Tränen in den Augen. Sie stand auf, ging um den Tisch herum, nahm Peters Gesicht in ihre beiden Hände und küsste ihn. Als er wieder Luft bekam, sagte er: »Was war jetzt das?«

»Manchmal denke ich, du verstehst mehr als andere Männer.«

Peter wurde ein wenig verlegen. In einer Art Übersprungsbewegung griff er nach der Tasse, nahm einen tiefen Schluck von dem Glühwein und spürte, wie er heiß durch die Kehle und die Speiseröhre in seinen Magen hinabrann. »Und jetzt?«, fragte er schließlich.

»Wir müssen dem Mädchen helfen.«

Peter Heiland nickte. »Rebecca!«, sagte er.

»Wer ist Rebecca?«

»Die stammt aus Münsingen, ist Frauenärztin an der Charité und hat eine Zusatzausbildung als Psychotherapeutin. Und außerdem ist sie, was man bei alldem eigentlich nicht vermutet, eine ausgeschproche patente Frau!«

»Wie alt?«

»Nicht viel älter als wir, also als ich, wollt ich sagen.«

»Hübsch?«

»Sehr hübsch!«

Hannas Miene verfinsterte sich. »Und wieso erfahr ich erst heute von ihr?«

»Warum? Du bist doch g'sund!«

Hanna fuhr Peter mit den gespreizten Fingern beider Hände in seinen Haarschopf, zog ihn an sich und küsste ihn erneut. »Saukerl!«, sagte sie.
»Warum?«
»Weil ich so verliebt bin in dich.«
»Aber logisch ischt des net«, sagte Peter Heiland.

Kriminalrat Ron Wischnewski hatte, wie in alten Zeiten, bis in den späten Abend hinein an seinem Schreibtisch gesessen. Er hatte alle Berichte, auch die der neuen Sonderkommission, gelesen und versucht, sich ein Bild zu machen. Als er das Protokoll über die Vernehmung des Obsthändlers Ismail Aikin noch einmal las, hielt er plötzlich inne. »Zwei Söhne in Deutschland, zwei in der Türkei«, sagte er leise. »Mehmet Özal hat auch zwei Söhne in der Türkei, und er hat sie gleich beide nach Deutschland kommen lassen.« Der Gedanke begann ihn zu beunruhigen. Hanna Iglau und Peter Heiland hatten die Aussage von Leilas Vater nicht weiter hinterfragt. Aber konnte es nicht sein …?

Ron Wischnewski stieß seinen Bürostuhl zurück, riss seinen Mantel aus der Garderobe, wobei der Bügel noch heftiger gegen die Rückwand schlug als sonst, und verließ das Büro.

Draußen überraschte auch ihn der Kälteeinbruch. Er ging mit schnellen, ausgreifenden Schritten zum Wittenbergplatz und warf sich in ein Taxi. »Fontanestraße, dicht beim Volkspark Hasenheide«, sagte er zu dem Chauffeur.

»Danke, ich weiß«, sagte der und fuhr los.

»Das Haus erkenne ich, wenn ich da bin«, sagte Ron Wischnewski noch.

Der dicht fallende Schnee begann auf der Straße anzufrieren. Der Taxifahrer schien davon unbeeindruckt zu sein. Die Tachonadel pendelte auf der ganzen Strecke zwischen siebzig und achtzig Stundenkilometern. Als er am Hermannplatz scharf abbog, kam er nur leicht ins Schlittern.

»Wo haben Sie das gelernt?«, fragte Wischnewski.

»Bei uns in Georgien. Ich bin ganz oben in Kaukasus geboren. Da immer viel Schnee in Winter.« Er stoppte. »Macht achtzehn Euro!«

Wischnewski gab ihm zwanzig, verlangte nicht einmal eine Quittung und stieg aus. An das Haus erinnerte er sich. Sie hatten nach der Festnahme des Pennermörders Matthias Bögelin dessen möbliertes Zimmer bei der Witwe Bolkow auf Spuren untersucht, was eigentlich gar nicht nötig gewesen wäre, denn der Serienmörder war ja geständig gewesen. Jetzt wohnte also Simon Burick hier, der damals die entscheidende Hilfe geleistet hatte, um Bögelin zu überführen. Freilich nur dann, wenn er nicht Platte machte. Aber dafür war heute das Wetter nicht einladend genug.

Ron Wischnewski klingelte.

»Ja?«, tönte eine Frauenstimme aus der Gegensprechanlage.

»Ist Simon Burick da?«

»Wer will das wissen?«

»Ron Wischnewski.«

»Dieser Polizist?«

Sie erinnerte sich also. »Bitte, Frau Bolkow, sagen Sie ihm, dass ich mit ihm reden will. Es könnte wichtig sein.«

Man hörte im Hintergrund eine männliche Stimme.

»Er kommt runter«, tönte Witwe Bolkows Stimme aus der Gegensprechanlage, und obwohl sie ziemlich verzerrt klang, war ihr anzumerken, dass es der Besitzerin dieser Stimme gar nicht passte.

Wischnewski sagte »Danke!«, ging über die Straße und stellte sich in einen tiefen Hauseingang. Er zog seinen Mantelkragen hoch und sah seinem Atem nach, der als weiße Wolke auf die Straße hinauswehte. Gegenüber ging das Treppenhauslicht an. Kurz darauf wurde die Haustür aufgestoßen.

Burick kam über die Straße. »Ich hoffe, du hast einen guten Grund!« Es war das erste Mal, dass Burick den Kriminalrat duzte.

Der ging, ohne mit der Wimper zu zucken, darauf ein. »Hab ich dich bei etwas Wichtigem gestört?«

»Sagen wir so: Da droben war's warm!«

»Wenn wir uns jetzt schon duzen, dann kann ich dir ja sagen: Ich glaube, du wirst alt.«

»Stimmt! Ich hab langsam auch das verdammte Gefühl, ich biege auf die Zielgerade ein.«

Zehn Minuten später standen sie am Tresen einer alten Berliner Eckkneipe, die immer seltener wurden, seitdem das Rauchverbot erlassen worden war. Hier gab es nur einen Wirt und die Gäste, und sowohl der Wirt als auch die Mehrzahl seiner Kunden qualmten, was das Zeug hielt. Wischnewski war klar, dass er die Klamotten, die er anhatte, mindestens eine Woche lang würde lüften müssen. Das Bier lief ständig, und deshalb schmeckte es auch frisch. Wischnewski und Burick stießen synchron ein befriedigtes »Aahh« aus, als sie den ersten tiefen Schluck genommen hatten.

»Hier ist es eigentlich auch ganz schön«, meinte Burick.

»Wahrscheinlich habe ich den Weg umsonst gemacht«, sagte Wischnewski.

»Wieso, findest du das Bier nicht gut?«

»Doch«, sagte Wischnewski. Plötzlich kam ihm die Idee, Burick habe das »Du« gesucht, um eine größere Nähe herzustellen. Wischnewski beschloss, auf der Hut zu sein. »Ismail Aikin hat zwei Söhne in der Türkei«, sagte er unvermittelt.

»Und zwei hier in Deutschland.« Burick hob Zeige- und Mittelfinger in Richtung Theke, und der Wirt begann sofort, die nächsten beiden Biere zu zapfen.

»Du hast doch alles im Blick«, sagte Wischnewski.

Burick wiegte den Kopf hin und her, sagte aber nichts.

»Könnte es sein, dass einer der Aikin-Söhne aus der Türkei in diesen Tagen in Berlin ist oder war?«

»Könnte sein. Warum nicht. Kurzbesuche in Ländern der EU sind kein Problem für türkische Staatsangehörige.«

»Red nicht so geschwollen. Sag lieber, was du weißt.«

»Da gibt es einen namens Rashid. Der könnte hier sein. Bedeutet aber nicht, dass er Osman Özal umgenietet hat.«

»Könnte hier sein?«

»Ja. Hör zu, Ben Wisch, du hast mich etwas gefragt, und ich habe – wie heißt das bei euch – nach bestem Wissen und Gewissen geantwortet. Was ist das überhaupt, das ›beste Gewissen‹? Gibt es ein gutes, ein besseres und ein bestes Gewissen?«

»Ist Rashid Aikin in Berlin, ja oder nein?«

»Ben Wisch, ich weiß es nicht. Es gibt Indizien dafür, aber ich bin mir nicht sicher. Wenn ich es wäre, würde ich's dir sagen.«

Wischnewski nickte. »Es ist also wahrscheinlich, aber nicht bewiesen.«

»Du sagst es. Nimmst du einen Korn zum zweiten Bier?«

»Lädst du ein?« Wischnewski wunderte sich, wie leicht ihm das Du von den Lippen ging.

»Nein, natürlich nicht.«

»Was interessiert dich eigentlich so an den Türken hier?«, fragte Wischnewski nach dem übernächsten Bier.

»Ich bin damals in Marokko Moslem geworden. Einer Frau zuliebe, um ehrlich zu sein. Hat aber am Ende auch nichts geholfen.« Burick kippte seinen nächsten Schnaps. »Aber ich bin Mohammedaner geblieben und habe erfahren, dass es da zwischen den Glaubensbrüdern eine Solidarität gibt, die man bei uns schon lange nicht mehr kennt. Ich habe Freunde unter den Türken, und manchen konnte ich schon helfen. Also helfen die mir auch.« Er grinste. »Wir Muslime haben's ja nicht einfach bei euch in Deutschland.«

Wischnewski blieb ernst. »Ihr Muslime macht es uns Deutschen aber auch nicht leicht.«

»Möglich. Aber wenn du mitkriegst, wie ein Junge, der sich unheimlich Mühe gegeben hat, mit guten Schulnoten nach Hause kommt und dann keine Lehrstelle kriegt, nur weil er Türke ist ...«

»Beschissen«, sagte Wischnewski.

»Genau! Ich habe viele von denen gesehen, die es eigentlich leicht hätten schaffen müssen, denen man aber keine Chance gegeben hat. Da musst du dich doch nicht wundern, wenn bei so einem aus der ohnmächtigen Wut Hass wird und aus dem Hass die Gier nach Rache.«

Eine halbe Stunde später verabschiedeten sich die beiden vor der Tür der Eckkneipe.

»Stell dir vor«, sagte Burick, »neulich hat mich die Witwe hier um ein Uhr nachts rausgezogen. Eigenhändig.«

»Und du hast dir das gefallen lassen?«

»Es war fast so kalt wie heute. Da ist das eine Güterabwägung.«

»Scheiße«, sagte Wischnewski aus vollem Herzen. »Andererseits, für mich wär's früher manchmal ganz gut gewesen, wenn mich jemand rechtzeitig aus der Kneipe rausgeholt hätte.«

»Ich glaube, ich hau bald wieder ab.«

»Wohin?«

»Nach Marokko. Da kenn ich mich aus, und da ist es warm.«

»Aber vorher verabschiedest du dich von mir!«

»Ehrensache!« Burick schlug die Hacken zusammen, legte die flache Hand rechts an die Stirn und wiederholte: »Ehrensache, mon Capitaine!«

Wischnewski winkte ein Taxi heran. Einen Moment lang überlegte er, ob er die Beusselstraße als Ziel angeben sollte. Er hätte bei den Aikins klingeln und sagen können: »Ich will Ihren Sohn Rashid sprechen.« Aber so etwas machte man nicht nach vier Bier und drei Schnäpsen und schon gar nicht alleine. Er stieg in das Taxi und sagte leise zu sich: »Morgen ist auch noch ein Tag.«

»Sagte die Eintagsfliege«, ergänzte der Fahrer. »Wo soll's denn hingehen?«

»Tempelhof, Dudenstraße. Was sind Sie sonst denn von Beruf?«

»Bankangestellter. Aber nach dem Crash im letzten Oktober musste ich mir was Neues suchen.«

»Und die 500 Milliarden der Bundesregierung haben Ihnen nicht geholfen?«

»Mir nicht. Ich wüsste allerdings gerne, wem!«

Diesmal ließ sich Wischnewski eine Quittung geben und erhöhte den Betrag um drei Euro.

»Na so was. Danke schön«, sagte der Exbanker. »Wie kommt's?«

»Ich bin in einem krisensicheren Beruf«, antwortete Wischnewski.

Er stieg die zwei Treppen zu seiner Wohnung hinauf. Das war schon eine Weile her, dass er mit so viel Alkohol im Blut nach Hause gekommen war. Angeekelt starrte er in seine zwei unaufgeräumten Zimmer. Sein Blick fiel auf das Telefon. Er hätte Friederike anrufen können, aber sie hätte sicher bemerkt, in welchem Zustand er war. Also unterließ er es und genehmigte sich stattdessen noch einen Whisky. Er konnte ja nicht wissen, wie sehr Friederike Schmidt darauf wartete, dass er sie anrufen würde.

Der Zustand, in dem Hanna Iglau und Peter Heiland waren, unterschied sich nicht sehr von dem Ron Wischnewskis. Peter hatte den ganzen Glühwein getrunken. Ein wunderbar wohliges Gefühl durchzog seinen Körper. Auch Hanna hatte ihre Weißweinflasche geschafft und sagte: »Mir ist es so baumelig. Komm, lass uns ins Bett gehen.«

Sie kam um den Küchentisch zu ihm herüber, beugte sich über ihn, küsste ihn und ließ es sich gefallen, dass er den Bund ihrer Jeans öffnete und die Hose samt Slip zu Boden streifte.

Hanna sagte: »Wenn du was mit dieser Dr. Rebecca hast, kratz ich ihr die Augen aus.«

»Aber erst morgen!« Peter zog Hanna ins Schlafzimmer.

Den angewiderten Blick des Katers Schnurriburr nahmen sie beide nicht zur Kenntnis.

SAMSTAG, 17. JANUAR

1

Recep Özal wachte Punkt sechs Uhr auf. Von der Straße drang der Lärm der zahllosen Autos herein, die zu seiner Überraschung schon um diese Zeit unterwegs waren. Wo wollten die Leute alle hin? Er sah zu der zweiten Matratze hinüber, auf der Salin lag. Recep stellte überrascht fest, dass auch sein Bruder die Augen offen hatte.

»Was machen wir hier?«, fragte Recep unvermittelt.

»Wir rächen unseren Bruder Osman.«

»Nach allem, was ich verstanden habe, hat er nicht nach den Gesetzen des Korans gelebt.«

»Trotzdem war er unser Bruder.«

Recep nickte. Irgendwie spürte er, dass das keine befriedigende Antwort war, aber er wagte nicht nachzufragen. Umso überraschter war er, als Salin sagte: »Ich glaube nicht, dass das hier gut ist für uns.«

»Und warum tun wir's dann?«

»Wir haben keine andere Wahl. Wir sind seine Familie.«

Eine Weile schwiegen beide. Schließlich fragte Recep: »Könntest du hier leben, Salin?«

»Ja. Es gibt schöne Motorräder, schöne Autos. Ich könnte hier Geld verdienen. Aber ich muss hier unseren Bruder rächen.« Und nach einer kurzen Pause: »Findest du es so schön bei uns in den Bergen?«

»Ja. Ich möchte nirgendwo anders leben. Und ich möchte so schnell wie möglich nach Hause.«

Wieder schwiegen sie. Dann sagte Recep: »Gefällt es dir denn, wie unser Bruder Vural lebt?«

»Wenn unsere Mutter nicht gestorben wäre ...«

»Bei uns zu Hause wäre sie nicht gestorben.«

»Das glaubst du?«

»Ja«, sagte Recep schlicht, »das glaube ich. Und Vural wäre ein anderer Mensch. Die Leute, die Osman getötet haben, könnten auch Vural töten.«

Salin richtete sich ruckartig auf. »Wie kommst du darauf?«

»Einer tötet, dann tötet der andere, dann dessen Bruder, dann der Bruder des anderen. Das ist wie eine Schraube.«

Salin sah seinen jüngeren Bruder überrascht an. Der war nur zwei Jahre zur Schule gegangen und sagte doch manchmal so kluge Dinge.

»Bei den Tieren gibt es keine Rache«, fuhr Recep fort.

»Bist du dir da so sicher?«

»Tiere empfinden auch keine Schuld.« Recep hatte sich jetzt ebenfalls aufgerichtet und die Beine gekreuzt. Sehr aufrecht saß er da und sah seinen Bruder ernst an. »Wenn der Wolf tötet, dann nur, weil er Hunger hat und fressen will. Der Wolf ist kein Mörder. Menschen, die töten, sind Mörder.«

Salin schluckte. »Weißt du denn nicht, dass *du* dazu ausersehen bist, den Mörder unseres Bruders zu töten?«

Receps Körper beugte sich weit nach vorn, bis seine Stirn auf der Matratze lag. Dann begann er leise zu Allah zu beten. Salin bemühte sich, nicht zuzuhören. Er hätte es als ungehörig empfunden, die Gebete eines anderen zu belauschen. So waren sie erzogen.

Ron Wischnewski war schon vor sieben Uhr im Büro. Das war seine Art. Wenn er das Gefühl hatte, dass er sich eigentlich eine Pause gönnen sollte, warf er sich besonders heftig auf seine Arbeit. Zuvor jedoch wählte er Friederikes Nummer, legte aber mit einer raschen Bewegung auf, bevor sie sich gemeldet hatte. Wenig später klingelte sein Telefon.

»Ja, Wischnewski«, meldete er sich.

»Warst du das?«, fragte die Frauenstimme am anderen Ende.

»Friederike?«

»Warst du's?«

»Ja«, sagte er.

»Und warum legst du dann gleich wieder auf?«

»Gute Frage. Ich weiß nicht. Ich wollte schon gestern Abend, aber da … also da …«

»… hattest du ein bisschen viel getrunken, stimmt's?«

»Du wirst mir langsam unheimlich.«

»Na, so schwer war das ja nicht zu erraten. Ich hätte mich übrigens gefreut. Auch wenn es sehr spät gewesen wäre. Du kannst mich auch mitten in der Nacht wecken. Ich wäre glücklich …«

»Ich werd's mir merken.«

»Wie geht's dir denn?«, fragte Friederike.

»Dieser Fall macht mich wahnsinnig. Wir kommen an die Leute nicht ran. Du weißt schon: Ganz anderer Kulturkreis, die denken völlig anders. Man versteht einfach nicht, was in denen vorgeht. Und ständig hab ich das Gefühl, da tickt eine Bombe, die jeden Moment hochgehen kann.«

»Dann sieh ja zu, dass du nicht in ihrer Nähe bist, Ron. Du wirst noch gebraucht.« Friederike Schmidt hauchte einen Kuss ins Telefon und legte auf.

Wischnewski lehnte sich zurück, verschränkte die Arme hinter dem Nacken und fühlte sich gut. Peter Heiland und Hanna Iglau kamen Hand in Hand herein. Sie fühlten sich keinen Deut schlechter als ihr Chef. Aber keiner erzählte es dem anderen.

»Morgen«, sagte Wischnewski. »Es ist zu vermuten, dass sich ein gewisser Rashid Aikin in Berlin aufhält. Ein Bruder von Leila Aikin. Er lebt sonst in Istanbul. Und wenn er seit einigen Tagen hier ist oder war, müssen wir annehmen, dass er den Auftrag hatte, Osman Özal umzubringen.«

Hanna ließ sich auf ihren Stuhl fallen und bedeckte ihr Gesicht mit beiden Händen.

»Was ist denn?«, bellte Wischnewski.

»Leila Aikin erwartet ein Baby von Osman Özal.«

Wischnewskis Faust donnerte auf die Schreibtischplatte. »Also doch!«

»Was heißt das, also doch?«, fragte Peter Heiland.

»Ich hab's der Psychologin im Jugendknast auf den Kopf zugesagt.«

»Ich glaube nicht, dass die das weiß«, sagte Hanna.

»Aber ich hab's gespürt!«

Peter Heiland setzte Kaffee auf. »Wenn Leilas Bruder noch hier ist, wird er schwer zu finden sein.«

Hanna hob plötzlich den Kopf und sah Wischnewski herausfordernd an. »Woher wissen Sie überhaupt, dass dieser Rashid hier ist?«

»Im Zweifel von Simon Burick«, sagte Heiland. »Der ist doch so ein richtiger Megachecker!«

»Ich habe selber erst gestern Abend erfahren, dass er Moslem geworden ist, während er in der Fremdenlegion diente. Irgendwie fühlt er sich wie ein Anwalt der Araber und der Türken in Berlin.«

Peter Heiland schenkte Kaffee in drei Pötte.

»Er will übrigens zurück nach Marokko«, fuhr Wischnewski fort.

»Weil ihm hier der Boden zu heiß wird?«, fragte Heiland.

»Nein, weil ihm die Witterung hier zu kalt wird.«

»Aber grade, wenn er sich als Anwalt der Araber und Türken fühlt, könnte man sich doch vorstellen, dass er das Gesetz selber in die Hand nimmt. Das würde doch zu ihm passen.«

»Er hat Osman Özal nicht erschossen«, sagte Wischnewski.

»Ich würde ihn nicht von der Liste der Verdächtigen streichen«, konterte Heiland.

Christine Reichert kam herein. »Mein Gott, bin ich zu spät?«

»Nein, wir waren zu früh«, beruhigte Hanna Iglau die Sekretärin.

Christine nahm Peter Heiland zwei Kaffeepötte aus der Hand und brachte sie Wischnewski und Hanna.

»Wie gehen wir jetzt vor?«, fragte Peter Heiland.

»Wir müssen rauskriegen, ob dieser Rashid Aikin wirklich in der Stadt ist, und wenn es stimmt, müssen wir ihn finden.«

»Ich rede mit Leila«, sagte Hanna.

»Heute Nacht ist übrigens ein Taxifahrer halb totgeschlagen worden. Sein Auto wurde angezündet. Die Kollegen vermuten, dass es was mit unserem Fall zu tun hat«, meldete sich Peter Heiland wieder.

»Warum das denn?«, fragte Wischnewski.

»Das Opfer ist ein Cousin von Big Didi.«

»Kümmern Sie sich darum, Heiland«, befahl Wischnewski. »Und ich will noch mal mit diesem Lehrer von Beuten reden.«

Vural Özal ging an diesem Morgen zum ersten Mal seit einigen Tagen wieder in die Schule. Als er grade den Eingang erreichte, stoppte dicht neben ihm Malik auf einer nagelneuen Enduro-Maschine. Vom Soziussitz sprang Jo Kiel ab. »Hi, Vural! Hast du's schon gehört?«

»Nee, was denn?«

»Heute Nacht. Das war echt Spitze. Rache für Osman! Big Didis Vetter ...«

»Wirst du wohl deine Fresse halten, du Arschloch!«, fuhr ihm Malik in die Parade.

Nicht weit von ihnen lehnte Kevin und hielt eine Zigarette in der hohlen Hand. Verstohlen nahm er ab und zu einen Zug, ließ dabei das Trio aber nicht aus den Augen.

Im gleichen Augenblick betrat Ron Wischnewski den Schulhof. Er grüßte kurz zwei Kollegen. Seitdem Osman den Lehrer von Beuten angegriffen hatte, gingen Beamte der Schutzpolizei Streife rund um das Schulgebäude.

Kevin warf seine halb gerauchte Fluppe auf den Boden und trat sie aus. Er zog sein Handy aus der Tasche und schlenderte auf das Schulgebäude zu. Malik sah, wie er zu sprechen begann, sobald er mitten im Gewühl der Schüler war.

Malik ließ Kevin nicht aus den Augen. Aber er konnte nichts machen. Die Streifenpolizisten hatten bereits ein Auge auf ihn geworfen. Also startete er seine Maschine und fuhr davon.

»Ich habe leider nur wenig Zeit«, sagte Dieter von Beuten, als Ron Wischnewski ihn vor dem Lehrerzimmer ansprach. »Ich bin auf dem Weg zum Unterricht.«

»Ich begleite sie.«

Der Kriminalrat und der Lehrer bahnten sich einen Weg zwischen den herumtobenden Schülern hindurch, die einen ohrenbetäubenden Lärm machten. Alle schienen gleichzeitig in Bewegung zu sein. Von Beuten stieß die Tür zum Physiksaal auf. Als er sie hinter sich schloss, ebbten die Geräusche ab.

»Wie gut kennen Sie Ihre Schülerin Leila Aikin?«, fragte Wischnewski.

»Wie man eben Schüler so kennt.«

»Es gibt doch sicher auch so etwas wie Lieblingsschüler oder Lieblingsschülerinnen.«

»Nun ja, es gibt welche, die machen einem Lehrer mehr Freude als die anderen. Leila gehört zu denen.«

»Haben Sie Leila auch manchmal außerhalb der Schule getroffen?«

»Wie? Nein. Sie war zwar in einer freiwilligen Arbeitsgruppe, wenn Sie das meinen ...«

»Würde sie sich Ihnen anvertrauen, wenn sie ein besonderes Problem hätte?« Wischnewski hatte Hanna Iglau versprechen müssen, von Beuten nichts von Leilas Schwangerschaft zu sagen.

»Ich, also nein, ich glaube, kaum. Ich wusste natürlich, dass sie Probleme mit Osman hatte. Aber das war für jeden offenkundig.«

Draußen schrillte die Pausenklingel.

»Und sie hat Ihnen nicht mehr darüber erzählt.«

»Nein!«

»Wussten Sie, dass Osman Özal der Chef einer Gang war?«

»Er versuchte eine eigene Bande zu gründen, ja.«

»Hat Ihnen das Angst gemacht?«

»Warum sollte mir das Angst machen?«

»Er hatte es ja wohl besonders auf Sie abgesehen. Einmal hat er Ihre Autoreifen zerstochen, und er hat Ihre Freundin mit üblen Anrufen belästigt.«

»Das wissen Sie?«

»Leila hat es einer meiner Kolleginnen erzählt.«

»Leila? Soso. Ja. Wissen Sie denn dann auch, ob sie bald wieder am Unterricht teilnehmen kann?«

»Ist Ihnen das wichtig?«

»Es wäre gut für Leila!«

Die Tür wurde aufgerissen. Lärmend stürzte eine Horde Schüler herein und verteilte sich auf die Plätze.

»Danke jedenfalls«, sagte Wischnewski.

»Ich wüsste nicht, wofür.«

Der Kriminalrat ging hinaus und zog die Tür hinter sich zu. Auf den langen Korridoren war es jetzt ganz still.

»Kevin, du spielst doch Schlagzeug.« Big Didi warf dem Jungen zwei Stöcke zu. Vor Didi kniete Johannes Kiel. Er hatte einen Zinkeimer über dem Kopf. Sein leises Wimmern klang seltsam hohl.

Es war noch keine Stunde her, da hatte Johannes Kiel das Schulgelände verlassen. Er wollte direkt nach Hause gehen und die Schularbeiten hinter sich bringen. Später wollte er Malik und die anderen im Jugendclub treffen. Mal sehen, was sich Malik für den Abend ausgedacht hatte. Seitdem er die Führung übernommen hatte, waren immer mehr Jungs zu der Bande gestoßen. Zahlenmäßig waren sie jetzt vielleicht sogar schon stärker als Didis Gang. Malik war super. Dem gingen die Ideen nie aus. Echt cool war das, mit Malik auf der Piste zu sein. Auch der neue Treff war megageil.

Jo blieb kurz an einem Zeitungskiosk stehen. »JUGENDGEWALT – ES BRENNT AN ALLEN ECKEN«, titelte die »BZ«. Jo grinste. Als er sich umwandte, standen zwei riesige Kerle vor ihm. Sie trugen schwarze Lederjacken und blank polierte Motorradketten um den Hals. Ihre Füße steckten in offenen Turnschuhen. Die Schnürsenkel hingen im Straßendreck.

»Didi will dich sprechen!«, sagte der eine.

Jo sah sich gehetzt um. Aber den beiden konnte er nicht entkommen. Im Rücken hatte er den Kiosk, und Didis Männer standen links und rechts dicht vor ihm. Beide überragten ihn um gut zwei Köpfe.

»Mach keinen Scheiß, du Flachwichser, ja?!«, sagte der andere und packte ihn am rechten Oberarm.

Jetzt kniete Johannes Kiel auf dem ölverschmierten Boden im Keller unter dem »Dark Hawk«.

»Los!«, kommandierte Didi, und Kevin schlug mit den beiden Stöcken einen furiosen Trommelwirbel auf den metallenen Eimer. Jos Schreie wurden dadurch übertönt, klangen aber umso schrecklicher, als Kevin plötzlich innehielt. Didi nahm den Eimer herunter.

»Hörst du mich, Scheißefresser?«

Jo konnte nur nicken. Tränen schossen über seine Wangen.

»Du wirst nämlich dein Gehör verlieren, wenn wir 'ne Weile weitermachen.«

Jo schluchzte auf.

»Sieh dir die Judensau an«, sagte Didi, »heult wie 'ne alte Schwanzlutscherin aus 'nem Negerpuff! Eimer drauf!« Didi warf Kevin den Eimer zu.

An einer Säule stand ein dritter Junge und filmte das Ganze mit seinem Handy.

»Hast du genug Licht, Yussuf?«, rief Didi hinüber. »Das muss ein schönes Video werden.«

Kevin stülpte den Eimer wieder über Jos Kopf. Didi nickte Kevin aufmunternd zu, und der trommelte wieder – länger und lauter als zuvor. Jo fiel nach vorne und blieb bäuchlings auf dem Kellerboden liegen. Didi trat mit seinen Cowboystiefeln gegen den Eimer, der löste sich und rollte über den Boden davon, bis er mit einem Klacken an der Kellerwand liegen blieb. Der Rand des Eimers hatte Jos Ohr aufgerissen. Blut sickerte auf den Boden.

»Also erzähl!«, sagte Didi.

Jo wollte aufstehen. »Auf die Knie!«, herrschte ihn Didi an. »Wer hat mein Auto in die Luft gejagt, und wer hat meinen Cousin fast totgeschlagen?«

»Ich war doch nicht dabei!«, wimmerte Jo.

»Das glaub ich dir, du Scheißefresser. Aber du weißt genau, wer es war. Und wenn du es nicht sagst, verlierst du nicht nur dein Gehör, dann machen wir dich auch noch blind. Ich hab da eine Säure …«

»Malik. Es war Malik!«, schrie Jo atemlos. »Er weiß, wie man Bomben baut. Und Habib und Pjotr.«

»Pjotr? Ich denke, der hat selber 'ne Gang?«

»Sie haben sich zusammengetan. Pjotr hat am schlimmsten zugeschlagen!«

»Und du«, sagte Didi mit einem schiefen Grinsen. Er ging mit zwei kurzen Schritten auf Jo zu und trat ihm mit dem Stiefel gegen den Hals. »Leugnen ist zwecklos!«

Jo würgte. »Aber ich hab doch nur Schmiere gestanden.«

»Erzähl genau, wie es war.«

Jo hätte jetzt alles verraten. Vor Angst hatte er schon längst in die Hosen gepisst. Seine Knie schlotterten. Ihm war speiübel. Der Schweiß lief ihm in die Augen. Zuerst stockend, dann aber immer flüssiger, schilderte er die ganze Aktion. Solange er redete, taten sie ihm nichts.

»Wo ist jetzt euer Treff?«, unterbrach ihn Didi plötzlich.

Jo presste die Lippen zusammen.

»Eimer übern Kopf!«, befahl Didi.

»Nein! Bitte nicht! Ich weiß wirklich nicht …«

Kevin hatte den Eimer zurückgeholt und stülpte ihn wieder über Jos Kopf.

»Mamaaa!«, tönte es dumpf und angstverzerrt aus dem Gefäß.

Kevin schlug nun seitlich gegen den Eimer, der jedes Mal gegen den Kopf des Jungen prallte. Nach einem Dutzend Schläge gab Didi Kevin ein Zeichen. Der hielt inne und riss den Eimer von Johannes' Kopf, hielt ihn aber nur wenige Zentimeter über Johannes' Scheitel. Jetzt blutete der Junge aus einer zweiten Wunde an der Stirn.

»Am Urbanhafen«, stieß er hervor. »Unterhalb der Baerwaldbrücke. Da war früher mal 'ne Fabrik oder so was.«

»Geht doch!« Didi nickte Kevin zu. Der ließ den Eimer wieder über Jos Kopf fallen.

Didi machte seinen beiden Kumpels ein Zeichen. Auf Zehenspitzen schlichen sie hinaus. Jo kniete noch lange zitternd im Kellerdreck, ehe er zögernd den Zinkeimer mit beiden Händen nach oben schob und entdeckte, dass er allein war.

2

Peter Heiland erreichte das »Dark Hawk« kurz vor zwei Uhr. Das Lokal war leer, die Türen verschlossen. Wie selbstverständlich war er davon ausgegangen, dass er Big Didi hier antreffen würde. Er sah in den Hof auf der linken Seite. Die Flaschenkisten waren inzwischen wohl abgeholt worden. Hier stand nur noch ein zweirädriger Autoanhänger. Heiland ging an der Front des Lokals entlang und sah in die Nische, die von einer grauen Stahltür abgeschlossen wurde. In diesem Augenblick wurde die Tür von innen aufgestoßen. Sie öffnete sich langsam mit einem hässlichen Geräusch. Ein Junge torkelte heraus. Seine Jeans und seine Lederjacke waren mit öligem, dunklem Dreck überzogen. An seinem rechten Ohr klaffte eine Wunde, die heftig blutete. Sein linkes Auge war blutunterlaufen. Der Junge kam auf Peter Heiland zu, strauchelte, drohte in die Knie zu brechen und wurde von dem Kommissar aufgefangen. Als Heiland ihn hochzog und gegen seine Schulter lehnte, erkannte er ihn. »Du bist doch der Freund von Osman.«

Johannes Kiel stammelte etwas, was Peter Heiland nicht verstand. Vorsichtig führte er den Jungen zu einem vorspringenden Stein in der Betonmauer. »Setz dich erst mal.« Dann sah er sich die Wunde an. »Das muss sofort versorgt werden.« Unwillkürlich erinnerte er sich an den vorausgegangenen Abend. Leila hatte nicht ganz so schlimm ausgesehen wie Jo jetzt. Aber beide waren sicherlich mit einer ähnlichen Grausamkeit malträtiert worden. Nur hatten Jos Peiniger offenbar mehr Zeit gehabt. Peter Heiland zog sein Handy heraus und wählte.

Hanna hatte Leila abgeholt und war mit ihr zu Dr. Rebecca Schneider gefahren. Obwohl sie ihr rechter Arm noch heftig schmerzte, hatte sie ihn aus der Schlinge genommen, um selbst Auto fahren zu können. Am Morgen hatte Peter noch chauffiert. Aber der war jetzt unterwegs – mit öffentlichen Verkehrsmitteln wie meistens. Nach wie vor schwor er, dass er mit U- und S-Bahn und mit den Bussen jedes Wettrennen gegen einen Privatwagen gewinnen würde.

Peter Heiland hatte noch am Abend seine Bekannte angerufen und den Besuch der beiden angekündigt.

Rebecca war eine zierliche Frau mit kurzen dunklen Haaren, die wie ein Helm um ihren Kopf lagen. Ihre überschnittenen Augen changierten zwischen Braun und Grün. Unter einer etwas zu kleinen Nase wölbten sich volle Lippen. »Tach«, sagte sie, als die zwei ihr Behandlungszimmer betraten. »Können wir uns duzen?«

Hanna fühlte sich leicht überrumpelt, nickte aber zustimmend, während Leila sagte: »Ja, gerne.«

Offenbar hatte die Ärztin den richtigen Ton getroffen, um irgendwelche Ängste oder Ressentiments bei der kleinen Türkin gar nicht erst aufkommen zu lassen. Sie sah auf Hannas verletzten Arm. »Wer ist denn nun die Patientin?«

Hanna sagte: »Damit wäre ich wohl kaum zu einer Gynäkologin gegangen.«

Alle drei lachten.

»Ich habe meinen freien Nachmittag«, sagte Rebecca, »wir haben also alle Zeit der Welt. Setzt euch doch.«

»Ich weiß nicht, ob es Leila recht ist, wenn ich dabeibleibe«, sagte Hanna.

»Ja, das muss *sie* natürlich entscheiden.«

»Macht es dir was aus, draußen zu warten?«, fragte Leila.

Das gab Hanna einen kleinen Stich, aber sie schüttelte den Kopf. »Ja dann, bis gleich.«

Hanna ging hinaus und zog die Tür leise hinter sich zu. Sie sah auf die Uhr. Es war kurz vor zwei. Kein Wunder, dass sie Hunger hatte. Sie und Peter waren nach einer sehr schönen Nacht zu lange im Bett geblieben, so dass es für ein Frühstück nicht gereicht hatte. Im Eingangsbereich der Klinik hatte sie einen Automaten gesehen. Sie eilte die Treppe hinab und zog sich zwei Schokoriegel.

Zufälle gab es! Der Notarzt, der sich nun um Johannes Kiel kümmerte, war derselbe, der am Abend zuvor Hanna und Leila versorgt hatte.

»Sind Sie schon wieder oder immer noch im Dienst?«, fragte Peter Heiland.

»Immer noch, aber nur noch eine halbe Stunde, dann ist die Schicht rum.«

Als Peter etwas sagen wollte, kam ihm der Doktor zuvor. »Kein Problem. Es gibt immer wieder Ruhezeiten dazwischen.«

Johannes Kiel wurde, wie am Abend zuvor Hanna und Leila, vor Ort verarztet. Als der Doktor fertig war, sagte er leise zu Peter Heiland: »Der Junge sollte schleunigst nach Hause, der hat sich total eingepisst.«

»Ciao«, sagte Jo und wollte rasch davon.

»Nee, nee, du, so nicht«, sagte Peter Heiland scharf. »Wir nehmen jetzt ein Taxi, ich bring dich nach Hause, und du erzählst mir alles, was passiert ist.«

»Kein Bock«, sagte Jo.

»Das spielt keine Rolle.«

Der Sanitäter schloss die Flügeltür am Heck des Notarztwagens. Peter Heiland winkte einem vorbeifahrenden Taxi.

»Ich will nicht«, sagte Johannes Kiel.

»Du musst!« Peter Heiland bugsierte den Jungen in das Taxi.

»Ich sag Ihnen aber nicht, wo ich wohne.«

»Kein Problem, wir haben neulich in der Beusselstraße deine Personalien aufgenommen.« Peter nahm sein Handy heraus und wählte.

»Bergmannstraße 136«, sagte Johannes Kiel. »Sechster Stock!«

Der Taxifahrer legte den ersten Gang ein und fuhr los. »Riecht aber streng hier«, sagte er nach der ersten Ampel.

Peter zeigte ihm seinen Ausweis. »Legen Sie nachher fünf Euro drauf. Ich krieg 'ne Quittung.«

Hanna saß auf einer gepolsterten Bank vor dem Behandlungszimmer von Rebecca Schneider. Sie hatte sich am Zeitungskiosk noch eine »taz« gekauft und durchstreifte nun einigermaßen ziellos die Zeitungsseiten. Die Tür öffnete sich, Rebecca streckte den Kopf heraus. »Du kannst reinkommen.«

Leila zog sich hinter einem Paravent an.

»Zum Glück ist sie noch in einem sehr frühen Stadium. Aber sie ist noch nicht volljährig. Ohne die Zustimmung ihrer Eltern geht da nichts.«

»Dacht ich mir schon.«

»Wenn niemand etwas davon erfährt, werden sie einverstanden sein«, rief Leila hinter dem Schirm hervor.

»Weiß wirklich niemand außer deinen Eltern und uns etwas davon?«, fragte die Ärztin streng. Leila kam in diesem Augenblick hinter dem Paravent hervor. Sie wurde rot und sah auf ihre Schuhspitzen hinab. Hanna wollte etwas sagen, aber Rebecca hob beschwichtigend die Hand. »Es nützt nichts, wenn du uns nicht die ganze Wahrheit sagst, Leila. Du hast doch Vertrauen zu uns.«

»Ja, schon.«

Wieder wollte Hanna etwas sagen, und wieder hinderte sie die Ärztin daran. »Vielleicht brauchst du noch Zeit.«

Leila presste die Lippen zusammen und schüttelte den Kopf. »Nur Herr von Beuten«, sagte sie.

Rebecca sah Hanna fragend an.

»Ihr Lehrer«, sagte Hanna. »Er schätzt Leila sehr. Sie ist seine beste Schülerin, und ich glaube, er hat sie sehr gefördert.«

»Ja.« Leila nickte heftig.

»Aber er wird dich sicher nicht verraten«, sagte Rebecca Schneider.

»Nein, das wird er ganz bestimmt nicht.«

Peter Heiland und Johannes Kiel fuhren mit dem Aufzug in den sechsten Stock des Hauses Bergmannstraße 136. Es war ein aufwendig sanierter Altbau. Jos Vater hatte den Dachstock nach eigenen Plänen ausgebaut. Er war der Architekt, der die Sanierung geleitet hatte. Als sie aus dem Aufzug stiegen, befanden sie sich auf einem geräumigen Vorplatz. Links ging es durch eine Tür aus Mattglas ins Architekturbüro, rechts durch eine schwere Holztür in die Wohnung.

»Du lebst also alleine mit deinem Vater?«, sagte Peter Heiland.

»Ich lebe alleine, ja. Und mein Vater auch.«

»So was hab ich mir schon fast gedacht. Dann geh du mal unter die Dusche, und ich geh zu deinem Vater.«

Peter Heiland klingelte an der Mattglastür. Ein Summer ertönte. Die Tür ließ sich aufdrücken. Heiland hörte noch, wie die Wohnungstür laut hinter Jo ins Schloss fiel.

»In welcher Angelegenheit?«, sagte eine etwa dreißigjährige blonde Frau, bei deren Anblick Peter Heiland unwillkürlich an eine Schaufensterpuppe denken musste.

Er legte seinen Ausweis auf ihren USM-Haller-Schreibtisch. »Heiland, Landeskriminalamt, ich muss Herrn Kiel sprechen.«

»In welcher Angelegenheit?«, fragte die Empfangspuppe monoton.

»Das werde ich ihm dann schon sagen.«

»Ich habe strenge Anweisung ...« Weiter kam die Blondine nicht.

»Worum geht es, Kathrin?« Ein Mann um die vierzig in einem weißen Poloshirt, edlen Jeans und mit weichen Mokassins an den nackten Füßen kam aus einem angrenzenden Raum. Er war etwa ein Meter achtzig groß, schlank und wirkte sportlich.

»Es geht um Ihren Sohn Johannes. Er ist mehrfach straffällig geworden. Aber das wissen Sie ja vielleicht. Heute wurde er allerdings selbst Opfer einer Straftat.«

Herr Kiel blieb völlig gelassen. »Ja, dann kommen Sie, bitte!«

Das Büromobiliar bestand aus einer riesigen Glasplatte, die auf zwei Stahlböcken ruhte, einem frei schwingenden Schreibtischstuhl und einem ebensolchen Besuchersessel, einer Staffelei und einer Regalwand aus lauter gleich großen rechteckigen Fächern. Vor dem Panoramafenster stand eine Bodenvase, aus der ein riesiger Strauß lachsfarbener Rosen herauswuchs.

»Setzen Sie sich.« Kiel deutete auf den Besucherstuhl vor seinem Schreibtisch und nahm selbst dahinter Platz. »Ich würde Ihnen etwas zu trinken anbieten, aber dieses Dokument da weist Sie ja als Polizeibeamten im Dienst aus.«

»Was ich über Ihren Sohn gesagt habe, scheint Sie nicht besonders zu beeindrucken.«

»Eines Tages musste es so kommen. Ich habe darauf gewartet. Und ich bin froh, dass es endlich so weit ist. Werden Sie ihn einsperren?«

Peter Heiland sah den Architekten überrascht an.

»Ich verstehe, dass Sie konsterniert sind«, sagte Kiel. »Aber wenn alle gesellschaftlichen Institutionen versagen – die Ehe, die Familie, die Schule, die Erziehungsberatung –, wenn alles nichts fruchtet, dann kommt es eines Tages eben zum Crash. Und dann kommen natürlich Leute wie Sie. Ich habe schon vor einem Jahr beschlossen, ich werde meinen Sohn durchsacken lassen bis auf den Grund. Er ist jähzornig, unberechenbar, gierig, nachtragend, böse, und wenn ich irgendetwas von ihm fordere oder freundlich um etwas bitte, kommt immer nur die Antwort: ›Und? Was hab ich davon?‹«

»Sie haben ihn aufgegeben?«

»Nein. Ich habe ihn nicht aufgegeben. Ich habe nur aufgehört, ihn zu päppeln und zu pampern. Ich werde mich sofort wieder um ihn kümmern, wenn er vor mir steht und sagt: ›Papa, ich habe eine Menge Scheiße gebaut. Jetzt will ich alles besser machen. Hilf mir!‹«

Peter Heiland schüttelte den Kopf. Er war aufgewühlt. Wie behütet war er selbst aufgewachsen! Wie viel Liebe hatte er erfahren! Wie gut war es ihm gegangen, obwohl er schon als Kind beide Eltern verloren hatte. Einen Augenblick überlegte er, wie sein Opa Henry reagieren würde, wenn er so etwas zu Ohren bekäme. Aber er war sich sicher, der alte Heinrich Heiland würde es einfach nicht glauben.

»Und Sie tragen keinerlei Schuld daran?«, hörte sich Peter Heiland sagen.

»Doch, natürlich. Aber zeigen Sie mir einen Menschen, der nicht an seinen Mitmenschen schuldig wird. Natürlich habe ich Fehler gemacht, und von meiner Exfrau will ich da gar nicht reden. Aber andere Eltern machen die gleichen Fehler, und deren Kinder werden nicht kriminell.« Er sprang auf und tigerte hinter seinem Schreibtisch auf und ab. »Warum hat die Polizei eigentlich nicht viel früher eingegriffen? Das geht doch jetzt, weiß Gott, lange genug!«

Peter stand auf. »Jetzt reicht's! *Sie* sind erziehungsberechtigt, nicht wir. Ja, ich weiß: Sie waren immer beschäftigt, haben sechzehn Stunden am Tag gearbeitet, mussten Kontakte pflegen, Aufträge akquirieren. Sie hatten Ärger mit Bauherren und mit Handwerkern, ihre Kunden haben die Rechnungen nicht bezahlt. Das Finanzamt hat sie genervt ohne Ende!«

»Ja, ja, ja. Und das ist noch lange nicht alles.«

»Aber warum hat so jemand Kinder, wenn er sich nicht um sie kümmern will oder kann. Und sagen Sie jetzt bitte nicht: ›Wenn sie klein sind, sind sie ja so süß!‹«

Kiel starrte ihn an. »Das wollte ich in der Tat grade sagen. Und da war ja auch seine Mutter noch an Deck.«

»Und wo ist die jetzt?«

»In den Staaten, glaube ich. Jedenfalls schicke ich ihren Unterhalt dorthin.«

Peter Heiland hielt es nicht mehr auf seinem Stuhl. Er stand auf, ging zum Fenster, sah auf die Straße hinab, wo sich die Autos auf den Straßen und die Menschen auf den Gehsteigen geschäftig drängelten. »Wissen Sie, mit was für Leuten Ihr Sohn verkehrt?«

»Nein. Ich weiß nur, dass sie keinen guten Einfluss auf ihn haben und dass sie ihm wichtiger sind als ich.«

»Bis vor ein paar Tagen war das ein gewisser Osman Özal, ein Kurde, der eine Gang anführte. Außerdem ein Syrer namens Malik Anwar, der zwar intelligent, aber ohne Moral ist. Gemeinsam mit diesen beiden hat Ihr Sohn zwei Mitschüler abgezogen und einen dritten fast umgebracht. Die drei haben am gleichen Tag versucht, einen Zeitungshändler zu überfallen, sie haben einem Nichtsesshaften übel mitgespielt und einen Kirchendiener, der diesem Mann helfen wollte, so übel zugerichtet, dass wir nicht wissen, ob er es überlebt. Diese Gang, zu der Ihr Sohnemann gehört, ist dabei dummerweise einer rivalisierenden Bande ins Gehege gekommen. Osman Özal wurde erschossen. Im Gegenzug hat die Bande Ihres Sohnes zwei Autos in die Luft gejagt und einen Taxifahrer krankenhausreif geprügelt. Da Ihr Johannes vermutlich das schwächste Glied in der Kette ist, haben sich die anderen ihn heute geschnappt und in einem Keller regelrecht gefoltert.« Peter Heiland war immer lauter geworden, und nun schrie er heraus: »Ist Ihr Sohn nun genügend tief durchgesackt?!«

Kiel war zu seinem Schreibtischstuhl zurückgekehrt, hatte sich gesetzt und die Hände vors Gesicht geschlagen.

Peter Heiland ging um den Schreibtisch herum. »Denken Sie darüber nach. Und geben Sie mir bitte den Schlüssel zu Ihrer Wohnung. Ich bin nicht sicher, ob mich Ihr Sohn hineinlässt.«

Der Architekt reichte Heiland stumm einen Schlüssel. Der Kommissar ging zur Tür. »Sie sollten übrigens Ihre Konten überprüfen. Diese Gang hat sich da wohl gelegentlich bedient, ohne dass Sie es gemerkt haben.«

Johannes Kiel lag in seinem Zimmer bäuchlings auf seinem Bett und hatte sein Gesicht in einem Kissen vergraben. Er hatte nur ein riesiges Badetuch um sich geschlungen. Peter Heiland blieb in der Tür stehen und lehnte sich gegen den Türbalken. »Wenn du dir helfen lässt, helfe ich dir.«

Jo regte sich nicht.

»Ich hab mit deinem Vater gesprochen. Seitdem verstehe ich so einiges. Das heißt aber nicht, dass du in irgendeiner Form entschuldigt bist.«

Wieder keine Reaktion.

»Okay, ich nehme dich vorläufig fest wegen schwerer Körperverletzung beziehungsweise versuchten Mordes in drei Fällen.«

Jo fuhr herum. »Ich war das doch nicht. Ich war doch nur dabei!«

»Okay, dann wegen Beihilfe. Reicht auch.«

»Ich bin doch noch gar nicht schuldfähig.«

»Wer hat dir denn das eingeredet? Das galt vielleicht bis vor eineinhalb Jahren, als du noch nicht dreizehn warst. Jetzt kannst du jederzeit nach dem Jugendstrafrecht verknackt werden.«

Jo hatte sich aufgesetzt. Das Badetuch war zu Boden gerutscht. So, wie er da saß, wirkte er hilflos und verloren. Sein linkes Auge war ganz zugeschwollen.

Peter Heiland sah ihn an und schüttelte den Kopf. »Die anderen, die ausländischen Jungs, die sind oft ohne Chance. Sie sind verzweifelt, werden benachteiligt. Ihre Wut, ja ihren Hass kann man vielleicht verstehen. Aber du? Für dich war das doch nur ein Abenteuer. Du wolltest dabei sein, was erleben, etwas gelten. Soll ich dir sagen, wie ich das nenne: Luxus. Du bist ein kleiner Luxusverbrecher, und jetzt geht es dir an den Kragen.«

Johannes begann zu zittern.

»Was wollten Didi und seine Leute von dir?«

»Sie wollten wissen, wer Didis Auto in die Luft gejagt hat und wer den Taxifahrer fertiggemacht hat.«

»Und? Hast du es ihnen gesagt?«

Jo nickte.

»Dann hast du nur eine Chance!«

Jo sah auf.

»Du musst es mir auch sagen. Anders können wir dich nicht schützen.«

»Malik, Pjotr und Habib.«

»Sind das alles Jungs aus deiner Gang?«

Jo nickte.

»Warte mal! Marc Schuhmacher hat von einem Russen erzählt, der zwei scharfe Kampfhunde hat.«

Jo nickte. »Das ist Pjotr.«

»Und wer ist jetzt der Chef?«

»Malik natürlich.«

»War er aber nicht immer, oder?«

»Nein, früher war das natürlich Osman.«

Peter Heiland setzte sich auf einen Stuhl, bückte sich beiläufig nach dem Badetuch und warf es Johannes zu. »Wie war das am Donnerstag? Du hast Osman alleine zu Leila begleitet.«

Jo nickte. »Malik ist Alt-Moabit runter zur U-Bahn.«

»Aber du hast ihn dann gleich angerufen, als du Osman tot aufgefunden hast.«

»Ja.«

»Und wie lange hat es dann gedauert, bis Malik da war?«

»Weiß ich doch nicht mehr. Ich war ja total durcheinander. Fünf Minuten vielleicht.«

»Wo finde ich Malik?«

»Wir haben einen neuen Treff am Urbanhafen. Unter der Baerwaldbrücke.«

»Du weißt, in welcher Gefahr du bist, wenn Malik erfährt, was du Didi und mir erzählt hast?«

Johannes Kiel schloss die Augen und nickte.

Die Wohnungstür wurde geöffnet. Schritte waren zu hören. Johannes' Vater betrat den Raum. »Nun?«, fragte er.

»Ihr Sohn hat eine Menge Scheiße gebaut. Jetzt will er alles besser machen. Helfen Sie ihm!«

»Ja«, sagte Herr Kiel, »aber wie?«

»Er darf sich in nächster Zeit keinesfalls in der Stadt zeigen. Das wäre lebensgefährlich. Am besten suchen Sie ein gutes Internat möglichst weit weg von Berlin. Leisten können Sie sich's ja.«

Grußlos verließ Peter Heiland die Wohnung. Im Treppenhaus wählte er Wischnewskis Nummer und berichtete so knapp wie möglich.

Die beiden jungen Frauen stiegen in Hannas Auto. Die Polizistin wandte ihr Gesicht Leila zu. »Wo ist dein Bruder Rashid?«

»In Istanbul!«

»Das ist nicht wahr.«

»Natürlich!« Leila wirkte ganz unbefangen.

»Seltsam. Er wird nämlich verdächtigt, Osman Özal umgebracht zu haben. Hier in Berlin!«

Leila lachte. »Das kann nicht sein. Er hat einen Job in Istanbul. Er arbeitet bei einem Reisebüro, weil er sehr gut Deutsch spricht.«

»Kann es sein, dass er hier ist und du es nicht weißt?«

Leila war nachdenklich geworden. »Wir sind eine große Familie, und wir haben viele Freunde. Aber wenn er bei jemand anderem zu Besuch ist, hätte er sich auf jeden Fall bei mir gemeldet. Ich liebe meinen Bruder sehr, und er liebt mich auch.«

Hanna hatte den Wagen noch nicht gestartet. Das Auto stand noch auf dem Parkplatz der Charité. »Ich geb das schnell durch, ja?« Hanna wählte Wischnewskis Nummer und sagte dann rasch: »Also Leila sagt, es könne unmöglich sein, dass ihr Bruder Rashid in Berlin sei.«

»Gut«, sagte Wischnewski. »Aber müssen wir das glauben?«

»Nein«, sagte Hanna knapp, schaltete das Handy ab und startete den Motor.

Peter Heiland war von der Bergmannstraße in den Mehringdamm eingebogen und eilte auf die U-Bahn-Haltestelle zu, als sich sein Telefon meldete.

»Wo arbeitet der alte Aikin?«, fragte Wischnewski ohne Vorrede.

»Bei seinem Bruder. Der hat einen Gemüsehandel am Kottbusser Tor.«

»In einer Viertelstunde treffen wir uns dort! Und unternehmen Sie nichts, bevor ich da bin.«

»Was könnte ich denn unternehmen?«, fragte Peter Heiland. Aber das hörte Wischnewski schon nicht mehr.

Malik Anwar stellte seine Enduro-Maschine vor dem Jugendtreff ab. Das Motorrad war zwar auf seinen ältesten Bruder zugelassen, aber bezahlt hatte er es selbst. Die Geschäfte waren gut gegangen in letzter Zeit, und zudem hatte er fast 2000 Euro aus dem Automaten gezogen, seitdem ihm Osman die Kreditkarte samt der Geheimnummer gegeben hatte, die dem Vater des kleinen Scheißers gehörte. Wie einfach dass doch war. Jo war derartig geil darauf, in der Gang mitzumachen, dass er alles dafür getan hätte.

Malik fror. Das war eigentlich kein Wetter zum Motorradfahren. Das Eis auf den Straßen war zwar geschmolzen, aber es war noch immer kalt, und durch die Straßen pfiff ein eisiger Wind. Er bockte die Maschine auf. Im gleichen Augenblick meldete sich sein Handy. Irgendwer schickte ihm ein Video. Malik ging in den Vorraum des Jugendclubs. Stickige, warme Luft schlug ihm entgegen. Wer schickte ihm eine Videobotschaft? Vielleicht wieder eine dieser Schnallen, die sich ihm anboten. Er drückte auf Play, und schon Sekunden später schien ihm das Blut in den Adern zu gefrieren. Kevin und Didi erkannte er auf Anhieb, und wer der Kerl war, der mit dem Eimer überm Kopf vor ihnen kniete, war leicht zu erraten. Jo hatte Didis Methoden garantiert nicht standgehalten.

Als Malik seinen Blick hob, schaute er direkt in die Augen von Mirko Brandstetter. Der hatte ihm grade noch gefehlt.

»Hi, Malik, wie geht's?«

»Bestens.« Der Syrer wollte an Brandstetter vorbei, hinaus auf die Straße.

»Schicke Maschine!«

»Gehört meinem Bruder Chalid.«

»Der Überfall auf Big Didis Schwager ...«

»Was für ein Überfall?«, unterbrach Malik den Streetworker.

»Ich hab mit Kevin geredet – du weißt schon, Didis Laufbursche.«

Malik schaute Mirko an und bemühte sich, gleichmütig zu wirken, sagte aber nichts.

»Er sagt, ihr seid es gewesen. Rache für Osman!«

»Er lügt!«

»Die Polizei denkt auch, dass es deine Gang war.«

»Ich habe keine Gang.« Malik spürte plötzlich eine

Enge um den Hals, die ihm das Atmen schwermachte.

»Das wäre jetzt der Punkt, wo du mit den Bullen reden solltest«, sagte Mirko Brandstetter. »Wenn euer Krieg weiter eskaliert, gerät alles außer Kontrolle.«

»Was geht mich das an? Ich hab alles unter Kontrolle. Und wirf mich nicht in einen Topf mit den anderen!«

Malik stürmte aus dem Treff, stülpte den Helm über den Kopf, startete seine Maschine und raste zum nächsten Bankomaten. Die Kreditkarte auf den Namen von Jos Vater war gesperrt. »Bitte melden Sie sich am Schalter«, stand da. »Ja, so seht ihr aus!«, knurrte Malik. Er ging über die Straße und setzte sich auf eine kleine Mauer. Er musste nachdenken. Es war zwar noch immer bitterkalt, aber er fror nicht mehr. Im Gegenteil: Schweißtropfen standen auf seiner Stirn, und er fühlte auch, wie unter seiner Ledermontur der Schweiß den Rücken hinunterrann. Musste man Jo rächen? Was ging ihn dieser Aleman an, dieser Scheißefresser, der mit einem goldenen Löffel im Mund geboren worden war. Der konnte seinetwegen verrecken.

3

Salin hatte den Weg zum Kottbusser Tor auch ohne Vural gefunden. Der Obst- und Gemüsehandel von Ismail Aikins Bruder Hussein hatte seinen Standort an der Ecke zur Admiralstraße. Das Geschäft ging gut, denn Hussein war ein tüchtiger Mann. Er war stets der Erste auf dem Großmarkt, und sein ganzer Stolz war es, dass er den Wert einer Ware einschätzen konnte wie kein Zweiter. Sein älterer Bruder Ismail war ihm unentbehrlich geworden. Er hatte eine so geschickte Art, mit den deutschen Kundinnen umzugehen, dass sie immer wiederkamen. Die türkischen Frauen wurden von Hussein bedient, aber die Berlinerinnen übernahm Ismail. Er zeigte eine naive Freundlichkeit, machte sich immer ein wenig dümmer, als er war, und dankte für jede Korrektur an seinem ungeschickten Deutsch und jede Belehrung mit einem linkischen Diener, der zugleich komisch und charmant wirkte.

Unter ihren gut sieben Meter langen Tisch mit den Auslagen hatten sie einen kleinen, runden Ofen gestellt, in dem jetzt die Kohlen glühten. Ismail hatte sich hinuntergebeugt, um seine klammen Hände zu wärmen. Als er sich wieder aufrichtete, fiel sein Blick auf diesen grobschlächtigen Mann auf der anderen Straßenseite. Er hatte lange schwarze Haare, die bis auf die Schultern herabfielen, trug einen mächtigen handgestrickten Pullover, der wie ein großer Sack von seinen Schultern hing, abgewetzte Kordhosen und grobe Schuhe mit Holzsohlen. Der Kerl stand nun schon eine gute Stunde dort drüben und schien den Stand der Brüder Aikin nicht aus den Augen zu lassen.

Ismail trat zu Hussein. »Hast du eine Ahnung, was der von uns will?«

»Nein. Ich habe diesen Menschen noch nie gesehen.«

»Aber er meint doch uns?«

»Ich werde ihn fragen.« Entschlossen ging Hussein über die Straße. Salin Özal rührte sich nicht. Als Hussein Aikin vor ihm stand, musste er zu ihm aufschauen – nicht nur, weil Salin auf der Bordsteinkante stand und Hussein auf der Straße. Der ältere der Özal-Brüder wäre auch einen Kopf größer gewesen, wenn sie auf der gleichen Ebene gestanden hätten. »Wollen Sie etwas?«, fragte Hussein auf Deutsch.

»Sind Sie Herr Aikin?«, fragte Salin auf Türkisch.

»Hussein Aikin, ja.«

»Der Vater von Leila?«

»Nein, ihr Onkel. Was wollen Sie?«

»Ich bin Salin Özal.«

»Verstehe. Es tut mir leid um Ihren Bruder Osman.«

»Ja?«

»Ja!« Hussein Aikin hob die flachen Hände nach oben. »Ich habe ihn nicht gemocht. Aber es tut mir trotzdem leid um ihn.«

»Mein Vater leidet, weil er Osman immer noch nicht begraben kann.«

»Verstehe. Das Gericht hat die Leiche noch nicht freigegeben?«

Salin nickte. Um sie herum brandete der Verkehr. Die Autos rasten durch den Kreis ums Kottbusser Tor, als ob es um ein Wettrennen ginge. Dazwischen zischten Motorräder und Mopeds. Radfahrer strampelten über die Gehsteige und über die Straße. Auf den Trottoirs hasteten die Menschen, als ob sie fürchteten, etwas zu versäumen. Vom U-Bahnhof her, der hier hoch über dem Platz lag, bewegte sich nur ein Mensch in gemäßigtem Tempo. Er trug einen grauen Seesack auf der Schulter, den er mit der rechten Hand festhielt. Eine brennende Zigarette klemmte in seinem Mundwinkel. Mit dem linken Arm ruderte er in langsamen Bewegungen, als ob er damit sein Gleichgewicht stabilisieren wollte. Er betrat eine Kebabbude, begrüßte den Wirt mit Handschlag und setzte sich an einen Tisch dicht hinter der Scheibe, auf der das Angebot des Tages mit dicker gelber Schrift aufgemalt war. Der Wirt stellte ihm ein Glas Tee und einen Aschenbecher hin.

Hussein Aikin und Salin Özal standen sich noch immer gegenüber.

»Was glaubst du?«, fragte Salin.

»Was meinst du?« Ganz selbstverständlich duzten sie sich jetzt.

»Wer hat Osman erschossen?«

»Muss man nicht zuerst fragen: Warum wurde er erschossen?«, fragte Hussein Aikin.

»Ja, vielleicht. Aber wenn ich seinen Mörder gefunden habe, werde ich ihn nicht lange nach dem Warum fragen.«

»Suchst du Osmans Mörder etwa hier?«

»Mein Vater sagt, die Heirat zwischen ihm und Leila sei beschlossen gewesen. Aber dann sei ihre Familie plötzlich dagegen gewesen.«

»Tut mir leid, Salin, aber dein Bruder hat sich dieser Ehe nicht würdig erwiesen. Ganz und gar nicht. Kein Vater hätte ihm seine Tochter mehr anvertraut.«

»Das verstehe ich nicht.«

»Osman war im Gefängnis. Aber da hätte meine Familie noch drüber wegsehen können. Man weiß nicht immer, warum die deutsche Polizei junge Türken verhaftet und warum Gerichte sie verurteilen. Aber als er wieder herauskam, war er ein anderer. Er hat Leila schweres Leid zugefügt. Wir konnten das nicht akzeptieren.«

»Und ihr habt euch gerächt dafür?«

»Ich weiß nicht, wie es zum Tod deines Bruders gekommen ist.«

In diesem Augenblick fuhr ein Kleinbus der Polizei heran, gefolgt von einem zivilen Auto, in dem Wischnewski saß. Peter Heiland trat aus dem Eingang zu einem Friseurgeschäft, wo er seit einer Viertelstunde auf die Ankunft seines Chefs gewartet hatte. Der Polizeibulli stoppte direkt vor dem Verkaufstisch Aikins. Der Fahrer schaltete das Blaulicht ein. Wischnewski sprang aus dem Pkw und erteilte kurze Kommandos.

»Hallo«, sagte Peter Heiland.

»Sie gehen mit rein«, befahl Wischnewski.

Bevor Hussein Aikin die Straße überquert hatte, waren Heiland und die Schutzpolizisten bereits in seinen Laden und in sein Lager eingedrungen und stiegen in die darüberliegende Wohnung hinauf. Ismail Aikin sah wie gelähmt zu und wagte nichts zu sagen.

Wischnewski stand breitbeinig auf dem Trottoir an der Stirnseite von Aikins Verkaufstisch.

Hussein trat auf ihn zu. »Was wollen Sie? Wir haben nichts getan.«

»Das werden wir ja gleich sehen.«

»Ihr redet immer von Menschenrechten in der Türkei. Haben wir hier keine?«

»Rufen Sie Ihren Anwalt an, wenn Sie meinen, dass Ihnen Unrecht geschieht. Sie haben doch sicher einen? Ich nehme an, Sie sind der Besitzer dieses Geschäftes.«

»Ja, Hussein Aikin. Ich bin seit siebzehn Jahren in Deutschland. Seit zwei Jahren habe ich die deutsche Staatsangehörigkeit.«

Die Beamten erschienen mit einem jungen Mann in ihrer Mitte. Peter Heiland folgte ihnen. »Das ist Rashid Aikin«, sagte er. In der Hand hielt er einen türkischen Pass.

Ismail Aikin hatte seine Sprache wiedergefunden. »Was wollen Sie von meinem Sohn?«

»Wir wollen wissen, wo er am Donnerstagabend zwischen 17 und 19 Uhr war.«

Rashid sah vom einen zum anderen. Er sagte aufgeregt etwas zu seinem Vater.

Peter Heiland wandte sich an den alten Aikin. »Sie haben zu uns gesagt, sie hätten zwei Söhne, die in Deutschland lebten, einer namens Suleiman hier in Berlin, einer mit Namen Ali in Düsseldorf. Und für die haben sie uns gleich Alibis präsentiert.«

»Ja«, sagte Ismail Aikin.

»Wir haben die Alibis überprüft. Sie haben gestimmt.«

»Ja. Ja, natürlich!«

»Meine Kollegin hat Sie dann gefragt, ob Sie noch andere Kinder hätten ...«

Wieder sagte Aikin: »Ja.«

»Und Sie haben geantwortet: ›Zwei in der Türkei.‹ Die Namen haben Sie nicht genannt. Aber Rashid ist am Mittwoch hier angekommen. Das geht aus dem Zollstempel in seinem Pass hervor.«

Wischnewski, der bisher nahezu unbeteiligt gewirkt hatte, trat hinzu. »Herr Aikin, Ihre Tochter Leila hat Ihnen erst kürzlich gestanden, dass sie schwanger ist. Sie erwartet ein Kind von Osman Özal. Zur gleichen Zeit ist Osman Özal durch mehrere Gewaltexzesse aufgefallen. Ich nehme an, Sie haben davon erfahren.«

Ismail Aikin schwieg.

»Sie haben das Todesurteil über Osman Özal gefällt, und Ihr Sohn Rashid musste es vollstrecken.«

Ismail Aikin verbeugte sich auf jene linkische Art, die ihn bei deutschen Käuferinnen so beliebt machte. »Ja. Aber er musste es nicht tun.«

»Bitte?«

»Rashid war dafür bestimmt, ja. Aber er sollte es am Samstag tun.«

Hussein Aikin hatte sich neben Rashid gestellt und übersetzte. Jetzt nickte Rashid heftig und sagte etwas auf Türkisch. Das Einzige, was Wischnewski davon verstand, war »Couscous«.

Jetzt wendete sich Hussein Aikin an den Kriminalrat. »Er hat recht. Meine Frau hat Couscous gekocht. Couscous mit Lamm. Wir haben um sechs Uhr gegessen. Mein Bruder Ismail hat solange das Geschäft betreut. Anschließend ist er nach Hause gegangen. Rashid ist bei uns geblieben.«

Wischnewski und Peter Heiland wechselten Blicke. So ein Alibi konnte man glatt vergessen. Die konnten in ihrer Familie längst alles bis aufs letzte Komma abgesprochen haben.

»Der junge Mann kommt trotzdem mit uns«, entschied Wischnewski.

»Aber warum?«, zeterte Ismail Aikin.

»Das ist Willkür!«, sagte Hussein, der Ladenbesitzer.

Peter Heiland wendete sich ihm zu. »Wer außer Ihnen und Ihrer Familie kann bestätigen, dass Rashid in der fraglichen Zeit in Ihrer Wohnung gewesen ist?«

»Ich weiß es nicht.«

»Finden Sie jemand, und der sollte möglichst mit Ihnen weder verwandt noch verschwägert sein. Und möglichst auch kein guter Freund. Sie haben mich sicher verstanden.« Peter Heiland machte einen Schritt rückwärts, blieb mit dem Absatz seines linken Schuhs an der Bordsteinkante hängen. Er versuchte, sich zu drehen, kämpfte um sein Gleichgewicht, verlor den Kampf und fiel rücklings auf die Straße. Ein heranrasender Motorradfahrer konnte grade noch ausweichen. Um Haaresbreite schoss die Maschine an Peters Kopf vorbei. Das Schmutzwasser von der Straße spritzte hoch und verteilte sich auf Heilands Jacke und Gesicht. Mühsam rappelte sich der Kommissar auf. Jetzt merkte er, dass er sich offensichtlich den Knöchel verdreht hatte. Er konnte kaum mehr auftreten.

Wischnewski hätte ihm aufhelfen können, stand aber nur kopfschüttelnd über ihm. Peter Heiland humpelte zum Dienstwagen.

4

Die Maschine lag gut auf der Straße. Malik Anwar genoss die Fahrt auf der Enduro. Am liebsten wäre er immer weitergefahren, am liebsten bis ans Ende der Welt. Nein, bis nach Syrien. Er hatte sich die Route schon ein paar Mal angesehen. Um diese Jahreszeit mussten die Straßen auf dem Balkan leer sein. Er war gut trainiert. Er konnte zwölf Stunden und mehr im Sattel dieser Maschine nach Süden reiten, ohne groß zu ermüden. Zumindest traute er sich das zu. Was hielt ihn hier? Seine Familie? Außer seiner Schwester Fathma würde kaum jemand bemerken, dass er weg war. Sie lebten beengt. Elf Leute in dieser Vierzimmerwohnung in Neukölln. Seine Eltern und die meisten seiner Geschwister waren froh, dass er in den letzten Monaten kaum noch nach Hause kam.

Jetzt war er schon viermal am Maybachufer hinuntergefahren, am Lohmühlenplatz links abgebogen in die Lohmühlenstraße. Jedes Mal hatte er dort heruntergeschaltet und das Gas hochgedreht. Auf der Schlesischen Straße hatte er den Landwehrkanal überquert.

Er hatte den Görlitzer Park umfahren und über die Lausitzer Straße das Paul-Lincke-Ufer erreicht. Ganz links auf der Fahrbahn war er an den Autos vorbei bis zur Ecke Kottbusser Straße/Mariannenstraße gedonnert und hatte ein wenig Tempo weggenommen. Als er das vierte Mal das Kottbusser Tor erreichte, sah er den Polizeibulli vor Hussein Aikins Geschäft stehen. Er beschleunigte, schoss vorbei und sah nur schemenhaft, wie ein Mann auf die Straße stürzte. Kurz danach drosselte er seine Geschwindigkeit, fuhr den Kreisverkehr ganz aus und bog wieder in die Kottbusser Straße ein. Am Fraenkelufer nahm er endlich den Weg zum Urbanhafen.

Malik steuerte seine Maschine zwischen zwei eng stehenden rot-weißen Pfosten hindurch und ließ sie im Leerlauf den schmalen Asphaltweg hinunterrollen. Dort, wo der Weg nach links zum Ufer abknickte, führte ein Trampelpfad zwischen zwei Büschen in ein brachliegendes Gelände. Malik stellte den Motor ab und bockte sein Motorrad auf.

Die zweigeschossigen, längst verlassenen Klinkerhäuser hatten einst zu einer Sodafabrik gehört. Sie waren schon seit dreißig Jahren verwaist. Die Fenster waren herausgebrochen. Ihre eisernen Sprossen waren verrostet und verbogen. Die Wege zwischen den Gebäuden und die Steintreppen, die zu den Eingängen führten, überwucherte ein wildes Pflanzengewirr. Dazwischen lagen leere Bierdosen, benutztes Klopapier, Lumpen, von denen man nur ahnen konnte, was sie früher einmal dargestellt hatten, und benutzte Präservative. Malik nahm seinen Helm ab und fuhr sich mit den gespreizten Fingern seiner rechten Hand durch sein schwarzes Haar. Vom Landwehrkanal her kam ein kalter Wind. Der junge Syrer fröstelte.

Pjotr und Habib hatten diese geile Location schon vor einem Jahr gefunden und nach und nach ausgebaut. Wenn man reinkam, war da so eine Art Bar mit Hockern, Kisten und Lederpolstern, auf denen man sitzen konnte. Durch eine Stahltür ging es in einen Raum, den Habib als Tonstudio ausgebaut hatte. Er hatte hier allerlei Elektronik zusammengetragen. Zentrum war ein hochwertiges Aufnahmegerät mit einem extrageilen Mischpult. Habib war überzeugt davon, dass er demnächst den großen Durchbruch als Berlins neuer Gangsta-Rapper haben würde. Und die Jungs aus seiner Gang waren seine größten Fans. Der Treff lag im Keller des Klinkerbaus ganz rechts.

Malik ging darauf zu. Leise hörte er Habibs neuesten Rap. Der Kumpel war also schon wieder mal am Arbeiten.

Was ist nun, wenn Jo Didi unseren Treff verraten hat?, schoss es Malik durch den Kopf. Ach was. Bestimmt hatte der Scheißefresser geredet. Er hatte Big Didi wahrscheinlich erzählt, wie sie seinen Schwager fertiggemacht und das Taxi abgefackelt hatten. Aber den Keller zu verraten – das traute Malik nicht einmal diesem Flachwichser zu. Jo war wahnsinnig gerne hier, das wusste Malik. Und so helle war sogar diese deutsche Schwuchtel, eine ganz andere Location anzugeben. Doch indem sich Malik das einredete, kamen ihm auch schon Zweifel. So einer wie Jo schiss sich die Hosen voll, wenn man ihm zusetzte, und dann …? Aber Habib musizierte ja da drin. Zeit genug, ihn und die anderen zu warnen.

Malik stieg vier Steinstufen hinauf und stieß die äußere Stahltür auf. In der Bar war niemand. Aber es war ja auch noch früh am Tag. Von drin hörte er Habib zu den harten Hip-Hop-Rhythmen, die er sich in der letzten Woche heruntergeladen hatte: »Verarsch mich nicht/Zeig dein Gesicht/Arschficker, sieh mich endlich an/Das ist doch Bullshit, Mann/Du hältst den Arsch den Deutschen hin/Sogar 'nem abgefuckten Skin …«

Malik öffnete die Tür. »Klingt echt megageil …«

Das Licht war grell. Die Birnen hingen lose in den Fassungen. Der Lampenschirm war zerschlagen. Habib lag hell ausgeleuchtet in seinem eigenen Blut und seiner Kotze auf dem Boden. Sein letzter Song kam aus dem Aufnahmegerät. Wieder und wieder. Irgendwer hatte eine Schleife gelegt. Sonst war alles zerstört: die Instrumente, das Mischpult, die Abspielgeräte, das Regal mit den CDs.

Malik ging neben dem jungen Türken in die Knie. »Habib! Habib, hörst du mich?«

Ein leises Stöhnen, dann versuchte sich der Rapper zu bewegen, schrie aber vor Schmerzen auf.

»Nicht bewegen«, sagte Malik. »Wir brauchen einen Doc!«

»Das war Big Didi!«, hörte er hinter sich eine Stimme. Er hatte Pjotr nicht kommen hören. Auch das Hecheln der beiden Kampfhunde, die Pjotr an kurzen Stahlketten hielt, war ihm entgangen.

Malik konnte nur nicken.

»Wie hat er uns gefunden?«

Malik zuckte nur die Achseln. Wenn er jetzt Jo verriet, fiel das auf ihn zurück.

»Ich sag's dir«, hörte er Pjotrs raue Stimme hinter sich. »Es war Jo.«

»Woher willst du das wissen?« Malik hatte seine Motorradjacke ausgezogen, zusammengefaltet und schob sie jetzt behutsam unter Habibs Kopf.

»Da!«, sagte Pjotr und hielt Malik sein Handy unter die Nase. Die Hundeketten hielt er jetzt straff in einer Hand.

Malik kannte die Szene ja, aber er konnte es nicht zugeben.

»Das gibt Rache!«, sagte Pjotr. »Öffentlich! Dort, wo alles angefangen hat. Osman ist für uns jetzt genauso ein Bruder wie Habib. Und Didi muss mit dem Gesicht in seine eigene Scheiße, bevor er krepiert.«

»Wir müssen einen Doc rufen«, sagte Malik fast tonlos.

»Ich kenne einen«, sagte Pjotr und wählte auf seinem Handy eine Nummer.

Rashid Aikin saß im gleichen Verhörzimmer, in dem Peter Heiland vor fünf Tagen David Ebeling dazu gebracht hatte, den Mord an seiner Freundin zu gestehen. An der oberen Querseite des Tisches saß eine Dolmetscherin. Aber auch nach einer Stunde war es Peter Heiland nicht gelungen, Rashid in Widersprüche zu verwickeln. Der junge Kurde wiederholte immer wieder die gleichen Sätze.

Es war kurz vor sieben, als Wischnewski hereinkam. »Ich mache weiter. Sie haben doch die Karten für Pigor heute Abend.«

Peter Heiland stand auf. Er sah seinen Chef dankbar an. Nicht nur, dass der ihnen die Karten geschenkt hatte, er dachte sogar daran, sie rechtzeitig hinzuschicken. Der Mann hatte sich ganz schön verändert in den letzten Wochen und Monaten.

»Danke!«, sagte Peter Heiland.

Wischnewski winkte mit einem undefinierbaren Brummen ab und setzte sich Rashid gegenüber. »Bei mir geht es nicht so gemütlich zu wie bei meinem jungen Kollegen«, sagte er finster. Und die Dolmetscherin übersetzte brav. In Rashids Gesicht veränderte sich nichts.

Zwanzig Minuten später verließen Hanna Iglau und Peter Heiland das Präsidium. Sie hatten grade die zweiflüglige Glastür zur Straße aufgestoßen, da kam ihnen Hussein Aikin mit einer dicken Frau um die siebzig entgegen.

»Herr Kommissar! Herr Kommissar. Das Alibi!« Aikin deutete mit beiden Händen auf seine Begleiterin.

Hanna sah auf die Uhr. Sie wusste: Wenn man in die »Bar jeder Vernunft« zu spät kam, kriegte man nur noch die Plätze hinter den Säulen oder Zirkusmasten.

Peter Heiland stellte sich der dicken Frau vor, und sie antwortete: »Ich bin die Frau Kowalski. Ich wohne über der Familie Aikin. Leider!«

»Wieso leider?«, fragte Heiland.

Hanna verdrehte die Augen und sah wieder auf die Uhr.

»Freunde sind wir jedenfalls nicht geworden!«

Hanna ging zum Pförtner und ließ sich mit Wischnewski verbinden.

»Am Donnerstag, so gegen fünf, da hab ich grade meine Übungen gemacht. Ich mache die immer ganz pünktlich um fünf.«

»Was denn für Übungen?«

»Yoga. Man sieht es mir nicht an. Aber seit drei Jahren mache ich das schon. Und ich sage Ihnen, das tut gut. Richtig gut. Ich hab meine Kreuzschmerzen fast ganz damit weggekriegt.«

»Und was war nun am Donnerstag?«

»Da haben die da wieder einen solchen Lärm gemacht. Ich versteh das nicht. Die sitzen nur um den Tisch, essen Abendbrot und reden alle auf einmal. Und in einer Lautstärke! Und wenn die lachen … also wenn die alle miteinander lachen ... ich kann Ihnen sagen, da wackelt das Haus.«

»Und weiter?«

»Ich lasse mir ja viel gefallen, aber an dem Tag war es sogar mir zu doll. Ich also runter und will mich beschweren. Kommt die Frau Aikin raus, nimmt mich am Arm und sagt: ›Kommen Sie! Ich hab Couscous mit Lamm gemacht. Das müssen Sie probieren.‹ Na ja, man will ja nicht unhöflich sein, und dass die Frau gut kocht, das weiß ich. Hab ich also gedacht, da lässte noch mal Gnade vor Recht ergehen.«

Hanna kam zurück. Sie schob den linken Ärmel ihres Anoraks nach hinten und klopfte mit dem Zeigefinger ihrer rechten Hand auf ihre Armbanduhr. »Wischnewski lässt die beiden holen.«

»Und da war der junge Rashid auch dabei?«, fragte Peter Heiland unbeirrt.

»Sie wird ihn erkennen«, sagte Hussein Aikin.

Zwei uniformierte Beamte erschienen.

»Ja, soll ich nun zu Ende erzählen oder nicht?«, fragte Frau Kowalski.

»Wir haben einen sehr netten älteren Kollegen. Der wird Ihnen gefallen, und bei dem sitzt grade auch Rashid Aikin. Wir müssen leider los.« Peter Heiland nahm Hanna bei der Hand und überließ Hussein Aikin und Frau Kowalski den beiden Kollegen.

Die Vorstellung hatte schon begonnen, als Hanna und Peter Heiland in die »Bar jeder Vernunft« kamen.

Vorstellungsbeginn war 19 Uhr 30. Peter hatte die Karten nicht studiert. Er war davon ausgegangen, dass der Abend um 20 Uhr begann, wie sich das, seiner Meinung nach, gehörte. Das Spiegelzelt war bis zum Rand gefüllt. Irgendwer schaffte noch zwei Stühle heran. Mit Mühe konnten Hanna und Peter links beziehungsweise rechts an einem Zirkusmast vorbeischauen. Thomas Pigor sang, und Benedikt Eichhorn begleitete: »Bei jedem Abschied, bei jedem Auseinandergehn/gibt es die, die sich noch mal rumdrehn, und die, die sich nicht noch mal rumdrehn/ Die sich rumdrehn sind vielleicht ein bisschen sentimentaler./Den anderen ist ihr Gegenüber vielleicht ein bisschen egaler./Und dann gibt es noch die, die sich nur rumdrehn, um nachzusehen,/Ob die andern sich rumdrehn.«

Ein Zuhörer beugte sich zu Hanna hinüber, als der Beifall verklang. »Sie haben nichts versäumt. Den Heidegger-Song hat er noch nicht gebracht.«

»Und das Lied von den maulenden Rentnern auch noch nicht«, sagte eine Frau neben ihm.

»Das ist ja schön«, gab Hanna zur Antwort, die keine Ahnung hatte, wovon die beiden sprachen.

Peter Heiland mischte sich ein: »Und den Bullensong?«

»Kenn ich gar nicht«, sagte der Mann.

»Ich auch nicht«, echote die Frau.

»Müsste ich aber kennen.« Der Mann war richtig irritiert. »Ich kenn alles von ihm.«

»Eben, ich auch!«, meinte die Frau.

»Schade«, sagte Peter Heiland.

Pigor setzte wieder ein. »An den Bushaltestellen in Deutschland,/Von Berchtesgaden bis Eutin,/Stehn sie, das Handy in der Hand,/und ihre Hose hängt in den Knien …/«

»Das ist ›Die Kevins haun uns raus‹«, flüsterte die Frau neben Hanna.

»Aha?«

Und da kam auch schon der Refrain, und gut die Hälfte der Zuhörer sangen mit: »Die Kevins haun uns raus,/die bring'n das Land in Schwung,/die stell'n sich der globa-/len Herausforderung.«

Als der Refrain zum dritten Mal kam, ertappte sich Peter Heiland dabei, dass er lauthals mitsang, was ihm einen höchst überraschten Blick seiner Freundin Hanna einbrachte.

»Wie geht denn der Bullensong?«, fragte Hanna auf dem Nachhauseweg.

»Keine Ahnung«, sagte Peter Heiland, »muss vielleicht noch geschrieben werden.«

SONNTAG, 18. JANUAR

1

Seit drei Wochen schien zum ersten Mal wieder die Sonne über Berlin. Hanna Iglau wachte mit Nackenschmerzen auf. Sie war am Abend in Peter Heilands Armen eingeschlafen und hatte offenbar die ganze Nacht ihre Lage nicht verändert. Peter schlief noch. Hanna stand leise auf, warf sich ihren Morgenmantel über und ging auf ihren kleinen Balkon hinaus. Die riesige Kastanie, die sich im Hinterhof fünf Stockwerke hoch aufreckte, streckte ihr die kahlen Äste entgegen. Plötzlich stand Peter hinter Hanna und legte seine Arme um sie. »Verdammter Sonntagsdienst«, sagte er.

Hanna drehte sich um und küsste ihn leicht auf die Wange. »Dafür haben wir mal frei, wenn alle anderen arbeiten müssen.«

Als sie ins Büro kamen, war Wischnewski schon da. »Rashid Aikin mussten wir freilassen«, sagte er.

»Ist diese Frau, die ihm das Alibi gibt, glaubhaft?«, fragte Hanna.

»Also sie müsste schon eine sehr gute Schauspielerin sein und diese Rolle intensiv geprobt haben, wenn das alles gelogen wäre. Also auf mich wirkte sie überzeugend. Jedenfalls haben wir nach dieser Aussage keine Handhabe mehr, Rashid Aikin festzuhalten.«

»Mich beschäftigt die ganze Zeit eine Bemerkung von Leila Aikin«, meldete sich Hanna Iglau. »Als ich mit ihr bei der Frauenärztin war, sagte sie, außer ihren Eltern habe auch ihr Lehrer von Beuten von ihrer Schwangerschaft gewusst.«

»Das ist allerdings interessant«, sagte Wischnewski. »Würde so ein Mädchen einem Lehrer ein derartiges Geständnis machen, wenn sie nicht ein ganz besonderes Verhältnis zu ihm hätte?«

»Was meinen Sie denn mit besonderem Verhältnis?«, fragte Peter Heiland.

»Nichts Ehrenrühriges. Ich hatte in der Schule einen Lehrer, der unterrichtete Musik und Sport.«

»Tatsächlich? Ist aber 'ne ziemlich komische Fächerkombination«, sagte Hanna.

»War aber so. Ich war schlecht in Musik, aber im Sport war ich der Beste in unserer Klasse. Vor allem im Geräteturnen. Na ja. Er hat mir spezielle Trainingsstunden gegeben. Ganz umsonst. Und was das Schönste dabei war: Plötzlich hatte ich in Musik 'ne Zwei.«

»So viel zur Neutralität und Unbestechlichkeit von Lehrern bei der Notenvergabe«, sagte Peter Heiland.

»Was ich sagen will, er wurde mit der Zeit so was

wie ein älterer Freund. Er hat mich zu den Wettkämpfen begleitet. Wenn ich verloren habe, hat er mehr gelitten als ich.«

»Und wenn Sie gewonnen haben?«, wollte Hanna wissen.

Wischnewski winkte ab. »Das ist ja nicht oft passiert. Ich wurde nicht der Crack, von dem mein Lehrer geträumt hat. Irgendwann haben wir das beide eingesehen, aber das hat unsere gute Beziehung nicht beeinträchtigt. Ja, hmm. Ja …« Wischnewski war es peinlich, dass er so viel Persönliches von sich gegeben hatte. »Ich meine ja nur.«

Peter Heiland sah Hanna an. »Sag mal, hab ich dich recht verstanden, du nimmst Dieter von Beuten in den Kreis der Verdächtigen auf?«

»Nicht unbedingt. Ich denke nur, er weiß eine Menge über Leila. Warte mal.« Hanna blätterte in ihrem Notizblock. »Da war doch noch was … ich hab mir's aufgeschrieben. Moment. Da! Das ist meine Abschrift vom Tonband: ›Aussage Leila Aikin, Freitag, 16. Januar, 21 Uhr 20: Herr von Beuten hat sich unheimlich um Osman gekümmert, als der nach dem Gefängnis wieder in die Schule kam. Aber Osman hat ihn nur verarscht. Das wurde immer schlimmer, weil der von Beuten natürlich auch langsam sauer wurde. Am Ende war zwischen den beiden nur noch Krieg! Osman hat ihm die Reifen zerstochen, er hat die Freundin von ihm angerufen und wüste sexistische Sprüche geklopft. Einmal ist er sogar mit dem Baseballschläger auf von Beuten losgegangen. Und da ist er dann auch von der Schule verwiesen worden.«

»Ja«, sagte Wischnewski nachdenklich, »warum hat Osman Özal den Lehrer so gehasst?«

»Kann man sich doch denken«, meinte Peter Heiland. »Der Herr von Beuten hat versucht, Leila diesen Kerl auszureden. Er hat ihr den Rücken gestärkt. Wahrscheinlich auch gegen die Eltern, die sie mit Osman verheiraten wollten, ehe sie dann erfahren haben, dass er das Mädchen geschwängert hat.«

Wischnewski nickte: »Von Beuten hat Partei ergriffen. Er hat sich eingemischt.«

»Langsam haben wir zu viele Verdächtige: Burick, Big Didi und seine Gang, Rashid Aikin, den Lehrer von Beuten.«

»Und wenn wir Pech haben, steckt was ganz anderes dahinter, als wir vermuten«, sagte Hanna. »Wer weiß, in was für kriminelle Geschichten Osman Özal verwickelt war.«

»Jetzt brauch ich einen Whisky!«, sagte Wischnewski.

Seine Mitarbeiter starrten ihn entsetzt an. »Es ist grade mal zehn Uhr am Vormittag«, sagte Hanna Iglau.

»Na und? Ihr wisst doch: Die Woche über bin ich trocken, und am Wochenende hol ich ein bissel was nach.« Er öffnete seinen Schreibtisch, holte eine Flasche und ein Glas heraus und goss sich ein. »Das bringt meine grauen Zellen auf Trab.«

Peter Heiland sagte: »Ich hab amal a Tante g'habt, die hat au immer gschnäpselt. Und jedes Mal, wenn sie einen Kognak genomme hat, hat se g'sagt: ›Dr Körper braucht's!‹«

Das Telefon klingelte. Hanna hob ab. Sie drückte auf den Mithörknopf. Eine Männerstimme schallte durch den Raum: »Morgen wird der Tod von Osman Özal gerächt. Sein Mörder wird sterben, und alle schauen zu.« Es klickte in der Leitung.

»Was war denn das?«, fragte Peter Heiland.

»Ich hasse dieses Scheißpathos«, entfuhr es Ron Wischnewski. »Was sind das für Arschlöcher, die so was von sich geben?!«

2

Dr. Ivan Koljow war seit zwei Jahren in Berlin. Er hatte gehofft, als Arzt eine Anstellung zu finden. Aber er musste erkennen, dass seine Prüfungen an der Akademie St. Petersburg in Deutschland nicht anerkannt wurden. Seitdem bemühte er sich darum, die notwendigen Prüfungen abzulegen. Aber in dieser Zeit hatte er vor allem Bekanntschaft mit der deutschen Bürokratie gemacht.

Koljow war kein Mann, der schnell aufgab. Aber er musste sehen, wie er über die Runden kam. In Berlin gab es eine große russische Gemeinde. Früher war immer gesagt worden, die Türken seien die größte ethnische Minderheit Berlins, und dann kämen gleich die Schwaben. Inzwischen aber hatten die Russen die Schwaben auf den dritten Platz abgedrängt. Viele Russen in der Hauptstadt waren reich, aber längst nicht alle. Die wenigsten hatten eine Krankenversicherung. Und das Vertrauen zu den deutschen Medizinern war auch nicht groß. Also war man froh, wenn man einen Landsmann fand, der ein guter Mediziner war. Koljow war so einer. Und er hatte keine Skrupel, Patienten unter der Hand zu verarzten, solange es nicht darum ging, Rezepte auszuschreiben.

Pjotr kannte Dr. Koljow über einen Onkel. Und so kam es, dass Habib am Sonntagvormittag auf einer Couch in der kleinen Wohnung des russischen Arztes in Friedrichshain zu sich kam.

»Du hast Glück gehabt«, sagte der russische Arzt auf Deutsch. »Zwei Rippenbrüche, Prellungen, Blutergüsse und eine Gehirnerschütterung. Du musst in keine Klinik, und wir brauchen keinen deutschen Arzt. Ich habe alles hier, was wir benötigen. Pjotr hat für dich gezahlt. Also mach dir keine Gedanken.«

Habib schloss die Augen. Zwei Rap-Zeilen kreisten unaufhörlich in seinem Gehirn. Sie waren schon da gewesen, bevor er zu sich gekommen war. »Scheiß auf den Rap-Gesang/Das ist Pop-Shit, Mann ...« Das war nicht von ihm. Er hatte es gehört. Aber wo? Und von wem?

Dr. Koljow ging zu einem weißen Schrank und öffnete ihn. Habib blinzelte. Der Mann war gut ausgestattet.

Koljow bemerkte Habibs Blick und lächelte. »Meine Freundin ist Oberschwester im Gertraudenkrankenhaus. Sie sorgt gelegentlich für Nachschub. Ja, weißt du, wir leben hier in Deutschland in einer Gesellschaft, in der sich jeder selbst der Nächste ist. Man muss schlau sein, darf keine Angst haben und den Respekt vor sich und den anderen nicht verlieren.«

Habib überlegte, ob man daraus ein Lied machen könnte. Aber eigentlich war ihm das, was der Doc da gesagt hatte, zu kompliziert. Also kehrten die Zeilen zurück, die von seinem Hirn Besitz ergriffen hatten: »Scheiß auf den Rap-Gesang/Das ist Pop-Shit, Mann ...«

Es klingelte. Der Arzt ging zur Tür, schaute durch den Spion und öffnete dann. Pjotr kam herein. Er trug zwei Plastiktüten. »Verpflegung!«, rief er.

»Wo sind die Hunde?«, fragte Habib.

»Draußen im Auto. Ich hab die Karre von Alexejew.«

Sie stellten ein Tischchen vor die Couch, auf der Habib lag, holten zwei Stühle heran und begannen, gemeinsam zu frühstücken.

»Malik hat einen Plan«, sagte Pjotr, aber der Doc fuhr ihm sofort in die Parade: »Nicht hier! Ich will nichts davon wissen.«

»Okay, okay!« Pjotr hob die flachen Hände nach oben. »Reden wir über was anderes.«

Es fiel ihnen nicht viel ein. Aber das Frühstück, das Pjotr seiner Tante Olga abgeschwatzt hatte, schmeckte vorzüglich. Vor allem die Pelmeni, die Dr. Koljow noch mal in der Pfanne aufbriet.

»Ich will einen richtigen, affengeilen Showdown, verstehst du?«, hatte Malik zu Pjotr gesagt. Beide waren Kinofreaks. Der Russe verstand also ungefähr, was Malik vorhatte. »Es muss ein Event werden, wie es

Berlin noch nicht erlebt hat. Es wird Tote geben. Tote und Verletzte!« Malik redete sich in Rage.

»Und wann soll das passieren?«, wollte Pjotr wissen.

»Ihr kriegt alle rechtzeitig Bescheid.«

Malik war danach in die Moschee gegangen, in die auch Mehmet Özal ging. Am Sonntag war sie besonders voll. Malik hatte richtig spekuliert. Auch Özals Söhne waren da. Recep, das sah man, war tief gläubig. Er ging völlig auf in seinen Gebeten. Auch Salin war ein ernster Mann, aber es war zu erkennen, dass er sich hier fremd vorkam. Immer wieder wanderten seine Augen misstrauisch von einem Gläubigen zum andern. Mehrmals blieb sein Blick an Malik hängen.

Der Imam redete sich in Feuer. Er verdammte die Ungläubigen als schmutzig und ohne Moral und ermahnte seine Zuhörer im gleichen Atemzug, zu versuchen, die Deutschen zu verstehen. Malik dachte: Wie soll das denn gehen? Er lehnt die Deutschen ab, er sagt, es sei gut, wenn wir sie hassen, da kann er doch nicht gleichzeitig verlangen, wir sollen sie respektieren. Der junge Syrer sah sich um. Er konnte sich vorstellen, was in den Köpfen der Zuhörer hängenblieb.

Es folgten weitere Gebete, und schließlich erhoben sich die Männer.

Mehmet Özal und seine Söhne standen beisammen. Malik ging zu ihnen. »Ich weiß jetzt, wer Osman getötet hat«, sagte er ohne lange Vorrede.

Mehmet Özal sah ihn an. »Guten Morgen, Malik.« Dann stellte er den jungen Syrer seinen Söhnen als besten Freund Osmans vor.

Salin fragte auf Arabisch: »Wer ist es gewesen?«

»Mustafa Idris.«

»Big Didi? Das kann ich nicht glauben«, sagte Salin.

»So, und warum nicht?«

»Ich habe mit ihm geredet.«

»Und er hat dich überzeugt?«

»Ja!«

»Das glaube ich. Big Didi ist der Megatäuscher. Der hat noch jeden reingelegt, wenn er wollte, sogar die Polizei, die Staatsanwälte und die Richter. Da musst du dich nicht ärgern, dass es ihm bei dir auch gelungen ist.«

Salin schüttelte den Kopf, sagte aber nichts dazu.

»Und du bist ganz sicher, Malik?«, fragte Mehmet Özal.

»Pjotr hat ihn gesehen.«

»Wer ist Pjotr?«, fragte Salin.

»Ein guter Freund. Der lügt mich nicht an.«

»Und wo hat er Didi gesehen?«

»In der Beusselstraße. Pjotr war dort, weil er einen Deal mit Habib hatte.«

»Wer ist Habib?«, fragte Vater Özal.

»Ein Kurde, wie ihr. Er ist Musiker. Ein absolut

cooler Rapper. Der beste, wenn ihr mich fragt. Pjotr hat von einem Onkel billig Boxen für Habibs Tonstudio gekriegt. Der Onkel hat ein Geschäft in der Beusselstraße. Dort haben sie die Boxen abgeholt. Und da hat Pjotr gesehen, wie Didi in Leilas Haus verschwunden ist. Das war keine zehn Minuten vor dem Mord.«

Mehmet Özal nickte. »Dann ist alles klar.«

Salin schüttelte wieder den Kopf.

Malik schob nach: »Habib hat mir heute Morgen erzählt, ein Freund von ihm habe Didi gesehen, wie er über die Dächer abgehauen sei, kurz nachdem die Schüsse gefallen waren.«

Salin sagte: »Ich trau dir nicht, Malik!«

»Okay«, sagte Malik. »Ich wollte euch ja nur sagen, dass ich Osman rächen werde, nachdem ich jetzt Bescheid weiß. Osman war mein bester Freund. Er war auch mein Bruder. Montag werde ich ihn töten.«

»Es ist unsere Sache«, sagte Mehmet Özal.

»Gut! Ich sage euch, wann und wo ihr es tun könnt. Aber wenn ihr es nicht tut, tue ich es!« Malik verließ die Moschee.

3

Um die Mittagszeit war Ron Wischnewski zum Bratwurststand am Wittenbergplatz gegangen. Die Polizeikantine hatte am Sonntag nur belegte Brötchen, weil die Küche geschlossen war. Er hatte sich grade eine Thüringer Bratwurst mit Pommes geben lassen, dazu ein Bier, und balancierte alles zu einem der Stehtische. Dort stand plötzlich, wie aus dem Boden gewachsen, Simon Burick vor ihm. Er griff sich mit spitzen Fingern ein paar Pommes von Wischnewskis Teller und fragte beiläufig: »Diese Frau, die Aikin gestern als Zeugin angeschleppt hat – glaubst du der?«

Wischnewski biss von der Wurst ab und nickte.

»Die lügt«, sagte Burick.

Wischnewski hob den Blick. »Ach ja? Woher weißt du überhaupt …?«

»Ich saß in dem Dönerladen neben Aikins Gemüseladen, als ihr euren großen Auftritt hattet.«

»Großer Auftritt.« Wischnewski spuckte ein Stück Wursthaut aus. »Wenn du so von dir ablenken willst,

Burick, machst du dich nur noch verdächtiger, als du es eh schon bist.«

Burick ging nicht darauf ein. »Ihr habt Rashid Aikin wieder freigelassen, stimmt's?«

»Frag nicht, wenn du eh alles weißt.« Wischnewskis Stimmung wurde rapide schlechter.

Burick trank von Wischnewskis Bier und wischte sich den Mund mit dem Ärmel seiner Jacke ab. »Ich war heute Morgen in der Moschee. Du weißt ...«

»Ja, du bist ein gläubiger Moslem.« Wischnewski nahm Burick das Bierglas aus der Hand.

»Malik Anwar war da. Ich glaube nicht, dass der sonst mal in eine Moschee geht.«

»Und warum war er heute da?«

»Er hat sich sofort nach dem letzten Gebet Mehmet, Salin und Recep Özal geschnappt.«

Wischnewski ärgerte sich. Es hatte ihn viel Mühe gekostet, zwei Beamte zu bekommen, um die Özals zu observieren. Warum hatten die das nicht berichtet? Hatten sie etwa Scheu gehabt, die Moschee zu betreten? Kein Moslem hätte ihnen das verwehrt. Im Gegenteil, sie alle bemühten sich, offen gegen Deutsche zu sein, die sich für ihre Gotteshäuser interessierten.

»Was ist los, Ben Wisch?«, fragte Burick.

»Woher willst du wissen, dass die Koslowski gelogen hat?«

»Ich hab gesehen, wie Hussein Aikin auf sie eingeredet hat. Er hat ihr Geld gegeben, und dann haben sie sich in eine Ecke des Ladens zurückgezogen. Ich bin sicher, er hat ihr da die Rolle eingebimst, die sie bei euch spielen sollte.«

»Vielleicht hat er ihr auch nur erläutert, wie wichtig es für ihn war, dass sie überhaupt bereit war auszusagen.«

»Ja, natürlich. Könnte sein. – Ich hol mir auch mal sone Wurst und was zu trinken. Du lädst mich doch ein?«

»Wann, glaubst du eigentlich, hab ich genug berappt dafür, dass du uns damals geholfen hast, den Pennermörder zu schnappen?«

Burick kratzte sich an seinem unrasierten Kinn. »Schwer zu sagen. Aber vielleicht helfe ich euch ja jetzt auch wieder, den Mörder zu finden.«

Er ging zum Wurststand. Wischnewski sah ihm nach. Bei Burick wusste man nie, woran man war. Manche Geschichten erfand und erzählte er nur, um mal wieder zu einem Essen und einem Bier zu kommen, oder auch nur, um sich mit Wischnewski unterhalten zu können. Und dass er bei diesem Wetter lieber auf der Straße war als bei der Witwe Bolkow, verstand der Kriminalrat gut. Er sah zum Himmel hinauf, dessen Blau von keinem Wölkchen getrübt wurde.

Wischnewski nahm sein Handy heraus und wählte Friederike Schmidts Nummer. Sie war sofort dran. »Schön, dass du anrufst, Ron! Wie geht's dir?«

»Keine Ahnung«, gab er ehrlich zurück. »Wir machen zwar Sonntagsdienst, aber das bringt uns auch nicht weiter.«

»Wäre schön, wenn ihr den Fall bald abschließen könntet, damit du auch mal wieder Zeit für uns hast.«

Sofort regte sich in Wischnewski das schlechte Gewissen. »Vielleicht komme ich ja heute Abend früher raus. Hättest du denn Zeit?«

»Du musst dich für mich nicht krummlegen«, sagte Friederike, »komm, wenn es geht, aber streng dich nicht an.« Sie hauchte einen Kuss in die Leitung und legte auf.

Burick trat an den Stehtisch. »Die Frau Freundin?«

»Das geht dich einen feuchten Kehricht an«, knurrte Wischnewski unfreundlich. »Lass es dir schmecken, ich geh mal zahlen.«

Hanna und Peter Heiland trafen Dieter von Beuten in seiner Wohnung nicht an. Der sei bestimmt bei seiner Freundin, sagte eine Nachbarin. Aber sie wusste weder, wie die hieß, noch, wo sie wohnte.

»Vielleicht weiß es Leila«, sagte Hanna. Sie wählte eine Telefonnummer auf ihrem Handy.

Währenddessen fragte Peter Heiland: »Was wird denn jetzt mit dem Kind in ihrem Bauch?«

»Das hat sie mir noch nicht gesagt.«

Leila meldete sich. Es klang, als würde sie sich freuen. Wo von Beutens Freundin wohnte, wusste sie auch nicht. Aber sie verabredete sich mit Hanna in dem kleinen indischen Restaurant.

Peter Heiland fuhr zum U-Bahnhof Yorckstraße und schlenderte zum »Dark Hawk«. Der Laden war brechend voll. Didi saß mit vier anderen jungen Männern an einem Tisch, der in der rechten hinteren Ecke auf einem kleinen Podium stand. Im Nebenzimmer wurde Pool-Billard gespielt. Kevin war unter den Spielern.

Heiland ging direkt auf Big Didi zu. Ein Handy wurde rund um den Tisch von Hand zu Hand gereicht. Die fünf Männer schienen sich königlich zu amüsieren. Ehe sie sich's versahen, hatte Heiland einem von ihnen das Telefon aus der Hand genommen. Als es ihm wieder entrissen wurde, hatte er schon genug gesehen: Johannes Kiel auf den Knien mit einem Eimer über dem Kopf und ein Junge, den man nicht erkennen konnte, weil er mit dem Rücken zur Kamera stand, der mit zwei Stöcken auf den Eimer einschlug.

»Kann ich Sie einen Augenblick sprechen?«, sagte Heiland zu Big Didi.

»Ey, so förmlich? Das letzte Mal haben wir uns noch geduzt.«

»Also, was ist?« Peter Heiland war nicht bereit, auf Didis Bemerkung einzugehen.

»Ist das 'ne polizeiliche Anweisung?«

»So was gibt es nicht. Ich könnte Sie höchstens ins Präsidium vorladen.«

»Nehmen Sie Platz, Herr Kommissar!«

»Nein, ich will unter vier Augen mit Ihnen reden.«

Im Raum war es still geworden. Alle sahen zu dem Tisch auf dem Podium. Big Didi stand auf. »Gehen wir in die Küche.«

Was er Küche nannte, war eine Kochecke, die wie eine zu kleine Kombüse auf einem Kutter wirkte. Eine dicke Frau in einer weißen Kittelschürze füllte den Raum fast gänzlich aus. Im Wesentlichen kochte sie auf einem kleinen zweiflammigen Herd und in einer Mikrowelle. Didi gab ihr mit dem Kopf ein Zeichen, sie solle verschwinden. Die Frau nahm eine Zigarettenschachtel und ein Feuerzeug von einem Brett über der Spüle und verließ die Miniküche.

»Also?« Didi griff sich aus einem Topf ein Stück Hühnerfleisch und schob es zwischen die Zähne. Ein paar Tropfen fettiger Brühe fielen auf die Spitzen seiner teuren Cowboystiefel hinab.

»Ich habe Johannes Kiel gestern hier aufgelesen. Er kam aus dem Keller, und wie er zugerichtet war, muss ich Ihnen ja nicht beschreiben.«

»Ich habe keine Ahnung, wovon Sie sprechen. Wann war das denn?«

»Lassen wir das. Wir kennen doch das Spiel. Ich sage Ihnen die Zeit, und Sie erzählen mir, dass Sie mit drei oder vier Freunden am anderen Ende der Stadt Billard gespielt haben. Und die sind alle vier bereit, jeden Meineid zu schwören, dass das stimmt.«

»Tatsache? Vielleicht haben Sie recht, Herr Kommissar.« Didi grinste.

»Wir haben heute Morgen einen Anruf gekriegt.

Ich hab ihn auf Band aufgezeichnet. Hören Sie mal.«
Peter Heiland holte einen kleinen Recorder aus der Tasche und drückte auf Play.

»Morgen wird der Tod von Osman Özal gerächt. Sein Mörder wird sterben, und alle schauen zu«, schallte es aus dem Minigerät.

»Kennen Sie die Stimme?«

Didi nickte und nahm noch ein Stück Huhn aus dem Topf. »Er reißt die Fresse immer so weit auf, und nachher ist es nur heiße Luft!«

»Und wer ist es?«

»Malik Anwar natürlich.«

»Zwischen euch herrscht Krieg, hab ich recht?«

»Ja, aber den haben wir schon gewonnen.«

»Sind Sie da so sicher?«

»Absolutly, Mann! Sonst noch Fragen?«

»Ja. Warum habt ihr Johannes Kiel so zugerichtet?«

»Wer ist Johannes Kiel?«

»Ich verstehe Sie nicht. Er ist ein vierzehnjähriger Junge. Ich glaube nicht, dass der irgendeine Rolle spielen kann …«

»Höchstens die eines Opfers!« Big Didi spuckte einen Hühnerknochen auf den Boden.

»Und da fühlt ihr euch supertoll, wenn ihr so einen krankenhausreif schlagt?«

»Ich verstehe Sie nicht, Herr Kommissar. So etwas würden wir nie tun!«

»Die Szene ist ja wohl sogar per Handyvideo unterwegs.«

»Kann ja sein, dass es ein Video gibt, aber wenn Sie mich auf dem erkennen, lade ich Sie mal ganz piekfein zum Essen ein. War's das?«

Didi stieß sich von der Küchenwand ab und wollte in den Gästeraum zurück. Im gleichen Augenblick streckte Kevin Neumaier den Kopf herein. »Ist noch was, Didi?«

»Nee, alles im grünen Bereich.«

»Ach, Kevin«, sagte Peter Heiland. »Spielst du Schlagzeug?«

»Ob ich?« Kevins Gesicht wurde rot. »Ob ich was?«

»Nee, von Musik hat er keine Ahnung«, sagte Didi schnell.

»Kann er nicht selber antworten?«

»Ist doch 'ne blöde Frage, oder?« Didi verriet zum ersten Mal eine gewisse Unsicherheit.

»Soso«, sagte Peter Heiland, weit davon entfernt, gekränkt zu sein. »Ich hätte da *noch* eine blöde Frage, Kevin: Wie wichtig ist dir Leila Aikin?«

Die Röte in Kevins Gesicht verstärkte sich.

»Mein Gott, er kennt sie doch kaum.« Wieder war es Didi, der für den anderen antwortete.

»Immerhin so gut, dass er sich in sie verliebt hat!«

»Verliebt! Pfhhh!«, machte Kevin. »Ich hab sie mal gefragt, ob sie mir in Mathe helfen kann.«

»Ein Mädchen?« Big Didi lachte.

»Sie ist die Beste in der Klasse, und sie kann unheimlich gut erklären. Was ist denn dabei?«

»Okay«, sagte Didi, der seine Unsicherheit schnell überwunden hatte. »Wenn Sie eine Vorladung ausschreiben wollen, Herr Kommissar, kommen wir gerne aufs Präsidium. Aber heute ist Sonntag, und da wollen wir nicht weiter gestört werden.«

»Genau!«, sagte Kevin und verließ die Kochnische.

Aber Didi sagte dann doch noch: »Mich legt Malik nicht rein. Euch schon eher.«

»Ach ja?«

»Du hast doch keine Ahnung, Bulle. Malik ist der Megatrickser. Wenn der behauptet, er sei Osmans bester Freund gewesen, lügt er. Macht aber nichts, Malik Anwar lügt immer. Dem kannst du nicht mal so weit trauen, wie du den Kühlschrank da schmeißen kannst. Jetzt zieht er 'ne eigene Gang mit Pjotr und Habib auf. Osman war zwar auch ein verfickter Dummbeutel, aber Pjotr hätt er nicht mal mit dem Arsch angekuckt.«

»Malik ist garantiert kein Dummbeutel«, sagte Peter Heiland.

»Nee, aber blöd ist er trotzdem. Und wahnsinnig geil darauf, immer der Wichtigste zu sein.«

»Passt aber nicht dazu, dass er Osman als Chef akzeptiert hat.«

»Ja, da denk mal drüber nach, Bulle!«

»Mach ich doch glatt«, sagte Peter Heiland und verließ die Kneipe, ohne sich noch einmal umzuschauen.

Maliks Familie hatte keine Ahnung, wo der junge Mann sein könnte. Schon seit vielen Wochen komme er nur noch sporadisch nach Hause. Aber es gehe ihm gut, sagte Maliks Schwester Fathma. Immer wenn er komme, bringe er für alle Geschenke mit.

»Sie wissen nicht, wo ich ihn finden kann?«, fragte Peter Heiland.

Das Mädchen schüttelte den Kopf.

Ein vielleicht zehnjähriger Junge sagte: »Manchmal ist Malik am Urbanhafen in der alten Fabrik.«

»Unter der Baerwaldbrücke?« Peter erinnerte sich, dass auch Jo diesen Treff erwähnt hatte.

Der kleine Junge nickte eifrig. »Da haben sie ein Tonstudio.«

»Sie? Wer sie?«

»Malik und seine Freunde. Ich geh aber da nicht mehr mit hin. Einer von denen hat so einen Hund. Der ist ganz gefährlich.«

Peter Heiland machte sich Vorwürfe, dass er den Treff im Urbanhafen nicht längst aufgesucht oder doch ein paar Kollegen hingeschickt hatte. Und die Vorwürfe wurden noch größer, als er die Tür zu dem Klinkerbau aufstieß, die Bar durchquerte und den hinteren Raum betrat. Dass hier alles mit äußerster Brutalität zerstört worden war, konnte man auf den ersten Blick sehen. Auf dem Boden waren noch deutlich die Spuren von Blut und Erbrochenem zu erkennen.

Peter Heiland rief die Zentrale an und bat darum, ein Team der Spurensicherung zu schicken.

Hanna und Leila tranken Tee und knabberten Salzgebäck. Sie waren die einzigen Gäste in dem kleinen indischen Lokal. Leila hatte Hanna grade erklärt, dass sie und ihre Eltern sich darin einig seien, das Kind nicht abzutreiben. Sie werde für ein paar Monate nach Istanbul gehen. Jeder werde die Geschichte glauben, dass ihr Mann unter tragischen Umständen zu Tode gekommen sei. Ihre Familie am Bosporus sei groß, und alle würden ihr helfen.

»Und kommst du dann zurück?«, fragte Hanna.

»Ich weiß nicht. Mal sehen. Meine Familie bemüht sich, einen guten türkischen Mann für mich zu finden.«

»Was??« Hanna hatte das so laut ausgerufen, dass der freundliche Wirt hinter der Theke seine Augen von der Sportzeitung hob und zu ihnen herüberschaute.

»Das ist ganz normal.«

»Aber ...« Weiter kam Hanna nicht.

»Ich kenne viele glückliche türkische Ehepaare«, unterbrach Leila. »Unter Deutschen kenn ich nicht so viele.«

»Weißt du was? Das ist für mich altkluges Geschwätz.« Hanna wurde richtig wütend. »Und wenn du mir schon so kommst: Ich kenne türkische Frauen, die froh sind, in Deutschland leben zu können, grade weil sie sich ihren Partner dann selber auswählen können und nicht zwangsverheiratet werden.«

Leila nickte. »Aber die sind nicht in einer so verzweifelten Situation wie ich.«

»Und diese Situation kann man nicht anders lösen?«

»Ich nicht. Wenigstens nicht alleine, ohne meine Eltern. Sie lieben mich, und sie sind sehr aufgeschlossen, wenn man sie mit anderen Türken vergleicht. Aber sie haben eine Entscheidung getroffen, und ich muss sie respektieren.«

4

Gegen 17 Uhr waren alle wieder im Büro. Wischnewski hatte über sein Gespräch mit Burick berichtet, Peter Heiland über seines mit Big Didi. Und nun erzählte er, wie er den Treff von Maliks Bande vorgefunden hatte.

»Wir müssen also annehmen, dass Malik von Didis Leuten zusammengeschlagen worden ist.«

Peter Heiland nickte. »Das würde auch erklären, warum Didi behauptet hat, er habe den Krieg gegen Malik schon gewonnen.«

Dann war Hanna an der Reihe. Als sie berichtete, Leila werde nach Istanbul geschickt, um dort ihr Kind zu bekommen, und die Familie suche einstweilen einen passenden Mann für das Mädchen, reagierten beide Männer gleich:

»Das muss man doch verhindern«, sagte Wischnewski.

Peter Heiland schüttelte fassungslos den Kopf. »Das ist ja finsterstes Mittelalter.«

Viel hatte ihnen dieser Sonntag nicht gebracht. Doch der Anruf Maliks vom frühen Morgen machte sie unruhig. Vor allem Peter Heiland, der Malik ja kannte, glaubte nicht, dass das nur Großsprecherei gewesen war. »Irgendetwas läuft da.« Er startete die Tonbandaufnahme noch einmal: »Morgen wird der Tod von Osman Özal gerächt. Sein Mörder wird sterben, und alle schauen zu.« Dass Malik von Didi ausgeschaltet worden war, war lediglich eine Vermutung. Das Opfer in dem Keller am Urbanhafen konnte auch ein anderes Mitglied von Maliks Bande gewesen sein.

»Und alle schauen zu.‹ Was kann er damit meinen?«, fragte Wischnewski.

»Das heißt, es soll in aller Öffentlichkeit geschehen, nehme ich an.«

Wischnewski stemmte sich aus seinem Stuhl heraus. »Wir sollten Schluss machen für heute.«

»Wir zwei könnten ja noch einmal einen Versuch bei von Beuten unternehmen. Gegen Abend ist er vielleicht zu Hause«, schlug Hanna vor.

»Gut. Aber mich lasst ihr Feierabend machen, ja?«

»Aber ja!«, sagten seine beiden Mitarbeiter wie aus einem Mund.

Als Hanna Iglau und Peter Heiland vor dem Haus in der Baruther Straße vorfuhren, wo der Lehrer Dieter von Beuten wohnte, stieg der grade in Begleitung einer Frau aus einem kleinen Citroën. Er legte den rechten Arm um die Hüften seiner Begleiterin und ging mit ihr auf das Gebäude zu.

»Eigentlich sollten wir da nicht stören«, sagte Hanna. »Womöglich machen wir denen den ganzen Abend kaputt.«

Peter stieg aus und schloss rasch zu dem Paar auf. »Entschuldigung!«

Von Beuten drehte sich um. »Ach, Sie sind's.« Zu der Frau sagte er: »Das ist der Polizeikommissar, von dem ich dir erzählt habe, Sandra.«

»Wir hätten nur noch ein paar wenige Fragen.«

»Gehst du schon mal vor?« Von Beuten reichte seiner Begleiterin einen Schlüsselbund. Sie nickte, musterte Peter Heiland und Hanna Iglau, die inzwischen ebenfalls ausgestiegen war, noch einen Augenblick eindringlich und verschwand dann hinter der Haustür.

»Bitte!«, sagte von Beuten.

»Sie wussten, dass Leila Aikin ein Kind erwartet.«

»Hat sie Ihnen das gesagt?«

»Antworten Sie bitte!«

»Ja, ich wusste es.«

»Seit wann?«

»Noch nicht lange. Ich glaube, sie hat es mir am vorletzten Freitag gesagt. Ja. Sie ... äh ..., sie ist nach dem Unterricht noch dagebleben, weil sie ..., weil sie noch ein paar Fragen hatte. Ich hab Ihnen ja gesagt, Leila ist sehr interessiert und besonders begabt.«

Peter Heiland nickte. »Das ist übrigens meine Kollegin, Frau Iglau.«

Von Beuten nickte Hanna zu.

»Wo waren Sie am Donnerstag zwischen 17 und 19 Uhr?«, fragte Hanna.

»Bitte?«

»Es ist eine Routinefrage.«

»Aber das heißt doch, dass Sie ..., dass Sie mich verdächtigen!«

»Beantworten Sie bitte die Frage?«

»Also wenn ich mich recht erinnere ... Warten Sie mal. Wir hatten um 15 Uhr Lehrerkonferenz. Die ging 'ne gute Stunde. Danach bin ich in den Physiksaal gegangen, um ein paar Versuche vorzubereiten, die ich am Freitag für den Unterricht brauchte. Aber wann genau ich gegangen bin ...?«

»Wann ungefähr?«, fragte Peter Heiland.

»Es war längst dunkel. Es war außer mir auch niemand mehr im Haus. Also ich schätze mal, so gegen acht Uhr.«

»Es war niemand mehr im Haus, sagen Sie, also gibt es auch keine Zeugen.«

»Ich brauche keine Zeugen, Herr Kommissar.«

»Besser wär's«, sagte Peter Heiland.

»Wie haben Sie denn reagiert, als Leila Ihnen erzählte, dass sie schwanger ist?«, fragte Hanna.

»Entsetzt natürlich. Aber das ist ja alles reparabel.«

»Sie will das Kind bekommen.«

»Was??«

»Ja. Sie geht nach Istanbul. Und dort soll sie, wenn sie das Baby hat, zwangsverheiratet werden. Ihre Familie hat sich schon eine Geschichte ausgedacht, die dazu passt.«

»Nein! Das ist nicht wahr!« Der Lehrer starrte die beiden Beamten an. Sein Gesicht war fahl geworden. Er atmete plötzlich schwer.

»Sie will nun mal nicht abtreiben«, sagte Peter Heiland.

»Aber da gibt es doch gar nichts anderes. Das Mädchen ist sechzehn. Sie ist viel zu jung, um Mutter zu werden. Viel, viel, viel zu jung. Was soll denn aus ihr werden? Sie hat das Zeug zu einer akademischen Karriere. Das ganze Leben liegt vor ihr. Das heißt doch …, das heißt doch, ihre Eltern wollen sie lebendig begraben!«

»Sie sieht das relativ gelassen«, sagte Hanna. »Ich konnte es zuerst auch nicht fassen.«

»Das darf nicht geschehen.« Dieter von Beuten wurde immer lauter. »Das muss man verhindern. Soll denn alles umsonst gewesen sein?« Plötzlich wurde seine Stimme leise: »All diese Stunden, in denen wir geübt haben, in denen ich mir immer neue, interessantere Aufgaben für sie ausgedacht habe, in denen wir geredet haben …« Er unterbrach sich.

Peter Heiland und Hanna Iglau wechselten Blicke. »Könnte es sein«, sagte Hanna, »dass Leila für Sie mehr ist als nur eine Schülerin?«

»Natürlich ist sie mehr«, er wurde wieder lauter, »seit über zehn Jahren habe ich keine so begabte Schülerin gehabt, von den Schülern ganz zu schweigen!

Und jetzt das! Mein Gott, sie hat mir doch immer vertraut!«

»Lieben Sie Leila Aikin?«, fragte Hanna möglichst behutsam.

»Was für ein Unsinn! Ich liebe Sandra. Meine Freundin!« Er deutete auf seine Wohnung im ersten Stock, wo just in diesem Moment das Licht anging.

»Aber Osman Özal haben Sie gehasst«, sagte Peter Heiland.

»Ja, und er mich! Aber das wissen Sie doch alles.«

Peter Heiland nickte begütigend. »Osman Özal hatte einen Freund namens Malik ...«

»Malik Anwar.«

»Sie erinnern sich?«

»Den vergisst man nicht so schnell.«

»Warum?«

»Malik war hochbegabt, aber absolut asozial. Er kann Leute für sich gewinnen, und im nächsten Moment versucht er, sie zu vernichten. Malik ist der größte Egoist, dem ich je begegnet bin. Und er ist absolut skrupellos. Mich hat er ziemlich lange getäuscht. Er war in Mathematik und Physik der aufmerksamste und interessierteste Schüler. Oft kam er noch nach dem Unterricht und ließ sich etwas erklären. Er hatte immer noch weitergehende Fragen, wenn man so will. Eines Tages waren aus dem Physiksaal und aus unserem Chemielabor wertvollste Geräte und Chemikalien gestohlen worden. Ich hatte am Abend zuvor mit Malik noch ein physikalisches Experiment durchgespielt. Er hat sich dann verabschiedet, und ich habe noch aufgeräumt. In der darauffolgenden Nacht sind die Diebstähle begangen worden. Nach Lage der Dinge konnte es nur Malik gewesen sein. Er hatte sich wahrscheinlich einschließen lassen und, nachdem ich weg war, in aller Ruhe die wertvollsten Gegenstände geklaut.«

»Aber man konnte ihm das nie beweisen, nehme ich an«, sagte Peter Heiland.

»Genauso ist es.«

Eigentlich hätte sie von Beuten hineinbitten können. Hier draußen war es zugig und kalt. Aber er machte keine derartigen Anstalten.

»Ich hab's ihm auf den Kopf zugesagt, aber er hat nur gelacht. Der Schaden belief sich auf 16 000 Euro. Ich habe ihn ersetzt.«

»Wie stand Malik denn zu Osman Özal?«, wollte Peter Heiland wissen.

»Ich weiß es nicht. Die beiden passten nicht zusammen. Aber als Osman dann eine Zeitlang mit Maliks Schwester Fathma zusammen war ...«

»Augenblick. Ich denke, Osman war Leilas Freund.«

»Danach, ja. Osman war ... na ja, heute würde man vielleicht sagen: ein ›Womanizer‹. Die Mädchen liefen ihm förmlich hinterher. Was seine besondere Anziehung ausgemacht hat, kann ich nicht beurteilen. Da müsste man eines dieser Mädchen fragen.«

»Und Osman hat Fathma sitzenlassen?«, fragte Hanna.

»Meine Schüler würden das zwar anders ausdrücken, aber es stimmt schon.«

»Und wie würden Ihre Schüler es ausdrücken?«, fragte Peter Heiland.

»Er hat sie abgeschossen.«

»Bei uns hieß das noch, er hat ihr den Laufpass gegeben.«

»Ja. Osman konnte da sehr rüde sein.«

»Und Malik hat das nicht gestört?«

»Kann ich nicht beantworten. Aber diese arabischen Jungs leben da offenbar nach anderen Kriterien als wir. – Meine Freundin wartet!«

Hanna und Peter schauten zu dem erleuchteten Fenster hinauf. Die junge Frau stand reglos in dem Lichtfeld und schaute zu ihnen herunter.

»Guten Abend!« Abrupt drehte sich Dieter von Beuten um und ging mit schnellen Schritten auf das Haus zu.

»Fahren wir!«, sagte Peter Heiland.

Um diese Zeit saß Ron Wischnewski schon eine halbe Stunde bei Friederike Schmidt. Als er geklingelt hatte, dauerte es eine ganze Weile, ehe die Tür zu der hübschen Erdgeschosswohnung in Steglitz aufging. Friederike war rasch ins Bad geeilt, um ihre Jogginghosen und das T-Shirt gegen einen Rock und eine Bluse zu tauschen, und sie hatte auch noch eine Minute gebraucht, um ihr Haar zu richten und die Lippen ein wenig zu schminken. Ron Wischnewski wollte schon abdrehen, da öffnete sie und nahm ihn ohne Umstände in die Arme. »Komm rein!«

Friederike hatte danach in wenigen Minuten einen kleinen Imbiss gezaubert. Während sie ein Baguette im Backofen aufwärmte, schnitt sie von einer Salami mit Kräutern aus der Provence feine Scheiben ab. Sie richtete ein Holzbrett mit verschiedenen Käsesorten, drückte Wischnewski zwischendurch eine Rotweinflasche und einen Korkenzieher in die Hand, wusch Radieschen unter dem Wasserhahn und schnitt Tomaten in Viertel. Sie stellte ihre schönsten Rotweingläser auf den Tisch, und nach noch nicht mal einer Viertelstunde setzte sie sich Wischnewski gegenüber, strich ihren Rock glatt und sagte »Guten Appetit«.

Später zogen sie auf die Couch um, und Ron Wischnewski erzählte in knappen Worten von seinem Fall.

Friederike Schmidt sagte: »Wie kann man diese Leila nur daran hindern, nach Istanbul zu gehen und das Kind auf die Welt zu bringen?«

Wischnewski seufzte. »Was wissen wir schon über diese Familien? Wahrscheinlich ist sie außerstande, sich gegen den Beschluss ihrer Eltern, der sicher von allen Verwandten mitgetragen wird, aufzulehnen.«

»Und ihr könnt ihr da nicht helfen?«

»Wir sind Polizisten und ermitteln in einem Mordfall, und der ist auch so schon schwierig genug.«

Friederike schenkte Wein nach. Sie gehörte zu jenen Leuten, die immer gleich wussten, wer der Täter war. Zumindest bei den Fernsehkrimis. Sie hätte da jeden Wettbewerb gewonnen.

»Das ist etwas ganz anderes«, pflegte Ron Wischnewski zu sagen, wenn die Sprache darauf kam. »Der Autor eines Fernsehkrimis und seine Zuschauer sind Komplizen. Der Mann vor dem Fernseher sagt: ›Aha, du willst mich auf die und die Fährte locken, aber ich habe dich durchschaut: In Wirklichkeit ist es ganz anders, und das lässt du erst am Schluss heraus.‹ Und genau darauf spekuliert der Drehbuchschreiber seinerseits. Und am Ende ist dann immer derjenige der Täter, mit dem man am wenigsten gerechnet hat. Bei uns geht es leider ganz anders zu. Da zählen Fakten, keine Fiktionen.« Auch an diesem Abend führten sie diese Diskussion.

»Trotzdem«, sagte Friederike, »ich bin ganz sicher, es war dieser Didi oder einer aus seiner Gang.«

»Du kannst ja recht haben«, meinte Wischnewski versöhnlich. »Aber beweisen müssen wir's auf jeden Fall.«

Auch Hanna Iglau und Peter Heiland hatten eine Flasche Wein getrunken, und auch sie waren von der Frage, wer wohl Osman Özals Mörder gewesen sein mochte, nicht losgekommen.

»Mir geht immer ein Satz des Lehrers im Kopf herum«, sagte Hanna.

»Hmm?«, machte Peter.

»›Soll denn alles umsonst gewesen sein?‹ – Könnte

er damit nicht den Mord an Osman gemeint haben?«

»Aber er hat's doch gleich erklärt: All die Stunden, in denen er mit ihr geübt hat, sich interessante Aufgaben für sie ausgedacht hat und so weiter.«

»Aber das klang für mich wie nachgeschoben, so als ob er noch rasch eine Erklärung hätte liefern wollen.«

Peter nippte an seinem Rotweinglas. »Hast du ihn dir nicht angesehen? Glaubst du, der Mann ist dazu fähig, durch eine Dachluke zu kriechen, sich auf die Lauer zu legen und dann kaltblütig einen jungen Mann zu erschießen? Das passt viel eher zu Burick. Und dass der Schütze so ungenau geschossen hat, spricht nicht gegen diesen Fremdenlegionär. So durchtrieben, wie der ist, kann er ganz bewusst so geschossen haben wie ein Laie.«

»Und am Ende war's dann doch Big Didi.«

»Glaube ich nicht«, sagte Peter Heiland. »Was mich am meisten beschäftigt, ist der Hinweis, dass Osman Maliks Schwester so schlecht behandelt hat. Und dass von Beuten sagt, Malik sei der größte Egoist, dem er je begegnet sei, und absolut skrupellos. Etwas ganz Ähnliches hat auch Big Didi gesagt.«

»Was denn?«

»Malik sei der Megatrickser. Wenn der behaupte, er sei Osmans bester Freund gewesen, sei das eine große Lüge. Ähnliches hat übrigens die Direktorin des Gymnasiums gesagt, als ich sie am Donnerstag das erste Mal besucht habe. Warte mal.« Peter zog sein Sammelsurium unterschiedlichster Zettel aus der Tasche und ließ sie durch seine Finger laufen. Die meisten dieser Papierchen waren zerknittert. »Da. Ich hab's: ›Ein Syrer, Malik Anwar, hochbegabter Junge, sein Intelligenzquotient lag weit über dem seiner Mitschüler. Aber sein Sozialverhalten tendierte gegen null. Wir mussten ihn letztes Jahr von der Schule verweisen.‹«

»Du meinst, er könnte es auch gewesen sein?«

»Oder ein ganz anderer. Lass uns morgen im Büro weiter drüber reden«, sagte Peter Heiland und zog Hanna an sich.

MONTAG, 19. JANUAR

1

Auch an diesem Morgen wachte Recep Özal kurz vor sechs Uhr auf. Er fror. Von draußen drang der nervöse Straßenlärm ins Zimmer. Recep stand auf und schloss das Fenster. Salin drückte auf den Schalter der Nachttischlampe, die neben seiner Matratze auf dem Fußboden stand. »Wenn alles gutgeht, sind wir morgen wieder zu Hause.«

Die Worte seines Bruders lösten in Receps Körper eine warme Welle aus, die zum Herzen strömte.

Salin erhob sich und ging ins Badezimmer. Recep breitete seinen Gebetsteppich aus und kniete nieder.

Gegen acht Uhr verließen die Brüder das Haus. Beide hatten einen schweren Revolver in die Gürtel ihrer Jeans geschoben.

Ihr Vater hatte sie umarmt und auf beide Wangen und auf die Stirn geküsst. »Ihr werdet die Ehre unserer Familie aufrechterhalten.« Dann hatte er sie noch einmal geküsst und zur Tür hinausgeschoben.

Vural kam verschlafen aus seinem Zimmer. »Sind Salin und Recep schon weg?«

Der Vater nickte nur.

»Und wann kommen sie wieder?«

»Wenn alles gutgeht, gar nicht mehr. Geh ins Bad! Du müsstest längst in der Schule sein.«

»Ich hab erst in der zweiten Stunde!« Vural verschwand im Badezimmer.

Die beiden Beamten, die das Haus der Özals überwachten, hatten der Zentrale gemeldet, dass die beiden Brüder das Haus verlassen hatten. »Folgen Sie ihnen«, sagte der Einsatzleiter. Postwendend rief er den Leiter der Abteilung Eigentumsdelikte an. »Wegen des Schrottdiebstahls. Da wäre jetzt der Zugriff möglich.«

Zehn Minuten später, auch Vural hatte grade das Haus verlassen, läutete es. Fäuste donnerten gegen die Tür. »Aufmachen! Polizei!«

Zögernd ging Mehmet Özal zur Tür und öffnete. »Wenn Sie meine Söhne suchen ...«

»Sind Sie Mehmet Özal?«, herrschte ihn einer der Beamten an.

»Ja, aber wenn Sie ...«

»Führen Sie uns in Ihre Werkstatt!«

Özal reagierte erleichtert. »Zu meiner Werkstatt? Ja, kommen Sie!«

Einer der Polizisten riss die Plane von den aufgehäuften Gullydeckeln. Es waren inzwischen wesentlich mehr geworden. Übermorgen, am Mittwoch, sollte sie der Schrotthändler abholen. Özal hatte einen guten Preis vereinbart. Ein Handel, auf den er stolz war. Den Jungs, die ihm die Gullydeckel lieferten, hatte er acht Euro pro Stück bezahlt. Im Wiederverkauf hätte er vierzehn Euro erreicht. Er nahm es gelassen, dass er dieses glänzende Geschäft nun doch nicht zum Abschluss bringen konnte und dass er in Schwierigkeiten geraten würde. Die würde er durchstehen. Hauptsache, seine Söhne erledigten ihren Auftrag zur Zufriedenheit des Clans.

Salin und Recep gingen langsam. Sie hatten viel Zeit. Das gute Wetter hielt auch an diesem Montag noch an. Zwar zogen leichte weiße Streifenwolken über den blauen Himmel, und die Sonne war nur wie ein Schemen zu sehen, aber das Thermometer kletterte auf über zehn Grad. Die Straßen waren trocken und mit einer schwarzgrauen Staubschicht überzogen, die der zerschmolzene Schneematsch hinterlassen hatte. Dass ihnen zwei Männer im Abstand von dreißig Metern folgten, bemerkten die Özal-Brüder nicht.

2

Wischnewski und seine Mitarbeiter waren um acht Uhr in ihrem Büro gewesen. Ein paar Türen weiter arbeiteten die Kollegen der Sonderkommission. Wischnewski und seine Kerntruppe wurden laufend von ihnen unterrichtet.

Hanna berichtete ihrem Chef von dem Gespräch, das sie und Peter Heiland am Abend zuvor mit von Beuten geführt hatten.

Wischnewski wurde nachdenklich. »So von der Hand zu weisen ist das nicht, dass von Beuten eine richtiggehende Obsession als Lehrer und als Förderer des Mädchens entwickelt hat. Hat er nicht gesagt, er wollte sie sogar zu einer Wissensolympiade schicken?«

»Doch.« Peter Heiland nickte. »Wenn man bedenkt, wie sehr er sich um seine Schüler bemüht und wie wenig Erfolg er dabei meist hat, dann kann man verstehen, wie wichtig dieses Mädchen für ihn war.«

»Und dann muss er mit ansehen, wie dieser Osman immer mehr die Kontrolle über sie bekommt und wie sie ihm selbst gleichzeitig entgleitet …«

»Das scheint überhaupt Osmans Spezialität gewesen zu sein. Die Mädchen liefen ihm förmlich hinterher. Das hat zumindest Dieter von Beuten behauptet. Vor Leila Aikin hatte Osman Özal übrigens Fathma Anwar als Freundin ...«

»Anwar?«

»Ja, eine Schwester von Malik Anwar. Seine Lieblingsschwester.«

»Osman hat ihr den Laufpass gegeben«, ergänzte Hanna Iglau.

»Ich habe sie kennengelernt«, meldete sich Peter wieder, »ein wunderschönes Mädchen. Ziemlich selbstbewusst ...« Weiter kam Peter Heiland nicht, nach einem kurzen Klopfen trat Mirko Brandstetter ein.

»Morgen! Gut, dass Sie da sind. Die Gangs von Didi und Malik bereiten eine regelrechte Schlacht vor.«

»Was? Woher wissen Sie das?«, fragte Wischnewski.

Brandstetter beantwortete die Frage nicht. »Um zehn Uhr soll's losgehen.«

Peter Heiland wendete sich an den Streetworker. »Sagen Sie, Mirko, was wissen Sie über die Beziehung zwischen Osman Özal und der Schwester von Malik?«

»Fathma? Also erst mal muss man sagen, dass in der Familie Anwar Fathma ihrem Bruder Malik am nächsten steht. Die beiden haben ein besonders gutes

Verhältnis zueinander. Fathma ist – wie soll ich sagen –, sie ist die westlichste von allen, sehr europäisch, was ihre Eltern nicht gerne sehen. Aber sie ist eben auch sehr selbstbewusst.«

»Und trotzdem hat das mit Osman funktioniert?«, wollte Wischnewski wissen.

»Ein arabisches Mädchen kann noch so aufgeklärt sein, von so einem Chauvi wie Osman Özal geht da immer eine große Faszination aus.«

»Das soll nu einer verstehen«, knurrte Wischnewski.

»Das können wir nicht verstehen«, meinte Heiland.

Ein Beamter der Sonderkommission kam herein. »Die beiden Özal-Brüder sind soeben in die Lenaustraße eingebogen.«

»Was wollen die denn da?«, fragte Peter Heiland.

»Da läuft womöglich ein ganz anderes Spiel, als wir erwarten.« Wischnewski stand auf. »Los, Leute!«

»Kann ich mitkommen? Ich bin mit dem Fahrrad da«, sagte Brandstetter. Wischnewskis Brummen konnte man zur Not als Zustimmung verstehen.

3

Malik Anwar stoppte kurz vor neun Uhr seine Maschine in einer Seitengasse. Er bockte das Motorrad auf und ging zu Fuß zurück bis zur Einmündung in die Lenaustraße. Das Schulgebäude gegenüber lag ruhig da. Malik sah sich um. Rechts von ihm stand ein fünfstöckiges Wohnhaus aus der Gründerzeit. Hohe Fenster, kleine Erker, eine schwere Holztür, die sich in diesem Augenblick knarrend öffnete. Eine junge Frau schob ihr Fahrrad heraus. Malik eilte hin und hielt ihr die Tür auf.

»Oh, danke.« Die junge Frau strahlte ihn an.

»Bitte, gern geschehen«, sagte Malik und blieb in der offenen Tür stehen, bis sie davongeradelt war. Dann verschwand er in dem Haus.

Im gleichen Augenblick trat Simon Burick aus der Hofeinfahrt etwa dreißig Meter die Straße hinunter. Er lehnte sich gegen die Wand und drehte sich eine Zigarette.

Maliks Augen mussten sich an das Halbdunkel erst gewöhnen. Langsam stieg er die Treppen hinauf. Im fünften Stock blieb er stehen. Hinter einer der beiden Wohnungstüren war offenbar ein handfester Krach zwischen zwei Eheleuten im Gange. Malik hörte eine Frau schreien: »Wenn du so nach Hause kommst wie heute Nacht, brauchst du gar nicht mehr zu kommen.« Ein Mann antwortete: »Danke für das Angebot. Du brauchst auch gar nicht mehr auf mich zu warten.« Die Tür wurde aufgerissen. Malik stellte sich rasch vor die andere Wohnung und tat so, als drücke er auf die Klingel. »Morgen«, rief er dem Mann zu, der laut fluchend die Treppe hinunterpolterte, ohne ihn bemerkt zu haben.

Malik schaute sich um. Über sich sah er eine Falltür, die offenbar zum Dachboden hinaufführte. In der Ecke stand eine Stange mit einem eisernen Haken an der Spitze. Malik hob sie hoch und führte den Haken in die Öse der Falltür ein. Es gab ein hässliches Geräusch, als er sie herunterzog. Eine Leiter ließ sich ausfahren. Malik kletterte hinauf. Der Dachboden war niedrig und zog sich über die ganze Länge des Hauses hin. Das Gerümpel, das hier oben stand, war ordentlich in verschiedenen Stapeln aufgeschichtet und mit Tüchern bedeckt. Hier herrschte Ordnung.

Malik zog die Treppe ein und schloss die Falltür. Tief gebückt ging er zu einem Dachfenster. Er stemmte es auf. Unter ihm lag das weitläufige Schulgelände des Ludwig-Uhland-Gymnasiums. Der Eindringling zog unter seiner Lederjacke ein Fernglas hervor, setzte es an die Augen, richtete es auf die große Eingangstür und zog die Okulare scharf. Ein Automotor heulte auf und röhrte durch die stille Lenaustraße. Malik erfasste das Fahrzeug durch das Fernglas. Big Didi hatte also ein neues Auto, einen tiefergelegten weißen BMW mit breiten roten Zierleisten knapp unter den Fenstern und am Heck. Über Malik Anwars Gesicht huschte ein zufriedenes Lächeln. Seine Botschaft war also angekommen.

Er wusste, wie man Mustafa Idris, genannt Big Didi, provozieren musste. In der letzten Nacht, exakt um ein Uhr, hatte er ihn angerufen und gesagt: »Ab morgen kannst du dir dein Territorium in den Arsch schieben, Didi. Wir übernehmen Punkt zehn Uhr die Macht in deinem Revier. Wenn du meinst, du könntest dich wehren, versuch's! Wir sind um zehn Uhr am Ludwig-Uhland.«

»Bist du jetzt vollends größenwahnsinnig geworden?«, hatte Didi gesagt. »Sag deiner Mutter und deinen Schwestern: Ab morgen werden sie von uns gefickt.«

Malik hatte nicht geantwortet, sondern nur leise gelacht und aufgelegt.

Er setzte sein Fernglas wieder an. In dem kleinen Park schräg gegenüber der Aula des Gymnasiums entdeckte er Pjotr. Stallone, den schärferen seiner beiden Pitbulls, hielt der Russe kurz an der Kette. Zwei Jungs gesellten sich zu ihm. Karatekid und Milet. Am Ende würden sie ein Dutzend sein. Sie würden auf Malik warten. Aber er würde nicht kommen. Den Kampf konnte das jetzt nicht mehr verhindern.

Wischnewski steuerte den Dienstwagen selbst. Peter Heiland und Mirko Brandstetter hatten im Fond Platz genommen. Hanna saß auf dem Beifahrersitz und telefonierte.

»Ja, wir haben sichere Erkenntnisse«, sagte sie und hörte dann einen Moment zu. »Wann kann das SEK vor Ort sein?«, fragte sie. »In dreißig Minuten?«

»Zu spät!«, ließ sich Mirko Brandstetter von hinten hören. »Die schlagen garantiert in der großen Pause los.«

Hanna gab auch das durch, bekam aber offenbar keine befriedigende Antwort. »Mist!«, sagte sie.

Peter Heiland wendete sich an Mirko Brandstetter: »Die Geschichte mit Fathma, hat ihr Bruder das so einfach hingenommen?«

»Ich denke schon. Arabische Männer verbrüdern sich eher gegen die Frauen, als dass sie sich für sie einsetzen.«

Hanna murmelte etwas.

»Was haben Sie gemeint?«, fragte Wischnewski.

»Das sage ich lieber nicht laut!«

»Man müsste mit Fathma darüber reden«, sagte Peter.

»Das wäre ja möglich. Sie geht ins Uhland-Gymnasium. Elfte Klasse«, erklärte Mirko.

»Kann man irgendwie anders als durch den Haupteingang in das Schulgebäude kommen?«, fragte Wischnewski dazwischen.

»Ja, von der Hölderlingasse aus. Da müssten Sie dort vorne nach links und dann gleich wieder rechts.«

Wischnewski schaltete herunter, bog ab und fuhr an dem kleinen Park entlang.

»Da ist Pjotr, der Russe, mit seinem Kampfhund«, sagte Mirko.

»Ich habe sechs weitere Jungs gezählt«, ließ sich Peter Heiland hören.

»Das werden noch mehr!«, antwortete Mirko.

Vor ihnen überquerten zwei junge Männer die Straße, die ihre Baseballschläger ganz offen mit sich trugen.

Big Didi hatte den Treff seiner Gang gut gewählt. Am Abend zuvor schon hatten er und Kevin einen Hinterhof ausgekundschaftet, in dem früher eine der kleinen Autoschrauberwerkstätten gewesen war, von denen es in Berlin noch viele gab. Das Schild über der engen Einfahrt trug die Aufschrift »KFZ-Meisterbetrieb – Alle Marken. Alle Typen«. Der Hof war flankiert von zwei langen Baracken. Ihre Türen standen offen und gaben den Blick frei auf einige Eisenregale und eine Montagegrube mit einer verrosteten Hebebühne.

Dort saß Didi auf einer leeren Werkzeugkiste und entwickelte seinen Schlachtplan. Er wollte nur mit Kevin und einem zweiten Jungen auf Malik zugehen und so tun, als biete er Verhandlungen an. »Die restlichen Männer umgehen Maliks Schwuchteln und schlagen von hinten zu.«

»Ich denke, wir stellen sie im offenen Kampf«, sagte ein dicklicher Deutscher.

Didi spuckte aus. »Malik hat keine Fairness verdient!«

4

Wischnewski stoppte den Dienstwagen direkt vor einer Steintreppe, die zu einer eisernen Tür hinabführte. Ein Mann in einem grauen Mantel kam die Stufen herauf. »Hier können Sie nicht parken!«

»Ich *muss* hier parken«, antwortete Wischnewski und hielt dem Mann, der offenbar der Hausmeister war, seinen Polizeiausweis unter die Nase.

»Zu Frau Dr. Wessel«, sagte Peter Heiland. »Es ist dringend. Und wir müssen so rein, dass uns keiner sieht.«

Auf dem Weg durch den Heizungskeller und über eine schmale Hintertreppe, die im Erdgeschoss endete, erklärte Heiland dem Hausmeister, der sich inzwischen als Horst Kahlke vorgestellt hatte, worum es ging.

Kahlke blieb stehen und schüttelte den Kopf. »Kriegen wir denn hier nie wieder Ruhe rein?!« Er war ein Mann Ende fünfzig. Sein Kopf war kahl, sein kleiner Bierbauch gab ihm ein gemütliches Aussehen. »Ich bin jetzt sechsundzwanzig Jahre an dieser Schule, aber so schlimm war's noch nie. Können Sie sich das vorstellen: Die Hälfte unserer Schüler sind bewaffnet.«

Wischnewski, Hanna Iglau, Brandstetter und Peter Heiland waren eilig weitergegangen. Seufzend versuchte der Hausmeister, wieder zu ihnen aufzuschließen.

Frau Dr. Wessel nahm die Nachricht ruhig auf. Sie schaltete die Lautsprecheranlage ein, und Sekunden später hallte ihre Stimme über die Gänge, durchs Treppenhaus und in allen Schulzimmern. »Hier spricht Kathrin Wessel. Ich bitte um Aufmerksamkeit. In der großen Pause darf niemand die Schule verlassen. Bleiben Sie alle von den Fenstern fern. Dies ist eine wichtige Sicherheitsmaßnahme. Ich bitte Herrn Kahlke, alle Türen abzuschließen. Es wird kein Klingelzeichen für die große Pause geben. Schüler und Lehrer bitte ich um äußerste Disziplin. Eine Erklärung für diese Maßnahme gebe ich Ihnen, wenn die Gefahr vorüber ist.«

Wischnewski nickte anerkennend. »Sehr gut. Danke!«

Die Durchsage sorgte für Unruhe im ganzen Haus, auch im Klassenzimmer der 10 B, wo Dieter von Beuten Mathematik unterrichtete. Er sah zu Leila Aikin hinüber, die an diesem Montag zum ersten Mal wieder erschienen war. Ihre Blicke trafen sich, Leila senkte sofort die Augen.

5

Recep und Salin Özal gingen durch den kleinen Park. Salin blieb stehen und sah seinen jüngeren Bruder ernst an. »Die Familie hat beschlossen, dass du es tun musst. Aber das wäre falsch.«

»Ich verstehe nicht«, sagte Recep.

Salin fasste in die Innentasche seiner Jacke und brachte zwei schmale Kuverts zum Vorschein. Eines reichte er Recep. »Da ist dein Ticket drin. Du fährst jetzt zum Flughafen und wartest dort, bis die Maschine geht.«

»Aber warum?« Recep war völlig verwirrt.

»Weil die Herde dich braucht. Einen Mechaniker für ihre Motorräder und Autos finden die Leute bei uns. Aber es gibt niemand, der unsere Tiere übernehmen könnte. Großvater ist alt. Er und Großmutter brauchen dich. Deshalb.«

Recep begann zu zittern. »Ich bleibe bei dir.«

Salin drückte seinem Bruder ein paar Euroscheine in die Hand. »Du steigst in ein Taxi und sagst ›Flughafen Tegel‹.«

»Nein«, sagte Recep, »ich lass dich nicht alleine.«

Sie kamen an einer Gruppe junger Männer vorbei. Einer von ihnen hatte einen Kampfhund an einer silbern glänzenden Kette. Salin musterte die Gruppe. Didi war nicht dabei.

»Was glotzt ihr so?«, herrschte ihn ein Junge an.

Salin antwortete auf Türkisch: »Guten Morgen. Wir gehen hier nur spazieren.«

»Ey, Landsmann«, rief einer und kam auf die beiden zu. »Sucht ihr etwas Bestimmtes?«

»Nein«, sagte Salin, »wir sind nur so unterwegs.« Rasch ging er weiter. Sein Bruder folgte ihm mit einer kleinen Verzögerung.

Einer der observierenden Beamten war nun telefonisch mit Wischnewski verbunden, der am Fenster des Rektorats stand und auf den leeren Schulhof hinabsah. »Die beiden sind jetzt direkt bei der Schule.«

»Ich sehe sie«, sagte Wischnewski.

Peter Heiland trat neben ihn. »Die Özal-Brüder sind hier, um Osmans Mörder umzubringen. Irgendwer muss sie herbestellt haben, weil er wusste, der Täter ist hier.«

Wischnewski nickte. »Klingt plausibel. Womöglich wird dieser ganze Zauber nur deshalb veranstaltet.«

Mirko Brandstetter pfiff durch die Zähne. »Malik war gestern in der Moschee.«

»Ja«, sagte Wischnewski, »das hat mir Burick auch erzählt.«

»Apropos Burick. Wo ist der überhaupt?«, fragte Peter Heiland.

»In seinem Bett, nehme ich an«, knurrte Wischnewski.

Peter Heiland wendete sich an Frau Dr. Wessel: »Ist Vural Özal im Haus?«

»Ich habe keine Ahnung. Aber das lässt sich klären.«

Sie wollte rasch den Raum verlassen, aber Heiland hielt sie noch einmal auf. »Ich hätte noch eine Frage.«

»Nur zu!«

»Könnten Sie es arrangieren, dass ich Fathma Anwar für ein paar Augenblicke ungestört sprechen kann?«

»Kommen Sie mit!«

Als sie nebeneinander den Korridor hinuntergingen, fragte Peter Heiland: »Haben Sie so etwas wie ein Megaphon?«

»Ja. Ich denke schon. Bei Herrn Kahlke muss eins sein.«

»Danke«, sagte Peter Heiland. »Sie sind heut so ganz anders als am Donnerstag.«

»So?« Sie hatten die Tür zu einem Klassenraum erreicht. »Wie denn anders?«

»Na ja, nicht so, wie sag ich das jetzt, nicht so streng, so abweisend.«

»Tut mir leid, wenn ich so gewirkt habe. Warten Sie einen Moment.«

Frau Dr. Wessel ging in das Klassenzimmer hinein.

Peter Heiland sah auf seine Uhr. Noch zehn Minuten bis zehn. Er ging zum Fenster auf der gegenüberliegenden Seite des Ganges. Draußen war alles ruhig. Man sah nur zwei arabisch aussehende Männer. Sie gingen an der niedrigen Mauer entlang, die den Schulhof umgab. Das mussten die Özal-Brüder sein.

Frau Dr. Wessel kam zurück. Fathma Anwar war bei ihr. »Ich gehe jetzt Vural Özal holen«, sagte die Rektorin und ging schnell weiter den Korridor hinunter.

»Hallo, Fathma«, sagte Peter Heiland. »Du erinnerst dich?«

Das Mädchen nickte. Heute trug Fathma ein Kopftuch aus weißer Seide, das mit gestickten Bordüren verziert war.

»Wir haben leider wenig Zeit. Da draußen stehen sich die Gangs von Big Didi und deinem Bruder gegenüber. Wir wissen, dass sie in der großen Pause losschlagen wollen. Außerdem sind noch Osmans Brüder im Spiel, die sich geschworen haben, den Mörder Osmans umzubringen.«

Fathma sah Peter Heiland aus ihren großen dunklen Augen an. »Was habe ich damit zu tun?«

»Ich muss wissen: Wie hat dein Bruder darauf reagiert, dass sich Osman von dir getrennt hat.«

»Das wissen Sie?«

»Ja, Fathma. Ich verstehe so wenig davon, wie es bei euch zugeht. Bei uns könnte es sein, dass sich in so einem Fall der Bruder des Mädchens den anderen

Jungen vorknöpft. Vor allem dann, wenn er seine Schwester besonders gerne hat und wenn sich der andere Mann dabei beschissen benommen hat. Ich habe keine Schwester, aber ich könnte mir vorstellen ...«

Fathma hob die flachen Hände gegen ihn, um den Redestrom zu stoppen. »Malik hat da ziemlich deutsch reagiert«, sagte sie mit einem Lächeln.

»Hat er Rache geschworen?«

»Nein. Aber ich glaube, er hat sich vorgenommen, Osman genau so zu demütigen, wie der mich gedemütigt hat.«

»Und was hätte das bedeutet?«, fragte Peter Heiland mit angehaltenem Atem.

»Er hätte ihm die Gang weggenommen. Irgendwann.«

Frau Dr. Wessel kam mit Vural Özal den Korridor herauf.

»Vielen Dank, Fathma«, sagte Peter Heiland. »Danke, dass du so offen zu mir warst.«

»Bitte«, sagte sie. »Ändern können wir Mädchen ja leider nur wenig.« Damit verschwand sie wieder in dem Klassenzimmer.

Peter Heiland gab Vural die Hand. »Wir kennen uns, nicht wahr?«

Vural nickte. Er trat von einem Fuß auf den anderen und starrte vor sich auf den Boden.

»Na, dann komm!« Gemeinsam gingen sie ins Rektorat zurück. Peter stellte Vural seinen Kollegen vor und sagte dann zu dem Jungen: »Du musst uns jetzt helfen. Aber nicht nur uns, sondern vor allem deinen Brüdern. Wir haben nämlich das Gefühl, dass Malik die zwei geleimt hat.«

Vural schaute auf. »Und wer sagt mir, dass Sie mich nicht leimen?«

Peter Heiland lachte. »Ja, man kann nicht genug aufpassen, da hast du völlig recht. Aber ich erkläre dir jetzt mal, wie wir die Situation sehen ...«

Wischnewskis Handy klingelte. Der Kriminalrat meldete sich und zog sich in eine Ecke zurück, während Peter Heiland weiter auf Vural Özal einredete.

»Dieses Großmaul Didi steckt mit seiner Gang in einem Werkstatthof gegenüber der südlichen Ecke des Schulhofs. Die anderen sind noch in dem kleinen Park auf der nördlichen Seite, direkt bei der Hölderlingasse. Und dieses Arschloch Malik Anwar sitzt im Haus Nummer 37, ich nehme an, im Dachstock, und schaut sich das Ganze von oben an.«

»Danke, Burick!«, sagte Wischnewski leise. »Und wo bist du?«

»Ich bin, wie immer, auf der sicheren Seite, Ron Wischnewski.« Burick legte auf. Wischnewski kehrte zu den anderen zurück.

6

Die Uhrzeiger rückten auf zehn Uhr vor. Maliks Körper spannte sich. Salin und Recep kamen in sein Blickfeld. Malik lächelte zufrieden. Gleich musste die Klingel zur großen Pause ertönen. Dann würde Big Didi an der Spitze seiner Truppe auf der Bildfläche erscheinen. Alles lief nach Plan. Pjotr und seine Leute würden nur Zuschauer sein, wenn das Großmaul aus dem Libanon von einem der Özal-Brüder liquidiert wurde.

Auf mehreren Kirchtürmen schlugen die Uhren zehnmal. Im Ludwig-Uhland-Gymnasium blieb alles still. Das Gebäude lag gespenstisch da. Kein Laut. Keine Bewegung. Malik setzte das Glas an die Augen. Pjotr und die anderen seiner Gang traten zögernd aus dem Park heraus. Ein Schwenk des Feldstechers. Didi und seine Leute verließen den Werkstatthof, aber auch sie schienen irritiert zu sein.

Didi gab Kevin und einem anderen Jungen ein Zeichen. Während die drei den Schulhof betraten, bewegten sich die anderen aus der Bande nach rechts und links die Straße entlang.

»He, Malik!«, rief Didi.

Malik grinste. Leise sagte er: »Da kannst du lange rufen.«

»Rede mit *mir*!«, schrie Pjotr.

»Und wo ist Malik?«

»Nicht hier.«

»Ich hab ja gewusst, dass er feige ist. Können wir verhandeln?«

»Nein!«, antwortete Pjotr. »Ihr habt Osman getötet und Habib beinah erschlagen. Ihr habt unseren Treff zerstört. Jetzt ist nicht Zeit zum Reden, jetzt ist Zeit für Revanche, Zeit für Rache. Zeit, dass ihr aus Neukölln verschwindet!«

In diesem Augenblick öffnete sich die schwere Holztür des Gymnasiums. Peter Heiland trat heraus. Er hatte ein Megaphon in der Hand. Ihm folgte zögernd Vural Özal.

Dessen Brüder Recep und Salin Özal erreichten in diesem Moment das Tor zum Schulhof.

»Was bedeutet das?«, fragte Recep.

»Ich weiß es nicht!«

Malik holte die Szene mit dem Fernglas dicht heran. Was lief da? Er fühlte, wie sich sein Magen zusammenkrampfte.

Peter Heiland hob das Mikrophon des Megaphons an den Mund. »Ich bitte Big Didi und seine Leute und auch Malik und die anderen, mir zuzuhören. Aber zuerst bitte ich Vural, etwas zu übersetzen.« Er reichte Vural das Megaphon. Man hörte nicht, was er dem Jungen ins Ohr sagte. Doch dann schallte die helle Stimme Vurals in seinem schlechten Türkisch über den Hof: »Salin, Recep, er sagt, Malik will euch nutzen ... äh, benutzen. Er hat euch falsch gesagt. Malik kann nicht wissen, wer Osman getötet hat.«

Peter Heiland nahm wieder das Mikrophon des Megaphons: »Malik Anwar, wenn Sie Mut haben, kommen Sie hierher und sagen Sie die Wahrheit.«

»Was soll denn die Scheiße?«, schrie plötzlich Pjotr. »Was mischt der Typ sich ein? Wer ist das überhaupt?« Pjotr hatte jetzt durch ein kleines Tor in der nördlichen Umgrenzungsmauer den Schulhof betreten. Sein Pitbull zerrte an der Kette und fletschte die Zähne.

»Vural, geh zurück in die Schule«, schrie der Russe. »Los, hau ab!«

Zögernd wandte sich Vural um. Heiland schaltete das Megaphon wieder ein. »Jetzt hört mal zu, Jungs!«

»Keiner hört zu!«, schrie Pjotr. Er klickte den Karabinerhaken vom Stachelhalsband seines Kampfhundes und zischte ihm zu: »Fass!«

Der Hund schoss wie eine Kugel aus dem Lauf auf Peter Heiland zu, die Lefzen weit nach hinten gezogen, die Zähne gebleckt. Peter griff nach der Waffe unter seiner Jacke, aber er war zu langsam. Der Pitbull war nur noch zwei Meter von ihm entfernt, als ein Schuss bellte. Der Hund machte einen Satz, schien einen Moment in der Luft stehen zu bleiben, dann fiel sein Körper auf den Asphalt. Eine Blutlache breitete sich aus. Das Tier rührte sich nicht mehr. Einen Augenblick war es ganz still. Peter Heiland wandte sich um. Unter der Tür stand Wischnewski. Seinen linken Arm hatte er um Vurals Schultern gelegt, in seiner rechten Hand hielt er seine Dienstpistole. Jetzt machte er ein paar Schritte auf Peter Heiland zu und nahm ihm das Megaphon aus der Hand. Es klang routiniert, als seine Stimme über den Schulhof schallte: »Hier spricht die Polizei. Ein Sondereinsatzkommando hat das ganze Gelände umstellt. Es ist besser, ihr geht nach Hause.«

»Rache für Osman!«, schrie Pjotr. Aber sein Ruf verpuffte.

»Den Mörder Osman Özals werden wir finden«, rief Wischnewski über den Lautsprecher. »Das ist unsere Aufgabe. Er wird seiner Strafe zugeführt.« Dann hob er den Kopf und schaute zum Dachgeschoss des Hauses mit der Nummer 37 hinauf. Einen Moment brach sich ein Sonnenstrahl im Okular von Maliks Fernglas.

Jetzt hörte man die Signalhörner mehrerer Polizeifahrzeuge. Didi befahl seinen Jungs: »Abmarsch!«

Pjotr zeigte Didi den Stinkefinger und schrie: »Dich krieg ich noch!«

»Wart's ab, Iwan!«, brüllte Didi.

Pjotrs Kumpels hatten den Schulhof verlassen. Pjotr selbst ging langsam auf seinen toten Kampfhund zu. Hob ihn auf und trug ihn auf beiden Armen davon. Tränen liefen über das Gesicht des jungen Russen.

Wischnewski war neben Peter Heiland getreten. »Malik muss dort drüben in der Nummer 37 im Dachstock sein.«

»Heißt das, der hat sich einen Logenplatz für die ganze Veranstaltung ausgesucht?«

»So sieht's aus.«

Salin und Recep Özal hatten die Straßenseite gewechselt und gingen rasch davon.

In der Schule schrillte plötzlich die Pausenklingel. Sofort hörte man johlende Kinder. Die Tür flog auf. Schüler rannten in den Hof, wie Tiere, die man lange eingesperrt hat und die man endlich ins Freie lässt.

Wischnewski packte Heiland am Arm. »Sie schauen, ob das Haus dort einen Hinter- oder Kellerausgang hat.« Dann nickte er Hanna zu. »Und Sie kommen mit mir!« Im Eilschritt überquerten die drei die Lenaustraße.

Malik hatte ein paar Augenblicke gebraucht, um zu begreifen, dass sein ganzer Plan schiefgegangen war. Er war zu der Falltür geeilt, hatte die Arretierung gelöst und war in einem Satz durch die Luke auf den Treppenabsatz hinuntergesprungen. Im dritten Stock blieb er stehen und warf einen Blick durchs Fenster. Er sah Wischnewski und Hanna aus dem Schulhof kommen und zielgenau auf die Tür des Hauses zueilen, in dem er sich befand.

Peter Heiland war über eine Garagenzufahrt rechts an dem Gebäude vorbeigegangen und hatte einen

Hinterhof erreicht. Hier gab es weder zum Erdgeschoss noch zum Kellergeschoss eine Tür. Die Fenster im Parterre und im ersten Stock waren vergittert. Einen Fluchtweg gab es hier nicht. Also eilte er zurück zur Straßenfront.

Ron Wischnewski hatte seine Hand so auf die Klingelleiste gelegt, dass nahezu in jeder Wohnung die Glocke anschlagen musste. Tatsächlich meldeten sich gleich mehrere Stimmen mit »Ja, bitte?« oder »Wer ist da?«.

»Aufmachen! Polizei!«

Der Summer ertönte, die Tür sprang auf. Wischnewski betrat das dunkle Treppenhaus. Seine Augen hatten sich noch nicht an das Halbdunkel gewöhnt, als er eine Stimme hörte. »Gehen Sie zur Seite, oder ich schieße!«

Im gleichen Augenblick tauchte Peter Heiland hinter seinem Chef auf. Geistesgegenwärtig packte er Hanna und zog sie von der Tür weg.

»Geben Sie auf, Malik«, sagte Wischnewski in den dunklen Raum hinein und griff nach seiner Waffe.

Ein Schuss fiel. Wischnewski wunderte sich, dass er nichts spürte. Im gleichen Moment ging das Licht an. Eine Pistole fiel zu Boden und trudelte ein paar Meter auf Wischnewski zu, ehe sie liegen blieb. Malik hielt sich seinen rechten Ellbogen und stöhnte laut auf. Blut quoll zwischen seinen Fingern hervor.

»Heb die Pistole auf, Ben Wisch. Mit ihr ist Osman Özal erschossen worden.« Simon Burick kam hinter der Treppe vor. Er hielt einen Browning-Revolver in der Hand. »Ich schieße noch immer ziemlich genau«, sagte er. »Und das bei dem Licht!«

Er kam an Malik vorbei, legte ihm die Hand auf die Schulter und sagte: »Das wird wieder. Vielleicht bleibt der Arm steif. Aber du lebst, Scheißaraber!«

Zwei Männer des SEK erschienen. »Nehmt ihn fest«, sagte Peter Heiland.

Die Maschine nach Istanbul sollte um 17 Uhr 40 starten. Recep und Salin Özal saßen schon seit 14 Uhr in der Abflughalle. Kurz bevor die Maschine aufgerufen wurde, erreichte auch Rashid Aikin das Gate. Salin, der ihn vor dem Gemüseladen Hussein Aikins am Kottbusser Tor gesehen hatte, als ihn die Polizisten abführten, nickte Leilas Bruder zu. Rashid nickte freundlich zurück, obwohl er den Mann nicht kannte.

ENDE

Felix Huby
Der Heckenschütze
Peter Heilands erster Fall
Roman
Band 16373

Felix Hubys neuer Kommissar: Peter Heiland

Kriminalhauptkommissar Peter Heiland, Anfang dreißig, hat es aus Stuttgart zu einer der acht Mordkommissionen nach Berlin verschlagen. Hier ist alles um einiges rauer und hektischer als im heimischen Schwabenland. Man könnte meinen, der schwäbische Fahnder sei völlig überfordert, als er den Auftrag bekommt, den Sniper von Berlin zu finden und zu überführen, einen Mann, der wild und skrupellos Jagd auf Menschen macht. Doch mit Phantasie und der Gabe, »um die Ecke denken zu können«, gelingt es dem sympathischen Schwaben, dem Heckenschützen auf die Spur zu kommen und ihn zu stoppen.

Fischer Taschenbuch Verlag

Felix Huby
Der Falschspieler
Peter Heilands zweiter Fall
Roman
Band 17135

Peter Heiland, Anfang dreißig, Schwabe und Kommissar in Berlin, wird in seinem Urlaub Zeuge, als Usedomer Fischer in ihrem Schleppnetz eine nackte Frauenleiche an Land ziehen. Zunächst sieht es nach einem Mord in der Drogenszene aus.

Doch schon bald ist klar: Es steckt weit mehr dahinter. Die Spur führt zurück nach Berlin in die Welt der Nanotechnologie. Ein revolutionärer neuer Werkstoff wird unter strengster Geheimhaltung in einem Berliner Labor entwickelt. Er wird den Markt verändern. Sein Schöpfer würde schlagartig zu einem der wichtigsten Global Player. Manch einer scheut da kein Risiko und investiert auch in den einen oder anderen Mord.

Fischer Taschenbuch Verlag

Felix Huby
Der Bluthändler
Peter Heilands dritter Fall
Roman
Band 18226

Auf den Spuren der Organmafia

Peter Heiland, Felix Hubys schwäbischer Kommissar in der Berliner Diaspora, wird mit einem monströsen Verbrechen konfrontiert: Alles deutet darauf hin, dass Menschen brutal ermordet werden, nur damit sich gewissenlose Mediziner Organe zur Transplantation beschaffen können. Wer sind die unfreiwilligen Spender und wer die bevorzugten Empfänger?

Peter Heiland und seine Kollegen dringen in eine korrupte und gefährliche Welt ein: Es geht um Blutdoping bei Spitzensportlern und den kriminellen Handel mit Organen, um skrupellose Ärzte und verbrecherische Geschäftemacher, um Macht und Einfluss in der Metropole Berlin.

Fischer Taschenbuch Verlag